Gert Deppe

Kein Ankommen, nirgendwo

Gert Deppe

Kein Ankommen, nirgendwo

Roman

zu **Klampen!**
Literanover

*Dieses Buch wurde gefördert im Rahmen des Stipendienprogramms
der VG WORT in NEUSTART KULTUR der Beauftragten
der Bundesregierung für Kultur und Medien.*

Umschlaggestaltung: Stefan Hilden · München · hildendesign.de
unter Verwendung mehrerer Motive von shutterstock.com
sowie auf der U4 der Zeichnung von Leon Agnello
Satz: Germano Wallmann · Gronau · geisterwort.de
Druck: CPI – Clausen & Bosse · Leck · cpi-print.de

ISBN Print 978-3-86674-829-3
ISBN E-Book-Pdf 978-3-98737-345-9
ISBN E-Book-Epub 978-3-98737-346-6

Bibliografische Information der Deutschen Nationalbibliothek
Die Deutsche Nationalbibliothek verzeichnet diese Publikation
in der Deutschen Nationalbibliografie; detaillierte bibliografische
Daten sind im Internet über ‹http://dnb.dnb.de› abrufbar.

Für Paul

Meiner Mutter in Erinnerung
Und meinem Vater zum Abschied

»Aber das Leiden ist totalitär: Es eliminiert alles, was nicht in sein System passt.«

Édouard Louis: *Das Ende von Eddy*

Kennst du das? Du schiebst zwei Magnete aufeinander zu und wartest auf ein Geräusch, ein Klack, ein kurzes metallisches Klacken, du wartest vergeblich, weil nichts klackt, und dann schaust du noch einmal hin und siehst, wie ein Magnet den anderen vor sich herschiebt, unbeholfen, beinahe linkisch und gleichzeitig mit einer Konsequenz, die dich wütend macht, rasend, so sehr rasend, dass du schreien könntest, laut losschreien und nicht wieder aufhören, obwohl du weißt, dass nichts anders würde durch dein Schreien, dass die Magnete weiter voreinander fortliefen, ganz gleich, wie lange und wie laut du auch schreist und dich nicht darum scherst, dass Menschen in der Nähe verwundert aufblicken, dass sie sich umdrehen nach dir, vielleicht sogar den Kopf schütteln, natürlich haben sie keine Ahnung, warum du derartig tobst, nicht die leiseste Ahnung, und selbst wenn sie ihn sähen, diesen obszönen, metallenen Schabernack, selbst dann würde er sie nicht annähernd so in Rage bringen wie dich.

Kennst du das?

Nein, natürlich kennst du das nicht, nichts davon kennst du, weil bei dir nichts voreinander wegläuft, weil es bei dir kein Vor und Zurück gibt, weil sich bei dir alles immer richtig herum dreht, immer hübsch kreiselt, nicht wahr, immer nur richtig herum, selbst wenn sich etwas einmal anders herum dreht, bleibt es die richtige Richtung, du kennst einfach keine Richtung, die nicht richtig ist, bei dir ist jede Richtung immer richtig, sag schon, ist es nicht so, ist es nicht ganz genau so, dass sich bei dir stets die Richtung nach der Richtung richtet und dass deshalb jede Richtung richtig ist, wenigstens für den Moment? Und bald kann es auch schon wieder anders sein, natürlich kann es das, aber du drehst dich einfach mit und schon ist es wieder die richtige Richtung, du hast einfach dieses Glück, das nicht jeder hat, du aber, du hast es, immer schon gehabt hast du es, ich kenne es nicht anders von dir, seit ich dich kenne, kenne ich das mit, stimmst du mir zu, dass es so ist, stimmst du mir wenigstens zu in deinem unanständigen Glück, machst du das?

Weich ist der Sand und warm, und wenn sich deine Füße dort hineingraben, spürst du ein Kribbeln, sofort und stecknadelfein, bis unter die Kopfhaut schauert es wohlig und diese Schauer sind wie der weiche Sand, winzig und warm und glitzernd, und dazu das Meer, das leicht salzig schmeckt, wenn du aus Versehen etwas davon in den Mund bekommst, kannst du es schmecken, aber du, du bekommst natürlich nichts davon aus Versehen in deinen Mund, du verschluckst dich auch nicht beim Baden, dich überraschen keine Wellen von hinten und auch keine von vorne, dich erwischen sie nicht beim Luftholen nach dem Auftauchen und spülen dir salzigen Geschmack in den Mund und Angst dazu, die Angst, zu viel Wasser und zu wenig Luft zu bekommen, die Angst, nicht mehr richtig atmen zu können, dir passiert so etwas nicht, irgendjemand passt immer ganz genau auf, dass dir so etwas nicht passiert, immer und überall, du sitzt unter einem Sonnenschirm und streckst deine Füße aus, so, dass sie in der Sonne liegen auf dem warmen, feinen Sand, in den du deine Füße gräbst und woraufhin du auf das Kribbeln wartest, das hinaufschauert in den schattigen Kopf, und das du wieder und wieder hinaufschauern lassen kannst, so oft du es nur willst, du brauchst nur deine Füße an einer anderen Stelle in den Sand zu graben, tausend Mal oder noch mehr kannst du das so machen, so ist der Sand, weich und warm und glitzernd, und so ist das Meer, salzig und voller Wellen.

Und der Regen. Kennst du den Regen, die Sekunden, die auf den Asphalt prasseln, Tausende, Millionen, unzählige Sekunden, die immerzu prasseln, hörst du sie, ihr Prasseln und Zerplatzen und Zerfließen, hörst du sie durch die Fenster, die immer geputzten, die lichtlosen, kennst du die Geräusche von zerplatzender Zeit, stumpfe, immergleiche, nächtliche Begräbnismusik, nein, du kennst sie nicht, woher auch, deine Musik klingt anders, sie ist ausgesucht, du hast sie ausgesucht, es ist ja deine Musik, natürlich ist sie ausgesucht, wie alles bei dir ausgesucht ist, nichts ist Zufall, ist einfach so, ist da und wieder weg, nicht bei dir, ich weiß, dass es so ist, und du, du weißt es auch, aber du willst es gar nicht wissen, es interessiert dich überhaupt nicht, stimmt's, nichts von alldem interessiert dich, aber was, sag es mir, was interessiert dich eigentlich dann, was?

Gibt es dein Schongangleben überhaupt her, Interesse, dass dich etwas interessiert, ich meine, wirklich interessiert, so sehr, dass du auch einmal traurig sein und weinen könntest und dir dann die Bettdecke weit über den Kopf ziehst, bis die Luft ganz breiig wird und du, wenn du es nur lange genug aushieltest, ersticken könntest unter dieser Bettdecke? Du müsstest dafür nicht einmal die Luft anhalten, du müsstest es nur lange genug aushalten können, bis die breiige Luft schwer wird, erdrückend schwer und immerzu dunkel, du hättest es selber in der Hand, ob du die Bettdecke rechtzeitig wieder zurückschlägst und dir kühle Luft über das Gesicht streichen lässt wie eine Belohnung, Luft, die nach Leben riecht, nach neu, oder ob die Dunkelheit dich fast bewusstlos macht und Schmerzen dich dann daran erinnern, dass du lebst, dass es auch weitergehen könnte, irgendwie weiter, du könntest entscheiden, ob eine Erinnerung dieses kleine Wettrennen gewinnt, das sehr viel mehr ist als nur Spielerei, als ein Ausprobieren, eine Laune, aber in einem Schongangleben gibt es solche Wettrennen nicht, in einem Schongangleben gibt es keine Launen, ist die Bettdecke immer glattgebügelt und riecht nach Weichspüler, in einem Schongangleben ist es unter der Bettdecke immer weich und warm, nicht wahr, es riecht nicht muffig unter einer solchen Schongangleben-Bettdecke, unter deiner Bettdecke, die Luft wird nicht breiig und dunkel und schwer, oder? Unter deiner Bettdecke riecht es immer nur nach Garten unter blauem Himmel, nichts muss an irgendetwas erinnert werden, damit es weitergeht, nichts muss sich selbst etwas beweisen, ein Schongangleben spielt einem keinen Streich, in einem Schongangleben spielen Kinder mit Kindern und laden sich gegenseitig zu Geburtstagen ein, Geburtstagen mit Süßigkeiten und Geschenken, mit kleinen Belohnungen dafür, dass man da ist, dass man lachen kann und weinen einfach so, in einem solchen Leben muss man sich nicht unter einer Bettdecke verkriechen und darauf warten, dass die Luft zu Ende geht oder wenigstens der Tag. Oder?

Natürlich habe ich schon geschlafen!
  Das wusste ich nicht.
Es ist mitten in der Nacht.
  Ich weiß.
Wie spät ist es überhaupt?
  Sehr spät.
Wie spät?
  Der große Zeiger zeigt beinahe senkrecht nach oben.
Bitte?
  Und der kleine auch.
Von wo rufst du an?
  Es ist dunkel.
Wo bist du?
  Sie stehen beinahe vollkommen senkrecht.
Wie lange ist es her, dass wir uns zum letzten Mal gesprochen haben?
  Beide.
Es waren bestimmt einige Jahre.
  Der kleine steht vollkommen senkrecht.
Mindestens vier, vielleicht sogar noch mehr.
  Und der große deckt ihn schon ein bisschen zu.
Ich weiß es tatsächlich nicht.
  Sie rühren sich nicht.
Was?
  Die Zeiger. Sie bewegen sich nicht.
Warum rufst du an?
  Es ist kurz vor Mitternacht, ein bisschen Zeit bleibt.

Nach so vielen Jahren?

    Sie stehen beinahe vollkommen still.

Ja. Kurz vor Mitternacht.

    Man muss schon sehr genau hinschauen, um zu erkennen, ob sich überhaupt etwas bewegt.

Ist das wichtig?

    Ja. Das ist wichtig.

Warum ist das wichtig?

    Weil es nicht mehr lange dauert.

Lange dauert bis wohin?

    Dann ist er wieder ganz herum.

Wieder ganz herum?

    Zum zweiten Mal.

Was soll das?

    Einmal herum ist ganz schön weit.

Was redest du da?

    Und das zweite Mal dauert es genauso lange.

Ich verstehe nicht, was du sagst!

    Aber es kommt einem länger vor.

Sag mal, was wird das hier eigentlich?

    Weil er so langsam ist.

Sag mir, was du von mir willst!

    Es ist ... Eigentlich ist es anders.

Wie soll ich verstehen, was du sagst?

    Nur die Mitte bleibt. Egal, was auch passiert: Einmal herum ist immer die Mitte.

Es ist dir völlig egal, ob ich dich verstehe, oder?

    Doch die Zeit bis zur Mitte verändert sich immerzu.

Du willst es gar nicht, stimmt's?!

    Schnecklupig.

Schnecklupig?

    Wie eine Schnecke.

Eine Schnecke!
   In Zeitlupe.
In Zeitlupe!
   Schnecklupig.
Ich lege jetzt auf.
   So, dass es keiner merkt.
*Und wenn du vernünftig mit mir reden willst, kannst du
ja wieder anrufen.*
   *Aber ich merke es: Er bewegt sich. Immer. Und immer
nur in eine Richtung.*
Ich finde dich wirklich sehr seltsam!
   Auch bei dir ist das so!
Was ist bei mir auch so?!
   Auch bei dir kennt der Zeiger nur eine Richtung.
Hast du getrunken?
   Immer nur vorwärts.
Drogen genommen?
   Und um Mitternacht ist alles vorbei.

Es war gut, wenn alles genau seinen Platz hatte. Das
hatte sie von ihrer Großmutter gelernt. Sogar sehr gut.
Und was wichtig war, brachte ihr ihre Mutter bei. Ihre
Mutter wollte nicht nur, dass alles genau seinen Platz
hatte. Ordnung, betonte sie mindestens einmal täglich, Ordnung sei die wichtigste Voraussetzung für ein
anständiges Leben. Und darum gehe es ja schließlich.
Um ein anständiges Leben. Sie sagte anständig, ihre
Mutter. Nicht »glücklich«. Nicht »zufrieden«. Sondern »anständig«.

Anständig.

Die Mutter sagte anständig und der Vater sagte nichts.
Konnte nichts sagen.

Ohne Ordnung, betonte ihre Mutter mindestens einmal, meistens aber mehrmals am Tag, ohne Ordnung funktioniere nichts. Gar nichts. Innen nicht und auch nicht außen. Das könne man überall beobachten, behauptete sie, beispielsweise in den südlichen Ländern. Wann sie denn dort gewesen sei, fragte Anne sie einmal, in den südlichen Ländern, und ihre Mutter antwortete, dass das ja wohl keine Rolle spiele und überhaupt sie nicht erst dorthin fahren müsse, um zu sehen, was Unordnung alles anrichten könne. Den langen Weg könne sie sich sparen. Und Anne könne das auch. Aber für den Urlaub, erwiderte sie. Urlaub, entgegnete ihre Mutter, könne man auch ganz in der Nähe machen oder zu Hause. »Nicht wahr, Kind«, sagte sie, »hier ist es doch auch schön.« Manchmal, wenn Annes Mutter so redete, kam es Anne vor, als trügen ihre Worte die falsche Kleidung. Wenn sie von Ordnung sprach und den südlichen Ländern zum Beispiel.

Und dennoch hatte sie als Kind der Mutter noch alles geglaubt. Sie spielte fraglos und malte von rechts nach links und von unten nach oben und ebenso umgekehrt. Als Anne älter wurde, das Schreiben von links nach rechts lernte und immer öfter den Drang verspürte, auch zu verstehen, bekam sie zumindest eine Ahnung davon, was ihre Mutter meinte, wenn sie von Unordnung sprach. Ihre Mutter sagte nämlich fast immer: »Das verstehst du nicht« und fügte ernst hinzu: »Noch nicht.« Und von Vertrauen sprach sie auch. Sehr ernst und sehr bedeutungsvoll. Falsche Kleidung, vertraut irgendwann. Eine andere Geschichte.

Der Ordnung zuliebe und weil es so ernst und bedeutungsvoll klang, versuchte Anne, ihrer Mutter auch weiterhin zu glauben und dem Gefühl, dass dieses Glauben einsam sei und Vertrauen etwas ganz anderes, keine Bedeutung beizumessen, es zu überfühlen. Sie war schließlich ihre Mutter und hatte schon von der Großmutter gelernt, dass alles seinen Platz haben müsse. Trotzdem fühlte sich das Glauben oft leer an und das Vertrauen wie eine Vorsichtsmaßnahme. Anne aber gab sich weiterhin sehr viel Mühe.

Wenn alles erst einmal genau seinen Platz hatte und auch seine Ordnung, konnte sowieso nicht mehr allzu viel passieren. Und das beispielsweise, sagte ihre Mutter, könne man ja bei ihnen sehen, zu Hause. »Sehen?«, fragte Anne, und ihre Mutter sagte Ja. Dass nicht mehr allzu viel passieren könne?, fragte Anne weiter, und ihre Mutter sagte noch einmal Ja und ihre Stimme klang entschieden. Sogar etwas scharf.

Immer diese Fragerei, beschwerte sich ihre Mutter, wenn sie auf Annes Fragen nicht gleich eine Antwort wusste. Sie fasste sich dann mit beiden Händen an den Kopf und erklärte, dass diese Fragerei gar nichts bringe, höchstens alles nur durcheinander. Ihre Stimme klang vorwurfsvoll dabei. Beinahe heiser auch.

Dabei fragte Anne ihre Mutter längst nicht alles. Was passierte, wenn etwas seinen Platz einmal nicht haben oder in Unordnung geraten würde, was dann passierte, fragte sie sie beispielsweise nicht. Aber es gab sie, diese Fragen. Und noch andere. Manchmal glaubte Anne tatsächlich, sie seien ein Grund für die Unordnung in ihrem Leben. Vielleicht sogar der Grund.

Und damit für das, was geschah.

Erzählen Sie mir von dem Zimmer.

   Welches Zimmer?

Das Zimmer mit den Rollläden.

   Sie meinen mein Zimmer?

Waren denn dort die Rollläden heruntergezogen?

   Ja.

Dann erzählen Sie mir von diesem Zimmer.

   Was soll ich erzählen?

Wie war das?

   War was?

Was war das für ein Zimmer? Wie sah es aus? Es war Ihr Zimmer?

   Es war dunkel.

Und Sie wollten, dass es dunkel ist?

   Meine Mutter wollte das.

Ihre Mutter?

   Meine Mutter wollte, dass es dunkel ist.

Immer?

   Dass man nicht hineinschauen konnte.

Und Sie? Was wollten Sie?

   Ich weiß nicht. Warum fragen Sie?

Hätten Sie es lieber heller gehabt?

   Im Winter war das egal.

Und wenn es nicht Winter war?

   Dann hat sie das gemacht.

Das müssen Sie mir erklären.

   Was soll ich da erklären?

Wer hat was gemacht?

   Meine Mutter. Das sagte ich doch schon!

Was hat Ihre Mutter gemacht?

   Sie hat die Rollläden heruntergezogen.

Einfach so?

Und dann war es dunkel.

Hatte sie einen bestimmten Grund?

Sie hatte eine Uhr.

Eine Uhr?

Um fünf Uhr ließ meine Mutter die Rollläden herunter.

Immer um fünf?

Kaum, dass der große Zeiger senkrecht stand. Im Sommer etwas später. Aber es gab ja auch die Vorhänge.

Ihre Mutter ließ immer zur gleichen Zeit die Rollläden herunter?

In der ganzen Wohnung. Und dann war es dunkel.

Aber es gab doch Licht in der Wohnung!

Natürlich! Natürlich gab es Licht!

Warum hat Ihre Mutter das gemacht?

Wegen der Ordnung.

Ordnung war Ihrer Mutter wichtig?

Alles muss seine Ordnung haben.

Und Sie?

Ich?

Finden Sie auch, dass alles seine Ordnung haben muss?

Ich glaube schon.

Sie glauben es?

Ich glaube, wenn alles seine Ordnung hat und seinen Platz, kann nicht mehr so viel passieren.

Was könnte denn passieren, wenn das einmal nicht so ist?

Sehr viel!

Können Sie mir das genauer erklären?

Sie wissen das nicht?

Vielleicht gibt es ein Beispiel?

Es ist einfach ... es ist sicher.

Wenn es dunkel ist?

Wenn niemand hineinschauen kann.

In Ihr Zimmer?
  Überall hin.
Hatten Sie denn etwas zu verbergen?
  Ich bin sehr müde.

Irgendwann wurde es normal, dass ihr Vater nicht mehr nach Hause kam, und Anne fragte immer seltener, warum das so war. »Der Vater wohnt nicht mehr hier«, sagte Annes Mutter und es klang wie ein Befehl. Wann er wiederkomme, wollte Anne wissen, und ihre Mutter sagte erst gar nichts und dann: »Der Vater kommt gar nicht wieder. Der Vater will nicht mit uns wohnen.« »Der Vater« war eine Erfindung ihrer Mutter. Als er noch zu Hause wohnte, hieß er Papa oder Klaus. Dann kam er nicht mehr nach Hause und Annes Mutter redete kaum von ihm und wenn, dann nannte sie ihn den Vater. »Natürlich kommt Papa wieder«, dachte Anne, »wenn Mama erst wieder lacht, kommt Papa ganz bestimmt zurück und wird wieder mit uns wohnen.« Doch das Lachen kam nicht mehr zurück und Annes Vater auch nicht. Stattdessen ließ ihre Mutter die Rollläden noch früher herunter als sonst.

Anne konnte sich nicht mehr daran erinnern, wann genau das Lachen ihrer Mutter verschwand. Sie konnte sich an das Lachen ihres Vaters erinnern, wie sie zusammen gelacht hatten, getobt und laut gelacht und dass ihre Mutter oft nur dastand und den Kopf schüttelte, sich mit beiden Händen an ihren Kopf fasste und »Nun passt doch auf!« sagte, und dass sie gerade erst aufgeräumt habe und Anne sich wehtun könne. Als würden sie kämpfen mit gefährlichen Waffen und ihr Lachen wäre Kriegsgeschrei. Und ein bisschen auch, als würden sie etwas Verbotenes tun, das eine Strafe verdiente. Wie Stehlen zum Beispiel.

Das Toben wurde weniger und das Lachen ihres Vaters leiser, und bevor es vollkommen verstummte, nahm er es einfach mit. Und kam nicht mehr zurück.

Wie auch das Licht, das die schweren Vorhänge verschluckte oder hinter den Rollläden verschwand. Es schmerzte Anne in den Ohren, wenn ihre Mutter die Kunststoffrollläden hinunterfallen ließ, als könne sie sie nicht halten, wenn sie fortan noch früher als zuvor hart auf die Fensterbank knallten, irgendwie trotzig.

Es machte Anne Angst, wenn sich die Lamellen aufeinanderstellten und alles Licht verschluckten nach und nach und die Wohnung verschlossen, als müsse sie geschützt werden wie eine empfindliche Wunde.

Irgendwann aber wird alles normal.

Der Vater kam nicht mehr nach Hause und Anne fragte immer seltener, warum das so sei und wann er wiederkomme.

Der Vater.

Annes *Papa* aber war niemals fortgegangen Nicht aus der Wohnung mit den großen Fenstern und dem knarrigen Holzfußboden und auch nicht aus der, in die Anne mit ihrer Mutter eines Tages zog und in die sie ihn heimlich einfach für sich mitnahm. Manchmal sprach sie mit ihm in ihrem dunklen Zimmer. Oft war ihr Flüstern das einzige Geräusch in der stillen, verwundeten Wohnung.

Was hast du gemacht in all den Jahren?
Du weißt, was ich gemacht habe.
Was hast du mit deinem Leben gemacht?
Wie meinst du das: mit deinem Leben?

Ist es so wie früher?
Wohnst du immer noch in der Hindenburgstraße?
 Schon lange nicht mehr.
Wo wohnst du jetzt?
 Dein Leben, was hast du damit gemacht?
Warum willst du das wissen?
 Es interessiert mich.
Es interessiert dich?
 Ja.
Einfach so, ja?
 Nein, nicht einfach so.
Sondern?
 Nichts ist einfach so.
Was soll ich schon gemacht haben?
 Ich weiß so wenig von dir.
Ich habe das Leben entdeckt.
 Das Leben?
Ja! Die Philosophen haben mich immer schon fasziniert.
 Tote Philosophen!
Die meisten schon.
 Tote.
Ja und?
 Wiederkäuer.
Was soll denn das jetzt?
 Selber denken!
Was weißt denn du schon?
 Selber finden.
Du erinnerst mich an deine Mutter!
 Ein Secondhandleben.
So tun, als wüsstest du alles.
 Eine Familie: Ist das kein Leben?
Wie soll ich denn das verstehen?

Da gibt es doch nicht viel zu verstehen.

Warum sagst du das so vorwurfsvoll?

Ich weiß nicht, warum es so klingt!

Deine Mutter hat dich mir weggenommen.

Weggenommen?

Sie hat mir keine andere Wahl gelassen.

Du bist weggegangen!

Ich bin nicht weggegangen!

Und nicht wiedergekommen.

Deine Mutter hat mich rausgeworfen!

Du wolltest nicht mit uns wohnen.

Natürlich wollte ich mit euch wohnen!

Warum bist du dann gegangen?

Deine Mutter hat mir keine andere Wahl gelassen.

Was hat sie gemacht?

Sie hat mich vor die Wahl gestellt: eine andere Arbeit oder ein anderes Leben.

Wie anders?

Ohne Orchester.

Ohne Orchester?

Mit Unterrichten.

Unterrichten?

Sie hat gesagt: Du kannst ja genauso gut Unterricht geben, dann wärst du wenigstens auch mal zu Hause.

Du solltest deine Orchesterstelle aufgeben?

Und stattdessen Unterricht geben.

Aber es war doch eine feste Stelle.

Sie war sicher. Nicht toll, aber sicher.

Und sie hat verlangt, dass du das aufgeben solltest?

Oder gehen.

Und du bist gegangen!

Ich hatte keine andere Wahl.

23

Du hättest unterrichten können.

Geige unterrichten. Weißt du, was das heißt: Kindern Geige beizubringen?

Ich glaube schon.

Ich glaube nicht.

Ich weiß, was es heißt, Kindern Klavier beizubringen.

Genau. Klavier!

Klavierspielen zu lernen ist genauso schwer wie Geige-spielen zu lernen.

Natürlich ist es das. Aber ein Klavier ist gestimmt und klingt von Anfang an richtig. Bei der Geige, das weißt du selber, dauert das ziemlich lange. Das kann sehr, sehr anstrengend sein.

Und sie hat das Anstrengende von dir verlangt?

Sie hat gesagt, dass sie dieses Leben nicht länger mitmacht.

Welches Leben?

Morgens Probe, abends Vorstellung, Extratermine, kaum freie Wochenenden, wenig Ferien.

Es war auch ihr Leben.

Es war nie ihr Leben.

Es war nur dein Leben?

Sie wollte ein Leben von Montag bis Freitag, ein Leben mit Wochenende und Sommerferien, ein Leben, von dem du heute weißt, wie es morgen aussehen wird. Und übermorgen. Und danach. Das wollte sie. Ein Leben wie meine Orchesterstelle. Nur ohne Orchester.

Alles in Ordnung.

Wie bitte?

Ein Leben, in dem alles in Ordnung ist.

In unserem Leben war alles in Ordnung.

Alles seinen Platz hat.

Deine Mutter hat es nicht gewollt.

Du bist weggegangen.
Was hätte ich tun sollen?
   Hast es in Unordnung gebracht.
Was hätte ich tun sollen?
   Bleiben!
Bleiben?
   Bleiben.

»Früher«, erzählte Annes Großmutter, »früher gab es im Winter immer Schnee, viel Schnee. So viel«, sagte sie und ließ mit beiden Händen Schneeberge vom Boden bis über ihren Kopf wachsen. Und sie erzählte von Schneemännern groß wie Menschen, knisternden Öfen in der Küche und von Nächten, in denen der Schnee glitzerte wie ein Teppich aus Diamanten. Anne liebte es, dabei auf dem Schoß ihrer Großmutter zu sitzen und aus den Geschichten Bilder mit nach Hause zu nehmen.

Die Geschichten der Großmutter kamen Anne vor wie Geschichten aus einer anderen Welt, einer Welt ganz am Ende der tiefen Seufzer, die die Großmutter immer wieder zwischen ihren Sätzen ausstieß und deren wehmütige Melodie Anne nicht mehr vergessen sollte.

Immer sonntags besuchte Anne ihre Großmutter. Nach dem Frühstück am sorgfältig gedeckten Tisch im Wohnzimmer machte sie sich gemeinsam mit ihrer Mutter auf den knapp halbstündigen Weg an der Hauptstraße entlang und unter der Eisenbahnbrücke hindurch, vorbei an den Schrebergärten, aus denen niemals Geräusche zu hören waren und vor denen sich Anne genau deshalb lange fürchtete, bis zu dem unscheinbaren Mietshaus, in dem die Großmutter schon mit dem

Großvater gelebt hatte und in dem Annes Mutter aufgewachsen war. An der Haustür warteten sie, bis die Großmutter öffnete, und gingen in den zweiten Stock, Anne liebte diese immer gleichen Besuche, bei denen die Großmutter die Tür öffnete und sagte: »Da ist ja mein Schatz!«, und die Arme ausbreitete in der Gewissheit, dass ihre Enkeltochter nicht zögern würde, sie in den Arm zu nehmen und sehr fest an sich zu drücken, bis ihre Mutter sagte, dass es jetzt aber gut sei, schließlich solle die Oma ja noch Luft bekommen. »Nun lass die Oma doch wieder los, du tust ihr ja sonst noch weh«, sagte Annes Mutter und die Großmutter sagte nichts, drückte Annes Kopf noch einmal sanft an ihren weichen Bauch und ließ ihn dann los und lächelte still in ihr frohes Herz hinein.

Bevor sie ging, sagte Annes Mutter zur Großmutter: »Wir sehen uns am Mittwoch«, und verabschiedete sich bei Anne mit einem Kuss auf die Stirn. »Ich hole dich um sechs wieder ab.« Manchmal sagte sie auch, so, dass es die Großmutter hören konnte: »Sag dem Vater, dass er das Geld nicht vergessen soll. Sag ihm, dass er es schon wieder vergessen hat. Sag ihm auch, dass ich es langsam leid bin, ihn immer wieder daran erinnern zu müssen.« Wenn sie so redete, klang es in Annes Ohren, als redete ihre Mutter über einen Unbekannten. Über etwas, das Unheil bringt. Oder zumindest Unordnung.

Auf dem Foto im Wohnzimmer war Annes Großmutter eine junge Frau, und ihr Bauch sah nicht weich aus und Anne fragte sich manchmal, ob ihre Mutter sie vielleicht deshalb niemals umarmte. Weil sie nicht wissen konnte, wie schön sich so ein weicher Bauch anfühlte.

Fast immer, nachdem Annes Mutter gegangen war, setzten sich Anne und ihre Großmutter an den Küchentisch, und Anne sollte all die Dinge erzählen, die sich seit ihrem letzten Besuch ereignet hatten, Dinge, die ihre Mutter oft nicht zu interessieren schienen und die Anne flüsternd der Dunkelheit ihres Zimmers anvertraute. Meistens erzählte Anne ihrer Großmutter sehr viel und gerade dann wuchs die eigene Ungeduld mit jedem Wort, denn noch größer als Annes Wunsch zu erzählen war ihre Neugier auf die Überraschung, die Sonntag für Sonntag im Küchenschrank der Großmutter auf sie wartete.

Als kleines Mädchen schaute Anne ihrer Großmutter oft beim Kochen zu, während ihre Eltern spazieren gingen oder, wenn sie nur zu zweit zu Besuch kamen, ihre Mutter im Wohnzimmer Fernsehen schaute, den Tisch deckte oder in Illustrierten blätterte. Anne sah ihrer Großmutter beim Vorbereiten des Mittagessens zu, wie sie mit großem Geschick und wie selbstverständlich aus zahlreichen Zutaten nach und nach eine Mahlzeit kreierte. Und wie sie blind Kartoffeln schälte. Zwei Dinge konnte Annes Großmutter mit geschlossenen Augen: stricken und Kartoffeln schälen. Sie konnte, während sie ihrer Enkeltochter ein Buch vorlas, einen ganzen Topf voll Kartoffeln schälen, ohne auch nur ein einziges Mal aufzublicken oder sich zu verletzen. So jedenfalls kam es Anne vor.

Kartoffeln gab es immer. Annes Großmutter achtete darauf, dass sie alle die gleiche Größe hatten. Schließlich müsse alles seine Ordnung haben. Später durfte Anne beim Kochen helfen, die Kartoffeln aber schälte stets nur ihre Großmutter. Möglichst dünn musste die

Schale nämlich sein, alles andere wäre Verschwendung gewesen.

Später, das war, als Annes Vater alle zwei Wochen am Sonntag ebenfalls zu ihrer Großmutter kam, um einige Stunden mit seiner Tochter zu verbringen. Annes Mutter wollte nicht, dass er zu ihnen in die neue Wohnung kam, nicht einmal, um Anne abzuholen. Und noch viel weniger wollte sie, dass Anne ihren Vater besuchte. »Das ist nichts für dich«, sagte sie, ohne jemals zu erklären, was »das« war. Die Art aber, wie sie das sagte, das Scharfe in ihrer Stimme, klang nach etwas, das nicht richtig war, nicht gut für Anne. Nach Durcheinander in jedem Fall. Und so kam ihr Vater also jeden zweiten Sonntagnachmittag zu Annes Großmutter, um seine Tochter zu sehen. Er mochte die Großmutter, obwohl sie die Mutter von Annes Mutter war, nicht seine eigene. Und die Großmutter mochte Annes Vater, vielleicht auch nur deshalb, weil er eben Annes Vater war.

Diese Nachmittage mit ihrem Vater und ihrer Oma waren schöne Nachmittage. Nach ihrem Mittagsschlaf erzählte die Großmutter beim Kaffeetrinken Geschichten von früher. Immer gab es Geschichten von früher und selbst gebackenen Kuchen. Annes Vater liebte den selbst gebackenen Kuchen. Die Geschichten von früher, das zumindest glaubte Anne, liebte er nicht so sehr. Anne liebte diese Nachmittage genau so, wie sie waren, Nachmittage, an denen sie mit ihrem Vater und ihrer Oma oft auch lachte. An denen Anne unbeschwert war trotz allem.

Dass sie lachten, erzählte Anne ihrer Mutter nicht. Wenn sie nachfragte, erzählte ihr Anne, was für einen Kuchen die Großmutter gebacken und was ihr Vater mitgebracht hatte. Mehr nicht. Ein paarmal hatte sie mehr erzählt, zum Beispiel von den Überraschungen. Das hatte für Unordnung gesorgt, für große Unordnung. Wenn sie ihrer Mutter weiterhin auch von den anderen Dingen erzählt hätte, wäre nichts an seinem Platz geblieben. Also hat Anne ihrer Mutter niemals so von den Nachmittagen erzählt, wie sie wirklich waren. Sie sagte höchstens noch, dass ihr Vater das Geld überweisen würde, sobald das Konto wieder ausgeglichen sei, und ihre Mutter sagte »Ja ja« und »Immer das Gleiche« und rollte mit den Augen und Anne fand das unheimlich und dass ihre Mutter hässlich aussah dabei.

Ob alles anders gekommen wäre, wenn sie ihrer Mutter mehr erzählt hätte von diesen Nachmittagen, ob das wirklich etwas geändert hätte, war eine von den Fragen, auf die Anne keine Antwort fand, die sich ihr aber immer wieder in den Weg stellten. Sich wichtig machten. Andere hingegen stellte Anne gar nicht erst, beispielsweise, warum ihre Mutter so gut wie nie wissen wollte, wie die Nachmittage mit Anne und der Großmutter waren. Warum ihr Vater niemals in den immer seltener werdenden Fragen der Mutter vorkam. Oder auch, warum ihre Mutter sich absichtlich so hässlich machte.

Sie wissen, warum Sie hier sind.
　Weil ich hierherkommen sollte.
Sollte?
　Ja.
Wer hat das gesagt?
　Der Arzt.

Dr. Galubitz?

   Ja! Aber das wissen Sie doch alles. Das steht doch alles in Ihren Unterlagen. Warum fragen Sie mich das?

Weil ich Ihnen helfen möchte.

   Ich brauche keine Hilfe!

Dr. Galubitz schreibt hier, dass Sie Gewicht verlieren.

   Das ist Quatsch!

Soll ich es Ihnen vorlesen?

   Das ist Quatsch! Ich weiß, was da steht.

Und?

   Was und?

Wenn Sie wissen, was da steht, dann wissen Sie ja auch, warum Sie hier sind.

   Ich sagte das doch schon: Das ist Quatsch!

Sie finden, dass Dr. Galubitz Quatsch schreibt?

   Es stimmt nicht!

Ich vertraue, ehrlich gesagt, da ganz meinem Kollegen. Und er schreibt, dass Sie deutlich an Gewicht verlieren und dass Sie an einem Punkt angekommen sind, wo das gefährlich werden kann.

   Ich lebe noch und es geht mir gut.

46 Kilogramm sind eindeutig zu wenig. Wenn Sie noch mehr Gewicht verlieren, kann das schwerwiegende Folgen haben.

   Was heißt eindeutig zu wenig? Wer sagt das?

Die Medizin sagt das.

   Die Medizin!

Es gibt klare Anhaltswerte. Und in Ihrem Fall ist es eindeutig.

   Eindeutig was?

Sie haben Untergewicht.

   Das ist Quatsch!

Und es gibt auch einen Spiegel.
  Na und?
Stellen Sie sich hier vor den Spiegel: Was sehen Sie?
  Was soll das?
Sagen Sie mir, was Sie sehen!
  Natürlich sehe ich mich!
Das ist eine gefährliche Situation.
  Was soll an mir gefährlich sein?
Wenn Sie noch mehr Gewicht verlieren, können Sie ernst-
haft erkranken.
  Warum sollte ich noch mehr Gewicht verlieren?
Sie könnten sogar sterben!
  Wollen Sie mir Angst machen?
Ich will Ihnen helfen.
  Wenn Sie mir helfen wollen, dann hören Sie mit Ihren
  blöden Fragen auf.
Fragen gehören nun mal zu meinem Beruf.
  Aber Sie nerven mich. Ihr kluges Gequatsche nervt mich
  auch. Alles nervt mich. Lassen Sie mich in Ruhe!
Sie finden nicht, dass Sie Hilfe brauchen?
  Nein!
Nein?
  Nein!!
Zeigen Sie mir Ihre Arme.

Eines Tages kam das Blut. Es kam ohne Vorwarnung,
ohne Erklärung. Es war einfach da und erschreckte
Anne mehr als alles andere bisher in ihrem Leben. Der
Schreck war größer als die Scham und wurde zur Angst,
als sie ihrer Mutter dennoch davon erzählte. »Da ist
Blut«, sagte Anne leise und hoffte, dass ihre Mutter den
Schrecken würde nehmen können.

Sie konnte es nicht. »Mein Gott«, sagte Annes Mutter stattdessen und wurde sehr bleich und schloss hastig die Küchentür hinter Anne, als könne sie so Gott oder wen auch immer auf Abstand halten. Natürlich hatte Anne davon gehört, dass Mädchen zu Frauen werden und was sich da verändert. Aber das waren ja nur Worte, Geschichten. Das Blut aber konnte Anne sehen.

Wem sonst hätte sie davon erzählen sollen? An diesem Morgen? Bis Sonntag waren es noch vier Tage. Zu viele für ihren Schrecken. Für eine Wunde ohne Ursprung. Eine unsichtbare Verletzung.

»Es ist nur«, sagte ihre Mutter nach einer langen, einer sehr langen Pause, »ich wusste nicht, dass du das jetzt auch hast, so früh, ich hatte doch keine Ahnung, dass es schon so weit ist«, und die Art, wie sie »das« sagte, machte Anne Angst, größere noch als die Ungewissheit, die sich in der viel zu langen Pause vermehrt hatte wie lästiges Ungeziefer.

»Du bist jetzt kein Mädchen mehr, du bist jetzt eine Frau«, sagte Annes Mutter, und obwohl sie früher immer wieder angekündigt hatte, dass, wenn Anne erst einmal groß sei und eine Frau, vieles einfacher würde und verständlicher, hörte sich das in diesem Augenblick vor allem sorgenvoll an, beschwerlich, ganz und gar nicht einfach. Und auch nach etwas, über das man besser nicht allzu oft reden sollte. Es hörte sich, wenn zwar nicht verboten, so doch bedrohlich an. Nach einer anderen Geschichte. Anne erinnerte sich daran, dass früher, als sie noch zusammen in der großen Wohnung mit dem knarrigen Holzfußboden lebten, ihr Papa manchmal zu ihr sagte, dass sich ihre Mutter nicht gut fühle. Dass sie Bauchschmerzen und sich hingelegt habe und dass sie besser leise seien und nicht tobten. Ihr Papa sagte das ernst und gleichzeitig mit einem lustigen Achselzucken und schlief dann manchmal sogar im Wohnzimmer. Anne erinnerte sich ebenso an den oft schwerfälligen Gang ihrer Mutter nach dem Aufstehen, ihre Hände auf ihrem Bauch und dass ihr Teller beim Abendbrot oft unbenutzt blieb.

»Es ist besser, wenn du jetzt erst mal für ein paar Tage zu Hause bleibst«, sagte Annes Mutter und drückte ihrer Tochter etliche Lagen Toilettenpapier in die Hand und erklärte, was sie damit machen sollte.

»Ich bringe dir heute Abend etwas Richtiges mit«, sagte ihre Mutter. Dann sagte sie noch, dass sich Anne besser ein wenig hinlegen solle und ausruhen. Sie sagte nicht, dass alles seine Ordnung haben müsse, aber Anne spürte, nachdem ihre Mutter leise die Tür geschlossen und die Wohnung verlassen hatte, dass einiges in Unordnung geraten war.

Ein deutliches Gefühl.

Anne verbrachte diesen Tag wie viele andere auch alleine in ihrem Zimmer. Diesmal allerdings wusste sie nicht, was sie der Stille anvertrauen sollte. An diesem Tag war die Stille nicht ihre Freundin.

Am Abend dann erklärte ihre Mutter in wenigen kurzen Sätzen, woher das Blut kam, warum es wiederkommen und dass das erst einmal für lange Zeit so bleiben werde. Anne kannte das eine oder andere schon aus der Schule. Da hatte ihre Lehrerin es auch schon einmal erklärt in ähnlich kurzen Sätzen und manchmal auch in längeren. Und die größeren Mädchen machten sich in der Pause damit wichtig. Sie tuschelten und kicherten und prahlten damit, dass es bei ihnen passiert sei.

Aber das waren die anderen Mädchen, die Großen. Dass sie einfach so eine von ihnen werden würde, hatte sich Anne einfach nicht vorstellen können. Dass sie als Mädchen einschlafen und als Frau wieder aufwachen würde. Sie hatte sich das Frausein großartiger ausgemalt und die Veränderungen ihres Körpers nicht damit in Verbindung gebracht. Anne hatte sich das Frausein vor allem als das Ende von etwas vorgestellt. Als etwas Besonderes. Etwas sehr Besonderes. Die Erklärungen ihrer Mutter an diesem Abend, knapp und beinahe geflüstert, hörten sich nicht danach an. Im Gegenteil. Anne versuchte, etwas anderes zu hören, dem nicht Gesagten ein Zuhause zu geben. Wie aber sollte das gehen bei einem Mädchen, das gerade erst zur Frau wurde und das nicht nur mit den Ohren hörte? Das in Worten nicht nur das Gesagte erkannte, sondern immer wieder auch einen Ursprung. Und bei dem die Faszination für Musik als etwas heranreifte, das keine Worte brauchte und Erklärungen, sondern vielmehr eine eigene Sprache war. Eine Sprache nämlich, bei der nicht das Gesagte einen Inhalt ergibt, sondern dessen Klang. Klang, der sehr viel mehr ist als das bloße Aufeinandertreffen unterschiedlicher Töne.

Anne behielt das Blut für sich. Nicht einmal ihrer Großmutter erzählte sie davon. Als es das erste Mal kam, sollte sie sie nicht besuchen. »Krank«, sagte Annes Mutter am Telefon, »sie ist krank und kann nicht kommen«, und dass Anne dann in der darauffolgenden Woche wieder komme. Ihren Vater sah sie wegen des Bluts vier Wochen lang nicht.

Vielleicht, dachte Anne später immer wieder, vielleicht war das Blut der Anfang allen Unglücks, und es wäre besser gewesen, sie hätte ihren Vater fortan überhaupt nicht mehr gesehen, als Frau. In jedem Fall aber hätte sie alles so lassen müssen, wie es immer war, und niemals diesen Vorschlag machen dürfen. Niemals. So aber dachte sie aus gleich mehreren Gründen, dass sie allein die Schuld für ihr Unglück trug. Sie wusste das und wurde dieses Wissen nie wieder los. Es begleitete sie, wie auch die Toten sie irgendwann anfingen zu begleiten, Jahre später. Wie auch die Toten war es plötzlich da, mehr ein Gefühl, ein Gefühl, das taub machte und stumm. Eine Art von Winterstarre, ganzjährig. Doch anders als die Toten blieb es ohne Worte. Mit den Toten konnte Anne wenigstens sprechen.

Du kannst was?
    Ich kann sie hören.
Du kannst sie hören!
    Ja!
Tote!
    Ja.
Und was hörst du?
    Wir sprechen miteinander.
Du meinst, sie sagen etwas und du sagst auch etwas?
    Ja.
Wörter?
    Ja.
Sätze?
    Ja.
Gespräche?
    Alles!
Du führst Gespräche mit Toten?
    Genau!

Mit wem denn zum Beispiel. Mit wem sprichst du?

Mit Oma.

Mit Oma!

Mach dich nicht lustig über mich!

Ich mache mich nicht lustig über dich!

Du hörst dich aber an wie jemand, der sich lustig macht.

Nein!

Doch!

Nein, ich mache mich nicht lustig. Es ist nur ...

Du findest mich seltsam.

Ein bisschen schon, ja!

Und Du glaubst, bei mir stimmt etwas nicht.

Ich habe den Eindruck, dass du Hilfe brauchst, das ist alles, was ich glaube.

Dass ich ein bisschen komisch bin, anders. Oder?

Dass du mit Toten sprichst, macht mir schon Sorgen.

Alle sagen das.

Sagen was?

Dass ich ein bisschen komisch bin.

Wer sagt das?

Die Ärztin.

Welche Ärztin?

Dr. Ringsdorff!

Ich kenne keine Dr. Ringsdorff.

Die mich behandelt hat die vielen Jahre.

Behandelt? Wieso behandelt? Ich weiß nicht, wovon du sprichst.

Sie hat es nicht so direkt gesagt, aber ich weiß, dass sie das denkt. Auch wegen der Toten.

Tut mir leid, aber ich kann dir nicht folgen!

Du kannst mir nicht folgen.

Nein!

    Du hast keine Ahnung.

Nein, keine Ahnung! Wovon sollte ich denn Ahnung haben?

    Du weißt nichts von der Krankheit?

Was für eine Krankheit? Wer war krank?

    Mama hat dir nichts erzählt?

Was erzählt? Wer war krank?

    Von der Krankheit!

Nein!

    Dem Krankenhaus?

Nein!

    Den Armen?

Kein Wort!

    Dem Blut?

Du liebe Güte: nein! Was für Blut?

    Sie hat mich angelogen.

Erkläre es mir! Wovon sprichst du?

    Die ganze Zeit hat sie mich angelogen.

Angelogen womit?

    Die ganzen Jahre!

Was hat sie mir nicht erzählt?

    Du hattest von allem keine Ahnung!

Was hätte sie erzählen sollen?

    Du hast es nicht gewusst!

Aber jetzt: Du kannst es mir doch jetzt erzählen!

    Jetzt ist es zu spät.

Warum sollte es jetzt zu spät sein?

    Jetzt ist der Zeiger schon beinahe wieder herum.

Das verstehe ich nicht!

    Das Blut!

Was für Blut?

    Bald ist Mitternacht!

Was ist an Mitternacht?
   Einmal herum ist ganz schön weit!
Herum um was?
   Und dann ist es dunkel.

Drei Wochen gab das Opernhaus Annes Vater jeden Sommer frei. Als sie noch zusammen in der Wohnung mit den großen Fenstern und den hohen stuckgeschmückten Wänden wohnten, waren es für Anne die schönsten im Jahr, und sie begannen mit einem kleinen verspielten Ritual.

Wenn ihr Vater am letzten Arbeitstag nach Hause kam wie an all den anderen Tagen auch, den Geigenkasten in der rechten Hand, wartete Anne bereits am Fenster. Sie wartete darauf, dass er am Ende der Straße um die Ecke kam, und auf das Schnalzen des Türschlosses kurze Zeit später, darauf, dass ihr Vater seinen lockigen Kopf durch den Türspalt steckte und grinste. »Jetzt?«, fragte Anne dann, das Grinsen verschwand aus dem Gesicht ihres Vaters und er sagte ernst: »Jetzt!« Noch bevor er die Jacke ausgezogen hatte, nahm Anne seine Hand, ging mit ihm in das Wohnzimmer und blieb vor dem großen Schrank aus Kiefernholz stehen. Ihr Vater öffnete feierlich die Schranktür, nahm den Geigenkasten in beide Hände und legte ihn mit noch immer ernster Miene in das oberste Fach. »Da bleibst du, Geige«, sagte Annes Vater mit tiefer Stimme und Anne wiederholte das und senkte dabei den Kopf auf die Brust und dann schloss ihr Vater die Schranktür und breitete die Arme aus und Anne schmiegte sich eng an ihn. »Ferien!«, sang er wie ein Opernsänger, Anne erwiderte »Ja« und drückte ihren Vater noch fester.

Einmal kam Annes Mutter in das Wohnzimmer und sagte: »Was soll denn dieser Unsinn? Du machst das Kind ja ganz verrückt!« Anne wusste nicht, was ihre Mutter damit meinte, verrückt, und warum es so vorwurfsvoll klang, nach etwas, das dort nicht hingehörte. »Du kommst spät und wir haben noch so viel zu tun!«, sagte Annes Mutter außerdem und verließ das Wohnzimmer.

Das Lachen verschwand aus dem Gesicht von Annes Vater und auch das Glänzende seiner Augen, das Anne so sehr mochte. Er seufzte kurz und leise und sagte: »Dann wollen wir mal!« Er bückte sich zu Anne hinunter und sagte: »Morgen früh holen wir Oma ab und dann geht's ab nach Dänemark. Ich freue mich so!« Und sein Lachen kehrte vorsichtig zurück und ein bisschen Glänzendes auch.

Auch als sie schon lange nicht mehr zusammen mit ihrem Vater in der Wohnung mit den großen Fenstern wohnte, konnte Anne das geölte Holz des Kiefernschranks noch riechen, und dieser leicht orangige Geruch überlebte auch die trostlosen Wochen alleine mit der Mutter später an der deutschen Nordsee.

In Dänemark konnte Anne von der Veranda ihres kleinen Holzhauses aus spärlich bewachsene Sandhügel und dahinter bereits das Meer sehen. Manchmal auch riechen. Vor allem früh morgens, wenn die Ungeduld sie weckte und Anne vor ihren Eltern alleine aufstand, lange noch vor dem Wind, konnte sie das Meer riechen. Geruch von Wasser am Morgen, von Meer am Morgen, von Meerwasser am Morgen am leeren Strand, ein Geruch voller Widersprüche, wie zwischen die Zeit gerutscht, Restfeuchte der Nacht, sonnensandiges

Erwachen, manchmal salzig, manchmal Fisch. Und manchmal auch als Geschmack.

Einmal waren Anne und ihr Vater, als es schon dunkel war, an das Meer gegangen. Sie knieten sich in den noch warmen Sand, vor ihnen in einigen Metern Tiefe begann der menschenleere Strand. »Hörst du wie es atmet, das Meer?«, fragte ihr Vater. »Kannst du das hören?«

»Ja, Papa«, sagte Anne nach einer Weile leise und stolz auf ihren Vater, der solche Geheimnisse wusste und sie ihr anvertraute.

»Wenn du dich in den Sand legst und die Augen schließt, hörst du das Atmen noch viel besser und es wird dein Atmen und du schläfst vielleicht ein«, und sie legten sich beide Arm an Arm in den Sand und schlossen die Augen und lauschten dem Abendatmen des Meeres und nach einer Weile fragte Anne: »Schläfst du, Papa?«, und ihr Vater sagte Nein und musste lachen und Anne sagte: »Ich auch nicht«, und lachte ebenso und beide gingen sie kichernd zurück zu ihrem kleinen Ferienhaus, in dem Annes Mutter schon lange eingeschlafen war.

Ganz anders als das Kreischen der Möwen gehörte der ruhige Abendatem des Meeres Anne und ihrem Vater ganz alleine.

Ein weiter Strand, dessen feiner Sand in der Sonne glitzerte und auf dem unzählige Kinder spielten, alleine, mit anderen Kindern oder ihren Eltern.

Ein Eiswagen, der oft sogar zweimal am Tag mit unüberhörbarem Klingeln vorgefahren kam und an dem sich schnell eine lange Schlange überwiegend barfüßiger Kinder bildete, die aufgeregt Geldstücke von einer Hand in die andere legten oder aber, wie Anne, ihre Münzen fest mit der Hand umschlossen hielten und diese erst wieder beim Bezahlen öffneten.

Ein Weg durch ein kleines Waldstück, auf dem Anne morgens mit ihrem Vater bis zum Bäcker in das kleine Dorf ging, um frische Brötchen und leckere Zimtschnecken für das Frühstück zu kaufen.

Der Geruch dieser Bäckerei, ein schwerer, süßer Geruch von Hefeteig, von Nüssen und Zimt und manchmal auch von etwas Säuerlichem, das Anne nicht mochte, das sie unangenehm fand und das sich ebenso wie der Geruch von geöltem Kiefernholz einen Platz in ihrer schattenlosen Erinnerung suchte.

Der Geschmack von Salz, den eine kleine Welle in Annes Mund spülte, als sie stolz ihre ersten Schwimmzüge ohne Flügel machte und dabei einmal Wasser schluckte, nachdem sie nach kurzem Tauchen wieder nach oben kam und sich eine Welle direkt vor ihr brach und Anne prusten musste. Ihr Vater stand einige Meter entfernt und lachte, während es Anne mit der Angst bekam und aus dem warmen, bauchnabelhohen Wasser flüchtete.

Der erste Schritt am Morgen barfuß im bereits angewärmten weichen Sand, das wohlige stecknadelfeine Schauern am Nachmittag, wenn die Sonne den Sand aufgeladen hatte mit Hitze, ein winziges, feines Kribbeln bis unter die Kopfhaut, wenn sich die Füße in diesen heißen Sand gruben; und Füße, die manchmal sogar an den Sohlen schmerzten auf diesem zu heißen Sand.

Noch Jahre, nachdem die Urlaube am Meer aufgehört hatten, als ihr Vater bereits ausgezogen war und

Anne alleine mit ihrer Mutter in der verschwiegenen dunklen Wohnung lebte, schlich sich manchmal ein immer gleicher Traum in Annes Schlaf und ließ sie fast jedes Mal schweißnass aufwachen. Sie träumte, dass sie auf einem sandigen Felsvorsprung stand, unterhalb öffnete sich ein großer weiter Strand. Die Sicht reichte weit hinaus auf das Meer. Jemand stand im flachen Wasser und winkte herauf, doch Anne konnte nicht erkennen, wer es war. Aber sie war gemeint, ohne Zweifel, denn niemand sonst war dort oben. Die Person winkte stärker, sie winkte Anne herbei, sie solle kommen, herunter zu ihr. Aber es war sehr steil, direkt unter Anne fiel eine Felswand beinahe senkrecht hinab, einen Weg konnte sie nicht entdecken. Die Person winkte immer heftiger, es war ein Mann. Anne hörte hinter sich in einiger Entfernung ein gleichmäßiges lautes Atmen und drehte sich um. Sie sah ein Mädchen. Es kam auf sie zu und begann zu laufen. Es lief immer schneller und war nur noch wenige Meter von Anne entfernt. Sie wollte dem Mädchen etwas zurufen, aber plötzlich hatte sie Wasser im Mund und musste prusten. Das Wasser schmeckte scheußlich nach Salz und Anne bekam Angst, weil das Wasser immer mehr wurde und ihr Atem immer weniger. Als das Mädchen schon fast bei ihr war, streckte es die Hand aus. Anne griff nach dieser Hand und schon war das Mädchen an ihr vorbeigelaufen und hatte den Rand des Felsvorsprungs erreicht. Anne wollte es zu sich ziehen, fand aber keinen Halt, sondern rutschte mit ihren nackten Füßen über den heißen Sand und fiel auf den Rücken und dem Mädchen hinterher. Merkwürdigerweise spürte Anne keinen Schmerz, sie spürte nur die Hand des Mädchens in ihrer und sah, wie sich alles um sie herum zu drehen begann, immer schneller wirbelten die zwei Mädchen durch die Luft, und dann begann eine Geige zu spielen, sehr laut, so laut, dass sich Anne die Ohren zuhalten wollte, aber sie hielt inzwischen mit beiden Händen die Hand des Mädchens und die Geige spielte immer lauter und immer schneller, und dann begann noch eine zweite Geige zu spielen, ebenfalls laut und immer schneller werdend, und das Mädchen und Anne wirbelten auch immer schneller durch die Luft und auf den Mann zu, der Anne zugewunken hatte, er kam immer näher, der Mann, fast schon konnte Anne sein Gesicht erkennen, nur noch ein kleines Stück, und sie würde sein Gesicht erkennen können, und als sie direkt vor ihm war, konnte sie sehen, wer es war, sie sah, dass es ihr Vater war, ihr Vater stand dort und winkte sie noch immer herbei, sie sah, dass er lachte, ihr Vater lachte, und als Anne ebenfalls lachen wollte, war ihr Gesicht plötzlich unter Wasser und anstelle eines Lachens kamen Luftblasen aus ihrem Mund, dann streckte Anne ihre Hände aus, um nach ihrem Vater zu greifen, und das andere Mädchen schrie, obwohl es ebenfalls unter Wasser war: »Nein, nein!«, doch Anne hatte es bereits losgelassen und sah es davongleiten, aberwitzig schnell in riesigen Luftblasen umherwirbelnd, schon war es verschwunden, nur noch sein grelles und verzweifeltes »Nein, nein!« konnte Anne hören, ein stumpfes, immer leiser werdendes wassergedämpftes Schreien wie hinter Glas, und Anne schrie zurück, während die beiden Geigen einen ohrenbetäubenden Lärm machten, und Annes Vater lachte noch immer, und als sie nach ihm greifen wollte, wich er einen Schritt zurück und Anne griff ins Leere und ihr Vater lachte, während sie an ihm vorbeistrudelte, hinunter in tiefes Wasser, und schon war er über ihr und wurde kleiner, immer kleiner, nur noch ein Schemen bald und dann ein kleiner schwarzer Punkt inmitten eines kreisrunden hellen Lochs und dann war auch dieser kleine schwarze Punkt verschwunden und Anne wurde immer weiter nach unten gezogen und hörte das entfernte Schreien des Mädchens und ihr eigenes und die lärmenden Geigen und sank und sank tiefer und versuchte, mit ihren Händen irgendwo Halt zu finden und griff immer nur in die Leere, eine lärmende, kalte Leere, die ihr durch die Finger glitt.

Manchmal träumte Anne diese Bilder nicht zu Ende, manchmal wachte sie auf und wünschte sich in die Bilder zurück, um sie zu verscheuchen, um das Mädchen nicht loszulassen und den Mann besser zu greifen, aber die Bilder gehorchten ihr nicht, später erst kamen sie zurück, in einer anderen, erneut schutzlosen Nacht, und wenn Anne dann erwachte am nächsten Morgen, war ihr Körper bleischwer und sie konnte sich kaum bewegen, jedes Bewegen blieb ein Versuch und Anne war oft unfähig, das Bett zu verlassen und irgendetwas anderes zu tun, als sich fröstelnd in eine Decke einzurollen und darauf zu warten, dass die Bilder allmählich verschwanden und mit ihnen die bleischwere Nacht.

Manchmal blieb sie den ganzen Tag.

Für meine Oma.
Bitte?
Für Oma!
Was ist für Ihre Oma?
Ich habe es für meine Oma getan.
Was haben Sie für Ihre Oma getan?

Sie wollten wissen, warum ich hier bin.

Aber ich weiß doch, warum Sie hier sind.

Und warum haben Sie mich dann gefragt?

Ich habe Sie nicht gefragt.

Haben Sie wohl!

Nein! Ich habe nur gesagt, dass Sie genau wissen, warum Sie hier sind. Das ist ein Unterschied! Was meinten Sie damit: für Oma?

Das habe ich doch schon gesagt.

Dann sagen Sie es bitte noch einmal.

Wozu?

Damit ich es besser verstehe.

Sie wissen doch sowieso immer schon alles!

Erklären Sie es mir bitte noch einmal, damit ich Sie besser verstehen kann.

Ich habe es meiner Oma versprochen.

Sie haben was Ihrer Oma versprochen?

Oma hat gesagt, dass ich zum Arzt gehen soll, weil ich so dünn bin.

Finden Sie sich denn dünn?

Oma hat das gesagt!

Und Sie? Was finden Sie?

Oma findet das.

Ich finde das auch.

Oma ist sehr klug.

Damit ist nicht zu spaßen. Untergewicht kann sehr gefährlich sein. Ich habe viele Mädchen und Frauen kennengelernt, die Untergewicht hatten. Wenn sie regelmäßig gegessen und wieder zugenommen haben, ging es ihnen besser. Sie haben sich viel wohler gefühlt.

Dünn.

Sie sind nicht nur dünn, Sie haben Untergewicht!

Oma hat dünn gesagt, nicht Untergewicht.
Aber Sie haben Untergewicht!

Und wenn schon. Ich fühle mich wohl!
Sie haben sich wahrscheinlich schon an diesen Zustand gewöhnt. Aber es könnte Ihnen viel besser gehen. Glauben Sie mir: Mit ein paar Kilo mehr würden Sie sich ganz anders fühlen. Besser. Sie werden sehen.

Ich brauche Ihre Ratschläge nicht!
Ich glaube nicht, dass Ihre Oma damit einverstanden ist.

Meine Oma weiß ja gar nicht, dass ich hier bin.
Aber sie findet, dass Sie zu dünn sind, und hat Sie zum Arzt geschickt.

Sie hat gesagt, dass ich mehr essen muss.
Da hat sie recht.

Mehr nicht!
Haben Sie denn keinen Hunger?

Oma sagt immer, dass man mehr essen muss. Aber ich habe einfach keinen Hunger. Warum soll ich essen, wenn ich keinen Hunger habe?
Das sollen Sie doch auch gar nicht! Ich möchte nur verstehen, warum Sie nicht hungrig sind.

Keine Ahnung, warum. Manchmal habe ich eben keinen Hunger,
Was heißt manchmal?

Manchmal heißt manchmal.
Haben Sie zum Beispiel morgens keinen Hunger oder essen Sie nicht so gerne in Gesellschaft? Vielleicht mögen Sie ja auch ganz bestimmte Sachen einfach nicht essen?

Keine Ahnung!
Manche Menschen mögen zum Beispiel keinen Fisch; sie wollen keinen Fisch essen. Ihnen wird schlecht, wenn sie

nur an Fisch denken. Oder an Eier. Alles, was aus Eiern gemacht wird.

Ich esse eigentlich alles.

Haben Sie eine Lieblingsspeise? Etwas, das Sie ganz besonders gerne essen?

Nein, ich mag eigentlich alles. Das Weiße im Ei, wenn es wabbelig ist, das mag ich nicht. Davon wird mir schlecht.

Was gibt es denn bei Ihnen zu Hause zu essen?

Wie meinen Sie das?

Ich meine, was Sie zu Hause so essen, ob es viel Frisches gibt zum Beispiel. Oder auch viel Fleisch. Kocht Ihre Mutter eher normale Gerichte oder probiert sie gerne Sachen aus?

Meine Mutter kocht nicht gerne.

Aber sie kocht doch für Sie?

Früher hat meistens mein Vater gekocht. Am Wochenende waren wir bei Oma.

Und jetzt? Wer kocht jetzt für Sie?

Manchmal Mama, manchmal ich.

Sie können kochen?

Natürlich kann ich kochen.

So natürlich ist das gar nicht. Nicht alle können kochen.

Ich schon.

Haben Sie das von Ihrem Vater gelernt?

Ich habe bei meiner Oma zugeguckt.

Sie haben von Ihrer Oma Kochen gelernt?

Ich habe ihr zugeguckt. Wenn wir zu Besuch waren.

Omas können meistens gut kochen, stimmt's?

Meine Oma kann sehr gut kochen!

Hat denn Ihre Oma ein Lieblingsessen?

Was?

Gibt es etwas, das Ihre Oma besonders oft kocht?

Oma kann alles kochen.

Wirklich?

Ja!

Und Sie?

Ich?

Kochen Sie irgendetwas ganz besonders gern?

Oma und ich haben auch zusammen gekocht.

Das ist doch toll!

Das Mittagessen haben wir oft zusammen gekocht.

Und so haben Sie Kochen gelernt?

Sonntags!

Sonntags?

Wenn wir bei Oma zu Besuch waren.

Wieso waren?

Aber die Kartoffeln darf nur sie schälen.

Die Kartoffeln? Was ist denn mit den Kartoffeln?

Die Schalen müssen ganz dünn sein.

Ganz dünn?

Alles andere wäre Verschwendung!

Ach so, jetzt verstehe ich. Das kommt mir bekannt vor. Ich kenne das von meinen Großeltern: Nie durfte etwas Essbares weggeschmissen werden. Das war tabu!

Ich habe es einmal probiert. Die Schalen waren viel zu dick und Oma war richtig böse!

Sie haben vorhin »waren« gesagt. Besuchen Sie denn jetzt Ihre Oma nicht mehr?

Jetzt bin ich ja hier!

Gut, jetzt sind Sie hier – für ein paar Wochen.

Wie soll ich sie da besuchen?

Aber sonst. Besuchen Sie sie sonst nicht mehr?

Doch.

Und warum haben Sie »waren« gesagt?

   Waren?

Sie haben gesagt, dass Sie oft mit Ihrer Oma gekocht haben und dass Sie zu Besuch waren.

   Wir kochen nicht mehr so oft zusammen.

Gibt es einen Grund dafür?

   Nein.

Haben Sie sich gestritten?

   Nein!

Wegen der Kartoffeln?

   Nein!! Jetzt nerven Sie doch nicht mit dieser blöden Fragerei!

Ich finde das nur etwas ungewöhnlich, das ist alles.

   Was soll ungewöhnlich sein?

Ich wundere mich, dass Sie nicht mehr mit Ihrer Oma zusammen kochen.

   Es schmeckt mir nicht mehr!

Das Essen Ihrer Oma schmeckt Ihnen nicht mehr?

   Richtig.

Obwohl Sie es so gerne mochten.

   Genau.

Sie mögen es nicht mehr? Einfach so?

   Irgendwas ist anders.

Anders?

   Sie macht irgendetwas anders, keine Ahnung, es schmeckt mir eben nicht mehr.

Manchmal ist das so, ich kenne das auch: Manchmal schmecken Sachen, von denen man nicht genug bekommen konnte, einfach nicht mehr.

   Genau.

Und Ihre Oma: Hat sie sich nicht gewundert?

   Doch.

Sie hat sich gewundert. Und dann?

> *Sie hat mich gefragt, warum ich ihr Essen nicht mehr mag. Erst fand sie das nicht so schlimm, aber sie hat das nicht wirklich verstanden.*

Ihre Oma ist bestimmt auch traurig, dass Ihnen plötzlich ihr Essen nicht mehr schmeckt, oder?

> *Es ist ja nicht plötzlich.*

Nicht plötzlich?

> *Es ist schon länger so.*

Wie lange?

> *Woher soll ich das denn schon wieder wissen?*

Eher ein paar Wochen? Oder Monate?

> *Nein, länger. Omas Essen schmeckte schon länger anders. Ich mochte es nicht mehr so, es war anders.*

Haben Sie Ihrer Oma das nicht gesagt?

> *Ich habe einfach etwas weniger gegessen.*

Und sie hat sich nicht gewundert?

> *Und manchmal auch gar nichts.*

Hat Ihre Oma sich nicht gewundert, dass Sie weniger oder gar nichts gegessen haben?

> *Doch.*

Und dann?

> *Dann hat sie mich gefragt, ob mir ihr Essen nicht mehr schmeckt.*

Und was haben Sie gesagt?

> *Ich habe gesagt, dass ich manchmal einfach keinen Hunger habe.*

Hat sie das verstanden, Ihre Oma?

> *Nein. Sie hat dann gesagt, dass ich gerade jetzt besonders viel essen muss.*

Was meinte sie damit?

> *Keine Ahnung.*

*Und Sie können sich nicht erinnern, wann das ungefähr
losging mit dem Keinen-Hunger-mehr-Haben?*

   Nein.

Ungefähr?

   Weil ich jetzt eine Frau bin.

Wie bitte?

   *Oma hat gesagt, dass ich mehr essen muss, weil ich jetzt
eine Frau bin.*

*Weil Sie eine Frau sind. Meinen Sie, Ihre Oma kann
sagen, wann das anfing? Oder erinnern Sie sich vielleicht
doch noch?*

   Ich weiß es wirklich nicht. Es war einfach irgendwann so.

Und einen bestimmten Grund gab es nicht?

   Nein.

Wie hat Ihre Oma das gemeint mit dem Frau-Sein?

   Keine Ahnung!

Haben Sie nicht gefragt?

   Nein!

Interessiert es Sie nicht?

   Nein!

Warum nicht?

   Warum?

Weil Ihre Oma das bestimmt nicht einfach so gesagt hat.

   Manchmal sagt Oma Sachen einfach nur so.

Aber so etwas doch nicht.

   Manchmal redet sie auch mit sich selbst.

Das hat sie aber doch zu Ihnen gesagt!

   Keine Ahnung. Vielleicht.

*Wissen Sie: Ich will Sie nicht aushorchen. Ich will, dass
wir gemeinsam einen Weg finden, damit Sie wieder etwas
Gewicht zulegen. Ich glaube, dass Ihnen das guttun wird.
Sie werden sich besser fühlen.*

Was Sie nicht alles wissen!

Vielleicht hat es an einem bestimmten Essen gelegen? Vielleicht haben Sie sich einmal den Magen verdorben? Kann das sein?

Nein, das wüsste ich doch.

Manchmal ist das so: Man hat etwas gegessen und es ist einem nicht bekommen. Der Körper merkt sich so was und reagiert immer wieder so, als würde ihm dieses Essen nicht bekommen. Der Körper vergisst das nicht, der Kopf aber vielleicht schon.

Nein, das wüsste ich. Dann wäre mir doch schlecht gewesen.

Ist Ihnen denn heute manchmal schlecht?

Nein.

Vielleicht erinnert sich ja Ihre Oma, ob Ihnen einmal schlecht war?

Da müssen Sie sie schon selber fragen.

Wollen Sie das nicht machen?

Warum sollte ich sie fragen?

Sie könnten Sie ja anrufen.

Ich weiß schon, was Sie sagen wird!

Nämlich?

Das geht Sie nichts an!

Warum nicht?

Weil es meine Oma ist.

Natürlich ist es Ihre Oma, das bestreitet ja niemand.

Sie kennen sie gar nicht.

Möchten Sie, dass ich sie kennenlerne?

Bloß nicht!

Soll ich sie einmal hierher einladen, zu einem Besuch bei Ihnen?

Bloß das nicht!

Warum nicht?

Was soll sie denn hier? Sie würde sich nur erschrecken.

Erschrecken worüber?

Worüber?

Ja, worüber? Was ist denn so erschreckend hier?

Hier sind überall Kranke.

Wer ist krank?

Überall laufen Kranke herum.

Aber Sie sind doch auch hier. Ihre Oma soll doch Sie besuchen!

Darum soll Oma auch nicht hierherkommen!

Warum?

Damit sie nicht denkt, dass ich auch so krank bin.

Hat nicht Ihre Oma Ihnen geraten, zu einem Arzt zu gehen?

Ich bin nicht krank!

Sagen wir so: Sie sind gefährdet.

Wie das schon wieder klingt: gefährdet!

Ihre Oma findet das doch auch.

Woher wollen Sie wissen, was meine Oma findet?!

Sie haben es mir doch eben selbst erzählt.

Nichts habe ich Ihnen erzählt!

Sie haben eben gesagt, dass Ihre Oma findet, Sie seien zu dünn und sollten zum Arzt gehen.

Oma hat gesagt, dass ich dünn bin, mehr nicht!

Und dass Sie zum Arzt gehen sollten!

Sie hat das nur gesagt, weil sie immer für mich kocht.

Und weil Sie sich Sorgen macht, weil Sie ihr Essen nicht mehr mögen.

Wir kochen ja noch manchmal zusammen.

Schmeckt es denn anders, wenn Sie zusammen kochen?

Manchmal!

Schmeckt es Ihnen dann besser?

Ja.

Und warum essen Sie es dann nicht?

Mach ich doch!

Aber viel kann es ja nicht sein.

Ich habe es doch schon ein paar Mal gesagt: Ich habe keinen großen Hunger. Was ist denn daran so ungewöhnlich?

Stellen Sie sich vor, Sie könnten sich von Ihrer Oma ein ganzes Menü kochen lassen, mit allem Drum und Dran: Was würden Sie sich wünschen?

Was ist denn das schon wieder für eine Frage!

Überlegen Sie es sich doch mal: Alles, was Sie am liebsten mögen – in einem Menü!

Warum soll ich das machen? Ich habe überhaupt keine Lust, mir über so etwas Gedanken zu machen. Es interessiert mich nicht!

Mit Vor- und Nachspeise!

Wozu? Essen interessiert mich nicht!

Wenn ich mir von meiner Mutter ein Essen wünsche, dann wünsche ich mir Gulasch mit Klößen. Sie macht die Klöße selber, nach schlesischer Art. Ich kann nicht genug kriegen davon!

Na und?

Wenn ich ein Wunschessen frei hätte, würde ich mir immer das wünschen: Gulasch mit Klößen und Soße.

Ich kann daran nichts finden!

Das ist nicht Ihr Geschmack?

Nein!

Wenn das Fleisch ganz durchgegart ist und zart, wenn es beinahe zerfällt: wunderbar!

Ich mag das nicht!

Gulasch?

Fleisch, das auseinanderfällt!

Man kann es ja auch anders zubereiten, fester.

Braune Soße!

Oder weniger faserig.

Ich finde das ekelig!

Das war nur ein Beispiel.

Hören Sie auf damit!

Was ist mit Ihnen?

Hören Sie auf: Mir wird schlecht!

Was ist mit Ihnen?

Ich muss mich übergeben!

Sie sind ja ganz blass!

Mir ist kotzübel!

Kommen Sie! Trinken Sie etwas. Hier ist ein Glas Wasser.

Ich muss brechen ...

Immer waren die Haare zu einem Dutt hochgebunden, der von einem feinen Netz zusammengehalten wurde. Wenn Anne sich an ihre erste Klavierlehrerein erinnerte, erinnerte sie sich an eine immer in Schwarz gekleidete Frau mit einem grauen Tennisball auf dem Kopf. Besonders in Erinnerung geblieben waren Anne auch die vielen feinen Äderchen, die die Wangen ihrer Klavierlehrerin aus der Entfernung blass rötlich schimmern ließen. Nur wenn Anne neben ihr auf dem Klavierhocker saß und sie von der Seite ansah, löste sich dieses Schimmern in unzählige Verästelungen und im Nichts endende rote Linien auf.

Einmal in der Woche, manchmal auch zweimal, stieg Anne die vielen Treppenstufen bis in den dritten Stock hinauf zu der Wohnung mit den beiden Türen.

Wenn Anne, oben angekommen, einen Knopf an der Wand neben der ersten Tür drückte, leuchtete neben dem Stuhl der Klavierlehrerin ein rotes Licht auf. Dann drückte die Klavierlehrerin auf einen anderen Knopf, die erste Tür öffnete sich. Anne trat ein, schloss diese Tür und wartete auf das Öffnen der zweiten Tür. Manchmal dauerte es lange, bis sich etwas tat. Dann konnte Anne in der Dunkelheit zwischen den beiden Türen Klaviermusik wie durch Watte gespielt hören. Es roch alt und nach Staub in dieser Zwischenwelt, im Sommer war die Luft stickig und Anne froh, wenn sich entweder bald schon die innere Tür öffnete oder aber sie erneut auf den Flur gehen konnte, um noch einmal den Knopf zu drücken, der keine Klingel auslöste, sondern ein Licht neben dem Stuhl der Klavierlehrerin rot wie im Krankenhaus aufleuchten ließ.

Annes erste Klavierlehrerin war sehr streng. An ein Lachen konnte sich Anne nicht erinnern. Sie hatte schon ihrem Vater das Klavierspielen beigebracht, und der Unterricht war immerhin so gut, dass Annes Vater bei der Aufnahmeprüfung für die Violinklasse ein großes Lob der Professoren für sein anspruchsvolles Programm auf dem Nebeninstrument bekam. Diese Geschichte erzählte Annes Vater immer wieder mal und vor allem mit besonderem Nachdruck, nachdem sich Annes ursprünglicher Wunsch, wie ihr Vater Geige zu spielen, nicht erfüllte. Sie hatte es versucht, über ein Jahr lang, sie wollte es so sehr und träumte oft davon, genau wie ihr Vater in einem großen Orchester zu sitzen, vor den Holz- und Blechbläsern, ganz in der Nähe des Dirigenten, eine Sinfonie zu spielen und den Bogen leicht über die Saiten springen zu lassen oder ihn auch mit ernster Miene kraftvoll darüber zu streichen, den Körper dabei vor und zurück zu bewegen, ihn kreisen zu lassen oder ruckartig zur Seite zu werfen.

Anne wollte es unbedingt, sie wollte von ihrem Vater das Geigespielen lernen und mit ihm Duette spielen und andere schöne Musik. Sie hatte es versucht und auch ihr Vater hatte es versucht. Er war ruhig dabei und geduldig, korrigierte die immer gleichen Fehler, als passierten sie zum ersten Mal, erklärte und spielte vor, sang dazu und tanzte mit ihr, er mahnte zu Geduld und tröstete Anne, wenn noch immer keine schönen Töne aus ihrer Geige kommen wollten, und übte, wann immer er Zeit dazu fand, mit seiner ungeduldigen Tochter Auf- und Abstrich auf leeren Saiten, erstes Lagenspiel und das schwierige Setzen der ungelenken weichen Finger auf dem schmalen Griffbrett.

Aber die kleine Achtelgeige blieb ein Fremdkörper an Annes Hals, und so sehr sich das kleine Mädchen auch bemühte, das zu ändern, es wollte nicht gelingen. Eines Tages, als Anne wieder einmal zu weinen begann, weil ihr der Bogen über die Saiten rutschte und weil das Geräusch aus der kleinen Geige in ihren Ohren entsetzlich klang, eines Tages nach etwa einem Jahr Unterricht bei ihrem Vater sagte er: »Manchmal ist das so, mein Schatz, manchmal werden Instrument und Mensch einfach keine Freunde. Sie passen nicht zusammen, es funktioniert einfach nicht, und wenn man sich auf den Kopf stellt.«

»Aber ich will es so gerne, Papa, ich will so schön Geige spielen wie du, ich wünsche es mir so sehr«, entgegnete Anne traurig.

»Ja«, sagte ihr Vater, »ich weiß das und trotzdem mache ich dir einen anderen Vorschlag.« Dann schwärmte Annes Vater von dem wunderbaren Klang eines Klaviers, er erzählte von seiner Klavierlehrerin und den vielen tollen Musikstücken, die man sehr bald schon auf dem Klavier gemeinsam würde spielen können. Er erzählte von wunderbarer Kammermusik für Geige und Klavier und auch davon, wie langweilig es im Grunde genommen sei, Abend für Abend im großen Orchestergraben zu sitzen und zum soundsovielten Mal eine Mozartoper zu spielen, dort unten im Graben, wo ihn niemand sieht, nicht einmal der Dirigent manchmal, wo die Blechbläser noch vor Ende der Ouvertüre aufstehen und in die Kantine gehen, weil sie erst wieder im nächsten Akt zu spielen haben, wo man zwar dazugehört, aber doch ganz weit weg ist und irgendwie alleine auch. Er erzählte von langweiligen Proben und Kollegen, die ihre Instrumente spielten, als seien sie ein Werkzeug, die bereits drei Minuten vor Probenende demonstrativ auf die Uhr schauten und Unruhe verbreiteten.

»Auf dem Klavier«, sagte Annes Vater außerdem, »auf dem Klavier kannst du ein ganzes Orchester alleine spielen, und ich glaube, dass das Klavier und du Freunde werden könnt.«

Er hatte nicht gelogen, auch wenn Anne beim Klavierspielen still sitzen musste wie in der Kirche und es sich niemals so anfühlte wie ein großes Orchester in Annes Vorstellung.

Ihre erste Klavierlehrerin war so streng wie ihr grauer hochgebundener Dutt und so freudlos wie ihre immer dunkle Kleidung. Frau Meierott legte sehr viel Wert auf Fleiß, Disziplin und Pünktlichkeit. Ihr artig die Hand zu geben, wie sie es von ihrer Mutter gelernt hatte, gewöhnte sich Anne allerdings sehr schnell ab, denn jedes Mal wusch sich Frau Meierott sofort die Hände, als hätte Anne eine ansteckende Krankheit. »Nichts ist schlimmer als krank zu werden, Kindchen«, erklärte sie, »denn wenn du krank wirst, können auch die Finger steif werden.«

Ansonsten redete Annes Klavierlehrerin nicht sehr viel. Sie erklärte in kurzen Sätzen, was Anne wie und manchmal sogar warum tun sollte, mahnte mit schneidender Stimme falsche Töne an und lobte so gut wie nie, selbst wenn Anne ganz besonders viel geübt und ein Stück nahezu fehlerfrei vorgespielt hatte. Von Annes Vater sprach sie immer wieder einmal, von seinem Talent und seinen schnellen Fortschritten. »Er hätte auch ein guter Pianist werden können, dein Vater!«, sagte sie. »Er war sehr begabt auf dem Klavier.« Und es klang ein wenig wehmütig und passte zu der schwarzen hochgeschlossenen Bluse, die Frau Meierott fast immer trug und deren weißer Kragen dazu beitrug, dass Anne immerzu an die Nonnen des katholischen Klosters denken musste, das sie einmal im Urlaub besichtigt hatten.

Anne lernte schnell und sie konnte es kaum erwarten, das erste Mal gemeinsam mit ihrem Vater ein kleines Duett von Mozart zu üben. Vorher aber spielten sie vierhändig, und Anne liebte es, ihre Hände ganz nah bei denen ihres Vaters über die Tasten zu bewegen und ihren Vater manchmal mit einem absichtlich falsch gespielten Ton zu provozieren. Aber ihr Vater ärgerte sich nicht, sondern stupste sie mit der Schulter an und ermahnte sie mit strenger Stimme.

Er erfand sogar das Fehlerhörenspiel, bei dem der andere die absichtlich eingebauten falschen Töne, Tonlängen oder Rhythmen herausfinden musste. Das machte

Anne am meisten Spaß. Manchmal setzte sie ihr Vater auch auf seinen Schoß und sie teilten sich die Hände. Anne spielte dann alles, was im Violinschlüssel stand, und ihr Vater die tiefen Basstöne. Ihr Vater hatte ein hervorragendes Gehör, und auch Anne lernte schnell, Notentext und Klangergebnis miteinander zu vergleichen.

Es waren diese innigen Stunden mit ihrem Vater, für die Anne Woche für Woche den meist freudlosen Unterricht bei Frau Meierott in Kauf nahm. Sie bog Annes Oberkörper mit beiden Händen gerade, wenn er sich wieder einmal Richtung Tastatur, und hielt ihn fest, wenn er sich zur Musik bewegen wollte. »In die Finger«, rief sie melodielos, »wenn du etwas ausdrücken möchtest, dann lass es die Finger ausdrücken, alles andere ist vergeudete Kraft, ist überflüssig, ist falsch!« Ein klein wenig erinnerte das Anne an die Kartoffelschalen ihrer Großmutter, die möglichst dünnen, und dann fiel es ihr leichter, ruhig zu sitzen.

Ein anderes Mal legte Frau Meierott Anne einen Bleistift auf den Handrücken und ließ sie Czerny-Etüden spielen. Fiel der Bleistift mehr als dreimal herunter, bevor die Etüde beendet war, musste Anne sie in der nächsten Stunde erneut vorspielen. Anne hasste den Bleistift und noch mehr das Metronom, dessen aufdringliches und rechthaberisches Klack-Klack für sie schlimmer war als jedes Geradebiegen oder Festhalten.

Für Tränen war in diesem Klavierunterricht kein Platz, Anne konnte sich an keine einzige erinnern. Sie erinnerte sich an ein großes Zimmer mit Flügel und Klavier, das im Sommer stickig und im Winter immer zu kühl war, an den staubig-muffigen Geruch zwischen den Türen und an trockene Kekse mit fade schmeckendem Fruchtsaft bei den Vorspielen jedes halbe Jahr. Anne erinnerte sich an Regale voller Bücher und Noten, an schwere dunkle Teppiche und das rote Licht neben dem Klavier, das sie sich manchmal herbeisehnte, kaum dass der Unterricht begonnen hatte. Anne erinnerte sich an das Lob ohne Lächeln, als sie erstmals einen regionalen Wettbewerb gewann und an der nationalen Ausscheidung teilnehmen durfte. »Siehst du«, sagte Frau Meierott, »das Üben hat sich gelohnt, wenn du so weitermachst, wirst du bald schon spielen können wie dein Vater!«

Ihr Vater schenkte ihr einen Band mit Mozart-Sonaten, den er in einem Antiquariat gefunden hatte. »Das ist etwas ganz Besonderes«, erklärte er Anne, »die Noten sind zwar gebraucht, aber der Einband ist sehr kunstvoll gestaltet und tausendmal schöner als jede neue Ausgabe!« Auf die erste Seite schrieb Annes Vater: *Ich wünsche dir, dass ihr Freunde bleibt, du und das Klavier!*

Annes Klavierlehrerin sagte »später!«, als Anne die Mozart-Sonaten mit in den Unterricht nahm und stolz auf die Ablage stellte. »Später, Kindchen, jetzt wollen wir das Wettbewerbsprogramm noch einmal durchgehen.«

Was ist das für ein Geräusch?
   Wasser.
Wieso Wasser?
   Badewasser. Ich lasse Wasser in die Badewanne.
Du willst jetzt baden?
   Ja.
Um diese Zeit?

Warum nicht?

Es ist mitten in der Nacht.

Das stimmt. Es ist kurz vor Mitternacht.

Wahrscheinlich sogar schon später.

Ganz bestimmt nicht!

Meinst du nicht?

Ich weiß es!

Warum tust du eigentlich so geheimnisvoll?

Tue ich das?

Die ganze Zeit schon.

Vielleicht habe ich ja ein Geheimnis.

Du sprichst in Rätseln, sagst seltsame Sachen.

Findest du?

Allerdings!

Was, zum Beispiel, findest du seltsam?

Dass du angeblich mit Toten sprichst. Das zum Beispiel finde ich seltsam!

Das ist nicht seltsam.

Ich finde das seltsam!

Was soll daran seltsam sein?

Also ich kenne niemanden, der mit Toten spricht.

Na und?

Also ist es schon etwas seltsam, wenn du mir erzählst, dass du mit Toten sprichst.

Überhaupt nicht!

Mit Oma!

Das ist vielleicht ungewöhnlich, aber nicht seltsam.

Dann eben ungewöhnlich.

Es ist anders, mehr nicht!

Na, da machst du es dir aber ganz schön einfach!

Findest du?

Auf jeden Fall!

Ich finde das ganz und gar nicht einfach.
Zu sagen, mit Toten zu sprechen, sei einfach nur anders.
Aber es ist doch so!
Also ich kenne niemanden, der mit Toten spricht.
Das sage ich ja!
Was sagst du?
Dass es anders ist!
Anne, wollen wir nicht versuchen, normal miteinander zu sprechen?
Ich spreche normal.
Wenn wir schon einmal telefonieren nach so langer Zeit?
Wie können wir normal miteinander sprechen?
Was meinst du?
Du weißt genau, was ich meine!
Ich freue mich doch so, dass du angerufen hast.
Hast du eine Ahnung, wie es sich anfühlt, anders zu sein?
Jetzt mal ehrlich: Ein bisschen toll fandest du es doch immer schon, anders zu sein.
Wie kommst du darauf?
Aufzufallen.
Nichts habe ich mir mehr gewünscht, als ganz normal zu sein!
Und wer hat dich daran gehindert!?
So wie alle anderen.
Sag schon: Wer hat dich daran gehindert, so wie alle anderen zu sein? Wer?
Niemand konnte mir erklären, warum ich nicht so war wie die anderen.
Wen meinst du denn: die anderen?
In der Schule.
Du warst wie alle anderen Kinder!

Früher vielleicht, aber später bestimmt nicht mehr!
Später?

   Als du weg warst!

Was heißt das: als ich weg war?

   Nachdem du weggegangen bist.

Ich bin nicht weggegangen, das habe ich dir doch schon gesagt!

   Du warst weg!

Deine Mutter hat mich weggeschickt!

   Du kannst also gar nicht wissen, wie es war!

Ach so: Ich kann es nicht wissen! Natürlich nicht!

   Niemand hat mir erklärt, dass sich Leben ganz unterschiedlich anfühlen kann.

Man muss aber auch wirklich nicht alles erklären!

   Dass da auch mal Unordnung sein kann.

Wieso Unordnung? Was gibt es denn da schon zu erklären?

   Dass Anderssein keine Krankheit ist!

Natürlich ist das keine Krankheit. Wer behauptet das denn?

   Dass Blut keine Krankheit ist!

Was für Blut? Du sprichst schon wieder in Rätseln!

   Du weißt nichts! Du hast von alldem keine Ahnung.

Ich finde, das geht jetzt wirklich ein bisschen zu weit: Du rufst mich an, mitten in der Nacht, tust geheimnisvoll und dann auch noch diese Vorwürfe!

   Was für Vorwürfe?

Dass ich weg war, keine Ahnung habe.

   Aber es stimmt doch!

Was stimmt?

   Dass du gar nicht da warst und also auch nicht wissen kannst, wie es war, als du weg warst!

Lag das etwa an mir? War das etwa meine Schuld?

Nur die Sonntage bei Oma!

War das meine Schuld?

Und später gar nicht mehr!

Was konnte ich denn dafür?

Was du dafür konntest? Fragst du mich das wirklich?

Ich ... Oma wollte nicht mehr, dass ich zu Besuch komme!

Oma wollte das nicht?

Genau! Oma!

Und warum nicht? Warum wollte Oma das nicht?

Frag sie doch selber!

Du weißt, dass das nicht geht.

Ich weiß nicht, warum Oma es für besser hielt, dass ich sonntags nicht mehr zu Besuch kam.

Oma ist gestorben, weil ihr sie ins Altenheim abgeschoben habt.

Keine Ahnung, was sie deiner Mutter erzählt hat, warum ich nicht mehr kommen soll.

Sonst würde sie noch leben!

Deine Mutter hatte das mit dem Altersheim so entschieden!

Meine Mutter.

Genau!

Sie hatte keine Lust mehr, sich um Oma zu kümmern!

Oma war krank.

Oma war überhaupt nicht krank!

Natürlich war sie krank!

Oma war alt, mehr nicht!

Sie hatte Alzheimer!

So ein Quatsch!

Überhaupt kein Quatsch!

Oma hat ab und zu mal was vergessen oder durcheinandergebracht. Das war alles! Ein bisschen durcheinander.

Sie hatte Alzheimer im Anfangsstadium.

    Gar nichts hatte sie. Mama hatte einfach keine Lust mehr, sich um sie zu kümmern!

Ich weiß, dass sie Alzheimer im Anfangsstadium hatte!

    Woher denn? Woher wusstest du das denn? Wer hat dir das erzählt? Wer?

Ich weiß es eben.

    Du weißt das eben! Aber warum Oma deine Besuche nicht mehr wollte, das weißt du nicht? Und von meiner Krankheit, von der Krankheit deiner Tochter, von der wusstest du auch nichts, nein? Von alledem hattest du keine Ahnung!?

Was hat denn das damit zu tun?

    Dass ich im Krankenhaus war, in einer Klinik, mehrere Wochen lang, das wusstest du nicht?

Das hat mir niemand gesagt!

    Aber über die Oma deiner Tochter, über die wusstest du ganz genau Bescheid, ja!?

Deine Mutter hat mir nichts erzählt von einer Krankheit, verstehst du, ich hatte keine Ahnung!

    Nein, das verstehe ich nicht! Ich bin deine Tochter!

Trotzdem: Wie konnte ich etwas davon wissen?

    Vielleicht, indem du dich für mich interessiert hättest. Für deine Tochter!

Ich wollte alles wissen über dich, alles!

    Das kannst du jetzt natürlich ganz einfach behaupten!

Wie oft habe ich gefragt, geschrieben, angerufen?

    Ach ja?

Keine Reaktion!

    Wie oft denn?

Nichts!

Was meinst du mit nichts?

Keine Antwort! Oder einfach aufgelegt.

Ich glaube dir kein Wort!

Aber so war es! Genau so!

Mama wollte immer, dass alles so blieb, wie es war.

Das stimmt.

Dass sich bloß nichts veränderte!

Ja, da ist was dran!

Aber es hat sich etwas verändert!

Wie meinst du das?

Es hat sich sehr viel verändert.

Was genau meinst du damit?

Aber niemand hat mir irgendetwas erklärt, und je mehr ich mir wünschte, so zu sein wie die anderen, desto mehr fühlte es sich an wie Krankheit.

Jetzt mach mal einen Punkt. Wir haben viel für dich gemacht!

Ihr?

Deine Mutter und ich!

Wie, gemacht?

Komm schon, das ist doch albern. Du weißt genau, was ich meine.

Ich weiß gar nichts!

Dann kann ich dir auch nicht helfen!

Das glaube ich dir sofort!

Das konntest du ja schon immer ganz gut: die Schuld bei anderen suchen!

Weißt du eigentlich wie das ist: ein Leben im Konjunktiv? Hast du eine Ahnung davon, wie so ein Leben sich anfühlt, wie es vor sich hin tröpfelt, sich verschwendet?

Jetzt mach aber mal einen Punkt, Anne! Du bist nicht die Einzige, bei der nicht immer alles rosig ist!

Es ist ja nicht nur ein kurzes Ausrutschen, ein Da-nebentreten. Es ist ein richtiges Fallen, ein ständiges Fallen, ein Fallen ohne Stopp.

Was willst du damit erreichen? Mir ein schlechtes Gewissen machen? Vorwürfe? Das funktioniert nicht! Das prallt an mir ab. Ich lasse mir von dir nichts einreden, auch kein schlechtes Gewissen.

Es ist nur so: Alles, was abprallt, was du abprallen lässt, kommt zurück, irgendwann, nur dass du nicht weißt, wann das sein wird, und auch nicht, aus welcher Rich-tung es kommt. Aber dass es dich überraschen wird, das ist sehr wahrscheinlich. Sogar sicher.

Du kommst dir wohl unwahrscheinlich klug vor, was?

Ich gehe jetzt in die Badewanne!

Vielleicht solltest du dich einfach nicht immer so wichtig nehmen. Meinst du etwa, mir hat das alles immer nur Spaß gemacht? Meinst du, ich finde das toll, Tag für Tag im Orchester zu sitzen, langweilige Opern zu spielen mit noch langweiligeren Dirigenten? Denkst du, dass mich das glücklich macht, ja, denkst du das? Meinst du, in dem neuen Orchester wurde das besser? Nach dem Umzug? Aber ich versuche eben, das Beste daraus zu machen, ich versuche, nicht ständig darüber nachzudenken, wie lang-weilig das ist und was es alles Besseres gibt. Ich versuche, mich zu arrangieren.

Mit manchen Sachen kann man sich nicht arrangieren.

Man kann sich mit allem arrangieren!

Manchmal geht das nicht einfach so.

Wenn man es will, kann man sich mit allem arrangieren. Du musst es nur wollen, verstehst du, du musst es wollen!

Ich will jetzt in die Badewanne gehen.

Anne hatte nicht alles gehört. Doch es reichte, um auf der Seite ihres Vaters zu sein und ihrer Mutter künftig nicht mehr fraglos zu vertrauen. Anne war aufgewacht an diesem Abend und hörte gedämpfte Stimmen aus dem Wohnzimmer. Sie wusste nicht, ob sie tatsächlich wach war, doch als die Stimmen lauter wurden, wusste Anne, dass sie nicht träumte und dass ihre Eltern von ihr sprachen. Vom »Kind«.

»Was hast du denn schon hinbekommen, sag es mir, was?« ... »Und das Kind, das Kind fängt schon genauso an!«

»Es ist doch ganz gleich, was ich tue oder nicht: Du würdest immer etwas auszusetzen haben«, hörte Anne ihren Vater. »Bei mir und bei jedem anderen auch.«

Anne hatte ihre Mutter noch sie so sprechen hören, scharfkantig, ohne Melodie, in einer ungewohnt hohen Tonlage. Am liebsten hätte Anne sämtliche Rollläden hochgezogen und die Fenster weit geöffnet.

Sie stellte sich an die Tür ihres Zimmers und lauschte in eine vorwurfsvolle Stille. Nach einer Weile hörte sie, dass sie ja auch einmal etwas Vernünftiges machen könne, etwas fürs Leben, etwas Ordentliches.

»Sie ist sehr musikalisch, sie liebt Musik«, sagte Annes Vater.

»Ach ja, ist sie das? Woher willst du das wissen? Wer sagt denn, dass das Kind so musikalisch ist? Wer?«

»Ich sage es dir, ich weiß, dass sie musikalisch ist.« Annes Vater klang sehr ernst.

»Und ich sage dir, dass es sich abscheulich anhört, wenn sie auf ihrer Geige herumkratzt, es hört sich einfach grauenhaft an. Was hat das mit Musik zu tun?«

»Du hast eben keine Ahnung! Es hört sich auf der Geige nun mal so an am Anfang, bei allen hört sich das so an.« Annes Vater klang bestimmt.

»Hast du dir vielleicht schon einmal überlegt, dass das Kind gar nicht so musikalisch ist, wie du denkst? Vielleicht ist das Kind ja einfach unmusikalisch! Vielleicht wünschst du dir das alles einfach nur!«

»Mit Sicherheit nicht!«

»Das kannst du beurteilen!«

»Ich glaube schon!«

»Und du, du setzt ihr auch noch diesen Floh ins Ohr mit der Musik!«

»Was soll denn das jetzt? Was soll das heißen: Floh ins Ohr? Ich möchte Anne Musik näherbringen, mehr nicht!« Ihr Vater klang aufgebracht. »Kann es sein, dass du uns das nicht gönnst? Dass du ein Problem damit hast, dass uns Musik verbindet? Die Liebe zur Musik?«

»Vielleicht bist ja auch du überhaupt nicht musikalisch, hast du schon einmal darüber nachgedacht? Vielleicht ist das ja auch der Grund dafür, dass du in diesem erbärmlichen Orchester spielen musst, anstatt auf vernünftige Weise Geld zu verdienen! Ich meine, wer spielt denn schon freiwillig in einem Orchester? Sag es mir, wer, bitte schön, geht denn freiwillig in so ein Orchester? Kein normaler Mensch macht das. Keiner, der was auf sich hält, der stolz sein will auf das, was er macht. Den ganzen Tag weg und kein Geld mit nach Hause bringen! Sag doch mal was oder hast du jetzt deine Sprache verloren?«

Anne hörte Worte in passender Kleidung und hatte trotzdem das Gefühl, dass es noch etwas anderes, Ungesagtes, gab und dass ihre Mutter zu einem Fremden sprach. Ihr Vater hatte aufgehört zu reden. Anne konnte ihn nicht sehen, doch sie wusste, dass sein Blick sich im Nirgendwo verlor. Sie kannte diesen Blick, Augen, die keinen Halt mehr hatten und ohne Richtung durch alles hindurchschauten, sie hatte diesen Blick schon einige Male an ihrem Vater bemerkt und wusste, dass er eine Traurigkeit begleitete und sehr viel mehr als nur ein Schweigen der Augen war.

Am Nachmittag zuvor hatten sie beschlossen, mit dem Geigenunterricht aufzuhören. Anne weinte viel und ihr Vater hatte versprochen, noch am Abend mit ihrer Mutter zu sprechen und vorzuschlagen, dass Anne künftig Klavierunterricht von seiner alten Lehrerin bekommen solle. »Ich werde mit Mama darüber sprechen«, hatte er versprochen, »und wenn du willst, bekommst du Klavierunterricht!« Er hörte sich so sicher an, so entschlossen und ohne jeden Zweifel. Ihr Vater.

Worte gegen Worte.

Schweigen gegen Worte.

Schweigen gegen Schweigen.

Stille gegen Stille.

Immer wieder hörte Anne, nachdem sie zurück in ihr Bett gegangen war, die Worte ihrer Mutter und das Schweigen ihres Vaters und beides echote kurz über Annes Bauchnabel in dumpfen Wellen auseinander und ließ sie erst nicht einschlafen und später viele Male wach werden und auf ein Ende des Schweigens hoffen. Und der Stille.

Spät erst schlief Anne richtig ein und am nächsten Morgen sah sie ihren Vater im Schlafanzug nicht aus dem Schlafzimmer ihrer Eltern kommen und hörte sein leises, nicht einmal mehr bemühtes Guten Morgen.

Es war nicht ihr Vater.
Es war nicht ihre Mutter.
Es waren nicht ihre Eltern.

Du hast doch einen Grund, oder?
    Natürlich habe ich einen Grund.
Dann sag ihn mir! Sag mir doch einfach, warum du mich angerufen hast!
    Der Grund ist der Zeiger.
Was ist mit dem Zeiger? Jetzt sprich doch nicht immer so in Rätseln.
    Der Zeiger ist kein Rätsel. Er ist da, er bewegt sich, nichts ist rätselhaft an ihm. Nichts ist vorhersehbarer als die Bewegung des Zeigers.
Dann erkläre es mir. Sag du mir, was es auf sich hat mit deinem Zeiger!
    Er bewegt sich im Kreis.
Natürlich bewegt er sich im Kreis!
    Und kommt genau dort wieder an, wo er begonnen hat.
Jeder Zeiger macht das!
    Ganz, egal, wo er beginnt: Immer kommt er dort auch wieder an. Immer. An genau der gleichen Stelle. Bei jedem.
Ja und?
    Der einzige Unterschied ist die Zeit.
Die Zeit?
    Die Zeit ist jedes Mal anders.
Es ist immer eine Stunde!
    Der große Zeiger ist sehr viel schneller.
Immer ganz genau eine Stunde!
    Und der kleine folgt ihm. Ganz langsam folgt er ihm, so dass es kaum jemand bemerkt.

Er zeigt die Minuten an. Der große Zeiger zeigt die
Minuten an. Es ist der Minutenzeiger.

   Aber auch der kleine Zeiger bewegt sich. Du musst nur
   ganz genau hinschauen. Ganz genau hinschauen.

Und der kleine, der kleine ist der Stundenzeiger. Er zeigt
uns die Stunden.

   Auch der kleine Zeiger kommt immer wieder ganz
   genau an der gleichen Stelle an.

Der Stundenzeiger.

   Er macht es zweimal.

Zweimal?

   Es ist ein Wunder: Immer anders und doch immer gleich.

Ich kann dir nicht folgen!

   Immer exakt zwei gleich lange Runden.

Was für Runden?

   Morgen wird wieder gestern sein / und die Zeit verliert
   ihr Gewand, / welches rankend wie wilder, süßlicher
   Wein / in der Sprachlosigkeit Worte fand.

Was ist das jetzt?

   Ein Gedicht!

Ein Gedicht? Von wem?

   Morgen wird Erinnerung sein / was an Zeitigem wie-
   der erwacht, / und die immerfröhliche durstige Pein /
   hat die traurigste Runde gemacht.

Wer hat dieses Gedicht geschrieben?

   Du kennst den Verfasser nicht.

Wer war es?

   Du kennst ihn nicht!

Du hast von einer Krankheit gesprochen: Was war das für
eine Krankheit? Was ist da genau passiert?

   Die Zeit verändert sich immerzu. Zwischen Anfang
   und Ende bewegt sie sich immerzu. Es gibt keinen

Stillstand bis zum Schluss. Nur am Schluss bewegen sich die Zeiger nicht mehr. Am Schluss bleiben sie regungslos. Sind sie Zuschauer. Nur noch Zuschauer.

Wer hat gesagt, dass du krank bist?

Ich konnte nicht aufhören, mir zuzuschauen, immerzu, bei allem, was ich tat. Ich beobachtete mich. Ich war nicht einfach oder tat einfach. Ich beobachtete mich immerzu.

Aber das ist doch keine Krankheit!

Immer nur zuzuschauen ist schrecklich.

Aber doch keine Krankheit!

Kennst du das: Wenn die Gedanken immerzu hinterherschleichen, wenn du das Gefühl hast, immer zu spät zu sein, nicht hinterherzukommen. Im Großen und auch im Kleinen? Wie vor einer Ampel, die von Orange auf Rot springt? Wenn du es endlich begriffen hast, das Umspringen, ist es schon zu spät und du stehst mitten auf der Kreuzung, und wenn du Pech hast, blendet dich ein greller Blitz. Kennst du dieses Gefühl?

Ich bin auch schon geblitzt worden!

Ich möchte, dass du dabei bist, wenn der Zeiger seine Runde vollendet. Darum habe ich dich angerufen. Das ist der Grund.

Dieser Augenblick, wenn der Dirigent beide Arme hob, in der einen Hand den Taktstock, wenn er die Arme hob und dann verharrte für einige Sekunden, dieser Augenblick der absoluten Stille, sichtbarer Stille und allergrößter Erwartung, diesen Augenblick liebte Anne ganz besonders. Oft stellte sie sich in ihrem Zimmer vor den Spiegel und übte diese Posen, sie stellte sich vor, sie stehe vor einem großen Orchester, alle

Musiker blickten zu ihr und warteten auf ihr Start-signal, darauf, dass die Musik beginnt, mit einem lauten Akkord, einer flüchtigen Tonfolge der Geigen, einer traurigen Melodie der Klarinette. Den lauten Akkord konnte Anne am besten.

Wenn Anne bei den Orchesterproben ihres Vaters zuhörte, beobachtete sie am meisten den Dirigenten. Manchmal sogar noch mehr als ihren Vater. Aber erst als er ihr erklärte, was genau ein Dirigent da vor dem Orchester eigentlich so alles machte und warum, zum Beispiel, warum er so wild gestikulierte oder ganz plötzlich in die Knie ging oder die linke Hand langsam nach unten führte, als würde er Luft herausdrücken aus irgendetwas, erst seitdem beobachtete Anne nicht nur ihren Vater, sondern auch und vor allem den Dirigenten.

Immer wieder nahm ihr Vater sie mit zu seinen Proben in das Opernhaus. »Aber du musst leise sein, versprichst du mir das!?«, mahnte er. Und trotz allen Ernstes machte Annes Vater immer wieder auch lustige Sachen dort unten im Orchestergraben, wenn der Diri-gent etwa eine Stelle mit den Blechbläsern übte oder mit dem Konzertmeister sprach. Er schnitt Grimassen, ihr Vater, oder bewegte sich übertrieben auf seinem Stuhl hin und her oder blies in seine Geige, als sei sie eine Posaune.

Diese Stunden im Opernhaus waren besondere Stun-den für Anne, obwohl ihr Vater vollkommen von Tönen umgeben und viele Meter entfernt im Orchestergraben saß. Doch je öfter er sie mit zu den Proben nahm, desto kleiner wurde diese Entfernung und desto größer Annes Interesse an Musik und an der Geige. War es ursprüng-lich eine Notlösung, weil ihre Eltern sie nicht alleine zu

Hause lassen wollten, bettelte Anne bald schon, dass ihr Vater sie mit in das Opernhaus nehmen solle.

Und beide freuten sich darauf. Oft erzählte ihr Vater Anne hinterher etwas über die Musik oder den Komponisten, er erklärte ihr, warum sich der Dirigent so sehr über etwas geärgert hatte oder dass die letzten Proben vor der Premiere, wenn alle Sänger und Statisten in Kostümen oben auf der Bühne standen, am anstrengendsten waren. Anne lernte schnell viele unterschiedliche Melodien, und auf dem Nachhauseweg imitierte sie zusammen mit ihrem Vater ganze Passagen oder ließ ihn raten, was sie gerade pfiff oder summte oder sang. Nicht nur Anne bewunderte ihren Vater, sondern auch er, der so wunderbar Geige und sogar ganze Opern spielen konnte, war sehr stolz auf seine ganz offensichtlich musikalische Tochter.

Einmal durfte Anne bei einer Generalprobe dabei sein, und als sie dann am nächsten Tag die Premiere besuchte, war sie ganz erstaunt darüber, wie sehr sich doch die ganze Oper über Nacht verbessert hatte. Das allergrößte Erlebnis aber war für Anne, dass sie einmal während einer Aufführung im Orchestergraben sitzen durfte und das ganze Stück wie ein echter Orchestermusiker miterleben konnte. Wie ihr Vater. So wie er wollte sie eines Tages auch Geige spielen können.

»Ich möchte auch Geige lernen und so spielen können wie du, Papa!«, sagte Anne am nächsten Morgen beim Frühstück und ihr Vater sagte: »Na, da wollen wir mal sehen, was sich machen lässt.« Und Anne sah das Glänzen in seinen Augen. Das Gesicht ihrer Mutter sah sie nicht.

Wie alt waren Sie, als sich Ihre Eltern getrennt haben?

Ich glaube, ich war zwölf. Zwölf oder dreizehn.

Viele Kinder können nicht verstehen, warum ihre Eltern nicht mehr zusammenleben wollen.

Mein Vater wollte nicht mehr mit uns zusammenleben.

Sie meinen, die Trennung ging von Ihrem Vater aus?

Ja.

Diese Trennung war sicherlich sehr schmerzhaft für Sie.

Mein Vater wollte nicht mehr mit uns zusammenleben.

Ist Ihr Vater ausgezogen?

Ja.

Und Sie sind bei Ihrer Mutter geblieben?

Ja.

Wollten Sie nie zu Ihrem Vater?

Doch, am Anfang schon. Am Anfang wollte ich lieber bei meinem Vater wohnen.

Aber Sie sind bei Ihrer Mutter geblieben.

Ja.

Warum?

Es ging nicht anders.

Hätten Sie nicht zu Ihrem Vater ziehen können?

Nein.

Warum nicht?

Das ging nicht.

Warum ging es nicht?

Es wäre schiefgegangen.

Woher wissen Sie das?

Mein Vater hatte mit seinem eigenen Leben schon genug zu tun.

Was genau heißt das?

Er hatte es nicht im Griff.

Was bedeutet »nicht im Griff«?

Es war alles durcheinander.

Sie meinen in Unordnung?

Genau.

Nicht an seinem Platz?

Ja. Genau.

Woran haben Sie das gemerkt?

Na ja, ich weiß nicht, es war eben unordentlich.

In seiner Wohnung?

In seiner Wohnung. In seinem Leben. Überall.

Aber er ist doch Orchestermusiker. Sie haben erzählt, dass Ihr Vater in einem Orchester spielt. Da muss man doch ein geregeltes Leben leben.

Ja, schon.

Aber Ihr Vater hat das nicht?

Immer war alles anders. Heute hü, morgen hott!

Man konnte sich nicht auf Ihren Vater verlassen?

Gastspiele. Konzertreisen. Extraproben.

Es gab keine Regelmäßigkeit.

Private Konzerte.

Das ist natürlich schwierig in so einer Situation. Für alle ist das schwierig.

Das Geld. Immer hat er vergessen, das Geld zu überweisen.

Sie meinen die Unterhaltszahlung?

Das Geld für meine Mutter und mich.

Er hat es vergessen?

Meine Mutter sagt, dass er mit Geld nicht umgehen kann. Dass er mehr ausgibt, als er hat.

Aber es gibt doch Regelungen.

Ja.

Trotzdem hat er keinen Unterhalt bezahlt?

Ja. Er hat es trotzdem vergessen.

Woher wissen Sie das so genau?

Ich musste ihn oft daran erinnern, wenn er uns besuchte.

Sie sehen ihn also regelmäßig.

Er ist sonntags immer zu meiner Oma gekommen.

Jeden Sonntag?

Ja ..., also, ja, ich ..., so genau weiß ich das gar nicht mehr.

Immer sonntags jedenfalls. Immer am Nachmittag.

Aber Sie müssen doch wissen, wann Sie Ihren Vater sehen!

Jetzt ist es ja anders.

Was meinen Sie? Was ist anders?

Er besucht uns nicht mehr.

Sie sehen Ihren Vater nicht mehr?

Nein.

Überhaupt nicht?

Nein.

Warum sehen Sie Ihren Vater nicht mehr?

Er ist weggezogen.

Wohin?

Er spielt in einem anderen Orchester.

Und wo lebt er jetzt?

Ich weiß nicht.

Sie wissen nicht, wo Ihr Vater lebt?

In einer anderen Stadt.

Sehen Sie ihn denn gar nicht mehr?

Nein.

Oder telefonieren mit ihm?

Nein.

Schreiben?

Nein.

Sie haben keinen Kontakt mehr zu Ihrem Vater?

Nein. Er hat den Kontakt abgebrochen!

Wann war das? Seit wann haben Sie keinen Kontakt mehr zu Ihrem Vater?

So genau weiß ich das gar nicht mehr. Es ist schon länger so.

Gibt es einen Grund dafür?

Er wollte mich nicht mehr sehen.

Ihr Vater wollte keinen Kontakt mehr zu Ihnen?

Genau. Er hat kein Interesse mehr an mir.

Sie erzählen das so, als würde Ihnen das nichts ausmachen.

Er hat kein Interesse mehr an mir.

Wie kommen Sie darauf? Wie hat sich das denn geäußert?

Er ist weggezogen.

Das ist doch aber noch lange kein Grund, den Kontakt abzubrechen!

Für meinen Vater schon!

Und das hat er Ihnen auch so gesagt: »Du interessierst mich nicht mehr! Ich möchte keinen Kontakt mehr zu dir!«?

Alles muss seine Ordnung haben.

Das hat Ihr Vater gesagt? Dass alles seine Ordnung haben muss?

Ich bin auch nicht mehr jeden Sonntag zu Oma gefahren.

Hat er das zu Ihnen gesagt?

Oma war anders.

Nach der Trennung?

Sie war ... irgendwie strenger.

Nachdem sich Ihre Eltern getrennt haben?

Nicht mehr so lieb.

Vielleicht war sie einfach nur traurig, dass Ihr Vater in eine andere Stadt gezogen ist. Sie sagten einmal, dass Ihre Oma Ihren Vater gerne mag.

Ich glaube, sie war sauer, dass ich ihr Essen nicht mehr so mochte.

Und vielleicht hat sie ja auch gehofft, dass das wieder etwas wird mit Ihren Eltern. Dass sich alles wieder einrenkt.

Dass ich nicht mehr alles gegessen habe.

Das wirkt manchmal so, dabei ist man gar nicht gemeint. Oft haben die Menschen gerade irgendwelche Sorgen und man denkt, es hätte mit einem selbst zu tun. Das passiert immer wieder.

Die Sonntage bei Oma waren immer so schön.

Und plötzlich war das nicht mehr so?

Ich bin dann nicht mehr so oft hingefahren.

Aber das ist ja auch ganz normal. Sie waren ja kein kleines Mädchen mehr. Man verändert sich, wird erwachsen.

Nur noch manchmal.

Hat Ihre Oma Ihnen das übel genommen?

Oder mitten in der Woche.

Meinen Sie, Ihre Oma war traurig darüber?

Alles muss seine Ordnung haben.

Sie scheinen diese Regel sehr zu lieben.

Alles hat seinen Platz.

Das hört sich fast wie ein Gebet an.

Seinen Platz.

Beten Sie manchmal?

An der Wand.

Sie kicherten leise, weil sie wussten, dass Annes Mutter in das Zimmer käme, wenn es zu laut würde. Annes Mutter störte das Gekicher von Anne und Katharina, es störte sie, wenn ihre Tochter mit ihrer Schulfreundin in ihrem Zimmer spielte und die beiden Mädchen dabei herumalberten, wie es alle Mädchen in ihrem Alter taten, wenn sie sich lustige Geschichten erzählten und die Kleidung verkehrt herum anzogen oder sich vorstellten, wie sie den Klassenschwarm küssten und was auf dem Liebesbrief stünde, den sie ihm zuvor schreiben würden, der aber natürlich von keinem der beiden Mädchen jemals geschrieben und daher sowieso nicht ernst gemeint sein würde.

Sie gingen gemeinsam auf die Grundschule und später auf das Gymnasium, und auch, als Anne und ihre Mutter in einen anderen Stadtteil zogen, in die kleinere Wohnung in der Nähe von Annes Großmutter, auch dann noch besuchten sich die beiden Mädchen regelmäßig. Obwohl Annes Mutter nach diesem Umzug das Gekicher von Anne und Katharina noch mehr störte. Obwohl die beiden Freundinnen sich nicht mehr morgens am Schreibwarengeschäft trafen, um das letzte Stück gemeinsam zur Bushaltestelle zu gehen und sich auf dem Weg zur Schule wichtige Neuigkeiten zu erzählen. Und obwohl Annes Mutter es nicht leiden konnte, wenn ihre Tochter manchmal eine Stunde und länger am Telefon im Wohnzimmer all das Versäumte mit Katharina nachholen wollte und sie, Annes Mutter, immer wieder einmal »Jetzt ist aber Schluss mit der Telefoniererei« aus der Küche herüberrief und Anne kurz darauf auflegen musste.

Katharina aber störte sich daran nicht. Sie ließ sogar das Abendessen in der kleinen Küche über sich ergehen, bei dem Annes Mutter den beiden Mädchen stets die Brote zubereitete und in gleich große Stücke zerschnitt und bei dem wenig geredet und gar nicht gelacht wurde. Anne und Katharina saßen sich gegenüber und versuchten, ihre meist mit Mortadella oder Scheibenkäse belegten Brote so schnell wie möglich aufzuessen, um noch ein wenig Zeit in Annes Zimmer zu haben. »Nun esst doch nicht so hastig«, sagte dann Annes Mutter in strengem Ton, »und trinkt eure Milch in Ruhe aus!« Manchmal stupsten sich Anne und Katharina unter dem Tisch mit den Füßen an und hatten Mühe, ihr Lachen zu unterdrücken.

Die strengen Ermahnungen ihrer Mutter waren Anne so unangenehm wie das anstrengende Schweigen und die immer gleichgroßen Brotscheiben. Die Mortadella und der Scheibenkäse waren es auch.

Als Anne und Katharina das erste Mal zusammen Abendbrot aßen, kam Anne ihre Mutter vor wie eine Fremde, für die sie sich fast schämte. Wie für die unbequemen Stühle, deren Sitzflächen Anne plötzlich besonders hart vorkamen und die ihr Schmerzen verursachten. Für das Lachen, das es nicht gab, und die Gurken, die Annes Mutter peinlich genau schälte, in etwa ein Zentimeter dicke Stücke und anschließend zwei Hälften schnitt und den Mädchen auf die Teller legte. Jeder Schnitt mit dem Schälmesser kam Anne vor wie in Zeitlupe, es dauerte eine Ewigkeit, bis ihre Mutter die abgeschälten Streifen sorgfältig an den Rand des Schneidebrettchens legte und das Schälmesser erneut ansetzte, und das stumpfe, klackende Geräusch beim Durchschneiden der Gurke auf diesem Holzbrettchen ließ Anne jedes Mal zusammenzucken und machte sie regelrecht wütend. So wütend, dass Anne am liebsten ganz laut »Nun hör doch endlich damit auf!« gerufen hätte und sich nichts so sehr wünschte, wie dass ihre Mutter die beiden Mädchen endlich alleine ließe mit dem Abendbrot und in das Wohnzimmer ginge, um irgendetwas anderes zu machen, irgendetwas, Hauptsache nicht in der Küche und vor allem nicht bei ihnen. Anne aß kaum etwas und schaute auf ihren Teller und manchmal verstohlen zu ihrer Freundin hinüber, und als sie bemerkte, dass Katharina scheinbar unbekümmert auf ihrem Brot herumkaute und sich ein Stück Gurke in den Mund steckte, machte sie es ihr nach und spürte, wie bald schon die Hitze in ihrem Kopf weniger wurde und die Sitzfläche weicher.

Ob ihre Mutter irgendeine Krankheit habe oder so was Ähnliches, wollte Katharina anschließend von Anne wissen, und ob denn ihr Vater niemals mit ihnen Abendbrot esse. Anne erzählte von dem Orchester, in dem ihr Vater fast jeden Abend Opernmusik spielte oder mit dem er proben musste und dass ihre Mutter immer so sei und auf keinen Fall krank. Sie erzählte nichts von der Ordnung und dem Platz, den alles haben müsse, sondern stattdessen vom Toben mit ihrem Vater und den Sorgen ihrer Mutter dabei, und während sie das erzählte, schlich sich erstmals eine Frage in ihre Gedanken und sie fragte ihre Freundin, wie denn so ein Abendbrot bei ihnen zu Hause sei. Katharina erzählte, wie sie mit ihren Eltern und den drei Schwestern am großen Tisch saß und jeder eine Geschichte erzählen durfte, etwas, das ganz besonders war an diesem Tag, und manchmal mussten sie lange überlegen und ein anderes Mal vergaßen sie zu essen. »Morgens hat Mama schlechte Laune und Papa muss immer ganz schnell zur Arbeit«, erzählte Katharina »aber das Abendbrot macht meistens ganz viel Spaß.«

Es dauerte eine Weile, bis Anne von ihrer Mutter die Erlaubnis bekam, auch einmal länger bei Katharina zu bleiben, bis zum Abendbrot. »Mit dem Abendbrot kehrt Ruhe ein«, sagte sie. »Es ist besser, wenn du zu Hause Abendbrot isst.« Und außerdem sei ja manchmal auch ihr Vater zu Hause. Zumindest vor dem Umzug in den anderen Stadtteil war das so.

Die verlängerten Nachmittage bei Katharina blieben eine Ausnahme. Meistens kam die Freundin zu Anne und blieb oft auch bis zum Abendbrot. Nach dem Umzug in die Wohnung in der Nähe von Annes Großmutter wurden die Besuche komplizierter und die beiden Mädchen trafen sich seltener. Dann zog Katharinas Familie in ein kleines Dorf auf dem Land und Katharina wechselte die Schule. Das Dorf war nicht sehr weit entfernt, aber zu weit für regelmäßige Besuche mit dem Bus, und es dauerte nicht lange und die Besuche blieben ganz aus.

In den Wochen nach Katharinas Umzug war Anne oft traurig und manchmal weinte sie sogar. Weil sie ihre Freundin vermisste. Den gemeinsamen Schulweg und die Nachmittage. Das Gekicher in ihrem Zimmer. Das lustige Abendbrot mit der großen Familie und den vielen Geschichten und selbst das stille zu dritt in der kleinen Küche. Vielleicht ahnte Anne da auch bereits, dass sich ihre Leben sehr bald schon nicht mehr berühren würden, obwohl sie sich Briefe schrieben, fast jede Woche, und am Anfang regelmäßig telefonierten. Die Briefe wurden irgendwann weniger, die Telefongespräche seltener, und als das Blut kam, hatte Anne niemanden, dem sie davon hätte erzählen können. Als das Blut kam, saß Anne alleine mit ihrer Mutter beim Abendbrot und sehnte sich nach einem Fuß, den sie unter dem Tisch anstubsen, und viel mehr noch nach jemandem,

dem sie davon erzählen konnte und der verhindert hätte, dass aus dem Schreck Angst wurde.

Mit Katharina, da war sich Anne sicher, mit Katharina wäre alles ganz anders gekommen. Manchmal dachte Anne, dass Katharina auch deshalb nicht mehr zu Besuch kam, weil sie sich vor dem Abendbrot zu dritt fürchtete, vor dem Schweigen, den mit Mortadella und Käse belegten Brotscheiben und gleichgroßen Gurkenhälften. Immer häufiger dachte Anne, dass es vielleicht doch besser gewesen wäre, genau richtig, wenn sie ihrer Mutter rechtzeitig und ganz laut »Nun hör doch endlich damit auf!« zugerufen hätte, während sie mit unerträglichem Geräusch Gurken in Scheiben und anschließend in gleichgroße Halbmonde schnitt.

Hätte Anne mehr für ihre Freundin gekämpft, dachte sie, wären die Mädchen ganz bestimmt gemeinsam Frauen geworden und noch immer Freundinnen. Das Blut hätte Erschrecken, aber keine Angst ausgelöst. Anne hätte erst Katharina und dann der Großmutter davon erzählen können. Und den Sonntag bei der Großmutter, es hätte ihn so nicht geben können. Ihn nicht und auch all die anderen nicht. Es hätte sie nicht gegeben. So nicht.

Was ist passiert?
   Was soll schon passiert sein?
Warum haben Sie das getan?
   Ich weiß es nicht.
Was haben Sie gestern gemacht?
   Nichts.
Das glaube ich Ihnen nicht.
   Nichts Besonderes.

Was ist denn etwas Besonderes?

 Keine Ahnung!

Ist Klavierspielen für Sie etwas Besonderes?

 Nein.

Ich finde es etwas sehr Besonderes, wenn jemand so gut Klavier spielen kann wie Sie.

 Woher wollen Sie wissen, dass ich gut Klavier spiele?

Ich habe Sie spielen hören.

 Sie haben mich belauscht?

Zufällig. Ich bin an dem Raum vorbeigekommen.

 Zufällig!

Ja, zufällig. Ich habe Sie nicht belauscht. Sie spielen wirklich sehr schön!

 Ja ja, das haben Sie doch gerade eben schon gesagt.

Haben Sie gestern auch Klavier gespielt?

 Ja, ein bisschen.

Wie viel ist ein bisschen?

 Ein bisschen eben. Ich schaue doch nicht auf die Uhr dabei! Vielleicht zwei Stunden?

So lange!

 Das ist doch nicht lange.

Ich finde schon.

 Ich merke die Zeit nicht, wenn ich spiele.

Und die Arme? Können Sie mit solchen Armen spielen?

 Wie meinen Sie das?

Sie müssen doch Schmerzen haben.

 Nein.

Wenn Sie die Finger bewegen?

 Ich habe keine Schmerzen mehr!

Es tut Ihnen nichts weh?

 Nein, nichts. Mir tut nichts weh!

Das sind tiefe Schnitte.

Es geht mir gut! Die Schmerzen sind vorbei.

Darum waren Sie heute Morgen ja auch beim Arzt.

Das war nicht meine Idee. Ich wäre da nicht hingegangen!

Sie mussten behandelt werden. Und untersucht.

Es ist nichts. Ich bin wieder verschlossen.

Sie haben stark geblutet! Ihre ganze Bettwäsche war blutig. Die Wunden können sich entzünden.

Früher sind die Menschen zum Aderlass gegangen.

Wie meinen Sie das: verschlossen?

Mit dem Blut kam die Krankheit heraus. Alles Schlechte!

Das ist schon lange her. Heute macht man das nicht mehr.

Was bedeutet »verschlossen«?

Die ganzen Krankheiten sind einfach aus dem Körper geflossen!

Heute gibt es andere Möglichkeiten.

Es hat den Menschen geholfen.

Manchmal ja. Aber viele sind auch gestorben.

Dann war es nicht genug Blut.

Oder die falsche Methode.

Es ist nicht alles mit rausgekommen.

Heute kann man Krankheiten viel gezielter behandeln.

Nicht genug Blut.

Und welche Krankheiten sollten bei Ihnen rauskommen?

Warum können Sie mich nicht einfach in Ruhe lassen?!

Ich möchte nicht, dass Sie sich solche Schmerzen zufügen.

Immer soll ich etwas erzählen. Alle wollen etwas wissen, horchen mich aus!

Weil Sie sich die Arme aufgeritzt haben. Sie haben sich heute Nacht verletzt.

Es ging nicht mehr anders!

Doch, es geht bestimmt anders. Ich bin überzeugt, dass es andere Wege gibt.

   Es musste sein!

Warum ging es nicht mehr anders?

   Es war zu viel!

Zu viel was? Was war zu viel?

   Ich wollte, dass es aufhört!

Was sollte aufhören?

   Ich wollte, dass es verschwindet!

Ist beim Klavierspielen irgendwas passiert?

   Es hörte einfach nicht mehr auf!

War es beim Klavierspielen?

   Beim Klavierspielen kann nichts passieren. Ich merke die Zeit nicht.

Waren Sie gestern in der Gruppenstunde?

   Die Zeit vergeht einfach. Ohne Spuren.

Waren Sie in der Gruppenstunde gestern?

   Ja, ich war in der Gruppenstunde.

War das vor dem Klavierspielen?

   Nein, die Gruppenstunde war am Nachmittag.

Wie war die Gruppenstunde gestern?

   Die Gruppenstunde nervt.

Was nervt Sie daran?

   Das Gelaber.

Wie meinen Sie das?

   Das ganze Reden.

Warum nervt Sie das?

   Es interessiert mich nicht!

Es interessiert Sie nicht, was die anderen Mädchen erzählen?

   Sie erzählen die ganze Zeit nur überflüssige Sachen.

Was ist überflüssig?

Es ist Zeitverschwendung.
Macht Sie das wütend?
   Nein.
Regt es Sie auf, wenn Sie das Gefühl haben, Zeit zu verschwenden?
   Nein!
Wenn Sie das Gefühl haben, ihre Zeit nicht sinnvoll zu nutzen?
   Nein, warum sollte es?
Löst es irgendetwas aus in Ihnen?
   Nein, wie oft soll ich Ihnen das noch sagen?
Aber jetzt regen Sie sich doch auch auf.
   Weil Sie die ganze Zeit nur fragen!
Ich kann auch schweigen.
   Weil Sie mich schon wieder aushorchen!
Ich kann aufhören zu fragen.
   Fragen. Fragen. Fragen.
Ich kann auch einfach nur dasitzen.
   Dann kann ich ja auch gehen!
Sie könnten mir auch etwas erzählen.
   Sehen Sie: schon wieder!
Schon wieder was?
   Sie wollen mich schon wieder aushorchen!
Ich würde nur gern wissen, warum Sie sich heute Nacht so verletzt haben.
   Das habe ich Ihnen doch schon gesagt: Es musste einfach sein! Ich merke ganz genau, wenn es so weit ist.
   Wenn es zu viel wird.
Niemand fügt sich einfach so solche Schmerzen zu!
   Schmerzen waren vorher.
Ihnen hat etwas wehgetan?
   Es fängt an. Ganz plötzlich. Und wird immer mehr.

Erinnern Sie sich, wann genau es angefangen hat?

Es hört nicht auf.

Wissen Sie, wann es angefangen hat?

Ich merke nicht, wenn es beginnt.

Waren Sie beim Abendessen?

Ich merke erst, wenn es da ist.

Wann war es da?

Nach dem Abendessen.

Haben Sie etwas gegessen?

Als ich wieder in meinem Zimmer war.

Hatten Sie Hunger gestern beim Abendessen?

Nein.

Haben Sie trotzdem etwas gegessen?

Ein bisschen.

Ganz ehrlich?

Ja, ein bisschen.

Das haben Sie gut gemacht! Was haben Sie gegessen?

Käse.

Ein Brot mit Käse?

Ja. Aber ich habe es wieder ausgespuckt.

Es hat Ihnen nicht geschmeckt?

Mir wurde schlecht. Ich musste mich übergeben.

Das ist natürlich nicht gut!

Nein, ich kenne das ja schon. Das passiert ja öfter.

Ist das neu? Neulich sagten Sie, dass Ihnen nicht schlecht wird.

Das weiß ich nicht mehr. Vielleicht war das ein Missverständnis.

Konnten Sie denn gestern dann noch etwas essen?

Nein. Das bringt nichts, ich muss nur wieder brechen.

Vielleicht probieren Sie es einfach noch mal? Vielleicht geht es ja doch?

Ich spucke es sowieso nur wieder aus!

Wer weiß, vielleicht ja auch nicht!? Waren Sie noch im Gemeinschaftsraum?

Nein. Ich habe noch mit meiner Oma telefoniert.

Mit Ihrer Oma?

Ja, ich rufe sie oft an.

Wie war dieses Telefongespräch?

Wie immer.

Was heißt: wie immer?

Oma freut sich, dass ich anrufe, und fragt, wie es mir geht.

Was haben Sie geantwortet?

Und dann erzählt sie fast immer von früher.

Sie schwelgt in Erinnerungen.

Ja, sie erinnert sich gern an früher. An irgendwelche Sachen.

Viele alte Menschen machen das. Sie erinnern sich immer mehr an früher. Bis es fast nur noch dieses Früher gibt.

Früher. Ja. Es gibt fast nur noch dieses Früher.

Wovon hat Ihre Oma denn gestern erzählt?

Sie wollte wissen, ob ich verreist bin, ob ich Urlaub mache.

Sie weiß nicht, dass Sie hier sind?

Und dann hat sie wieder von früher erzählt, von einer Reise in die Berge. Als Opa noch gelebt hat.

Haben Sie Ihren Opa noch gekannt?

Sie hat wieder viel von Opa erzählt, von Opa und vom Krieg.

Ihr Opa ist schon tot?

Ja, ich glaube schon sehr lange. Oma hat gesagt, dass Sie uns beneidet, uns junge Menschen. Weil wir so viel verreisen können. Sie hat erzählt, dass damals niemand

*richtig Urlaub gemacht hat. Dass dafür gar kein Geld
da war. Höchstens mal ganz kurz.*

Das muss aber wirklich sehr lange her sein.

*Oma hat gesagt, dass sie so gern noch einmal verreisen
würde.*

Das ist doch schön!

*Sie hat gesagt ... Sie hat gesagt, dass sie noch einmal mit
mir an die Ostsee fahren möchte.*

An die Ostsee?

*Wir waren einmal zusammen an der Ostsee. Als ... als
meine Eltern noch zusammenlebten.*

Und das war ein schöner Urlaub?

Das war kein schöner Urlaub!

Warum war das kein schöner Urlaub?

Oma erzählt immer, dass es ein so schöner Urlaub war.

Auch gestern? Hat sie das gestern auch gesagt?

*Sie hat gesagt, dass das doch ein so schöner Urlaub war
und dass sie so gern noch einmal mit mir dort hinfahren möchte.*

Und Sie? Was haben Sie ihrer Oma geantwortet?

Ich habe »Ja, Oma« gesagt.

Und das hat etwas ausgelöst?

Aber es war kein schöner Urlaub!

Sie zittern ...!

Und ich möchte auch nicht mehr dort hinfahren!

Ist Ihnen nicht gut?

Auch mit Oma nicht!

Sie dürfen den Verband nicht abmachen.

Ich will da nicht mehr hin!

Sie müssen den Verband dranlassen!

Ich will dieses Meer nicht mehr sehen!

Sie dürfen sich Ihre Wunden nicht wieder aufkratzen!

Nicht mehr hören!

Beruhigen Sie sich! Kommen Sie ...

Lassen Sie mich!

Es ist alles in Ordnung, Sie müssen nirgendwo hinfahren. Sie können hierbleiben. Niemand zwingt Sie, an die Ostsee zu fahren. Niemand!

Gehen Sie weg! Fassen Sie mich nicht an!

Hören Sie auf mit dem Kratzen! Sie dürfen sich die Wunden nicht aufkratzen!

Ich will, dass es aufhört!

Was soll aufhören?

Es soll aufhören!

Sie bluten wieder!

Es tut weh.

Wir müssen einen Arzt rufen!

Es tut gut.

Die Sonntage bei Oma!

Was ist mit ihnen?

Du erinnerst dich an die Sonntage bei Oma?

Natürlich erinnere ich mich daran!

Du bist immer nachmittags zu Kaffee und Kuchen gekommen.

Omas selbst gebackene Kuchen waren wunderbar!

So?

Oh ja! Weißt du das nicht mehr?

Die ganze Woche über hatte ich mich auf diese Sonntage gefreut.

Und ich erst. Die Sonntage waren immer ganz wichtig.

Wegen Omas Kuchen?

Bitte?

Hattest du dich auf Omas Kuchen so gefreut?

Auf dich hatte ich mich gefreut. Ich hatte ja nur diese Sonntage mit dir.

Warum wollte Mama eigentlich nicht, dass ich dich besuche?

Das ist eine gute Frage. Sie wollte es eben nicht!

Sie hatte keinen Grund?

Es gab keinen Grund! Sie wollte es einfach nicht!

Und du?

Ich?

Ja, du! Was wolltest du?

Ich wollte dich sehen.

Du wolltest mich sehen? Immer sonntags? Das hat dir gereicht?

Mehr ging nicht.

Bei Oma?

Ja, wo denn sonst?

Die paar Stunden?

Lieber diese paar Stunden als gar nichts!

Warum hast du nicht gekämpft für mehr?

Wie, für mehr?

Warum hast du nicht versucht, mich mehr zu sehen, öfter?

Es wäre nicht gegangen!

Warum nicht?

Ich hätte die Erlaubnis nicht bekommen.

Die Erlaubnis? Von wem?

Von deiner Mutter!

Das hatte Mama zu erlauben?

Nicht direkt, aber sie wollte eine klare Regelung!

Ihre Regelung!

Das Gericht hat das geregelt!

Das Gericht?

Ja natürlich, das Gericht, das weißt du doch!

Nein, das weiß ich nicht!

Komm schon, natürlich weißt du das!

Ich weiß nichts davon.

Hör doch auf!

Mama hat mir gesagt, dass du alle zwei Wochen zu Oma kommst, um mich zu sehen.

Ja, so war es ja auch.

Mama hat gesagt, dass du nicht mehr Zeit hast!

Das hat sie gesagt?

Dass du nicht mehr Zeit hast und auch keine Lust, mich öfter zu sehen!

Was hat sie dir erzählt!?

Stimmt das etwa nicht?

Natürlich nicht!

Und du hast auch nie was anderes gesagt.

Du hast mich nicht danach gefragt!

Ich hatte ja keine Ahnung!

Die Besuche bei Oma waren ein Kompromiss.

Ein Kompromiss?

Mehr war nicht möglich.

Was heißt »ein Kompromiss«?

Ein Kompromiss heißt, dass ich diese Regelung akzeptieren musste, sonst hätte ich dich vielleicht gar nicht sehen dürfen.

Das musst du mir erklären!

Ich kann nicht glauben, dass du nichts davon weißt.

Wir haben nie darüber gesprochen.

Wir haben sehr lange überhaupt nicht miteinander gesprochen.

Du weißt, warum.

Ich weiß nicht, warum du nicht mehr mit mir sprechen wolltest.

Du weißt es nicht?

Nein. Ich weiß es nicht. Keine Ahnung!

Keine Ahnung?

Absolut nicht. Nein!

Das ist nicht dein Ernst!

Du hast den Kontakt abgebrochen!

Ich? Wieso ich?

Ich habe immer wieder probiert, dich zu erreichen.

Ach ja?

Aber du hast nicht reagiert!

Davon weiß ich ja gar nichts!

Und dann habe ich es irgendwann aufgegeben.

Und warum habe ich nichts davon mitbekommen?

Ich dachte, du wirst schon deine Gründe haben.

Gründe wofür?

Für dein Schweigen.

Du hast geschwiegen!

Und dass du dich irgendwann schon wieder melden wirst.

Bist in eine andere Stadt gezogen. Weg von mir!

Aber jetzt, jetzt hast du dich ja gemeldet.

Aber jetzt ist es zu spät.

Wie meinst du das: zu spät?

Vorbei. Die Zeit ist um.

Wie, um?

Nur noch ein winziger Augenblick.

Ein winziger Augenblick?

Nur noch ein winziger Augenblick, ein letztes Klick, ein letztes, leises Klicken.

Und dann?

Dann ist die letzte Runde.

Die letzte Runde? Wovon?

Er richtet sich vollkommen auf.

Wer richtet sich auf?
  Steht kerzengerade.
Tut mir leid: Ich verstehe nichts!
  Und dann fällt alles zusammen.
Was fällt zusammen?
  Und was bleibt, ist nichts.
Nichts?
  Nichts bleibt.

Eines Morgens war ihr Vater nicht mehr da. Abende ohne ihn waren für Anne nichts Ungewöhnliches. Sie wusste, dass er abends meistens im Orchestergraben saß und für ein Publikum spielte, das er dabei kaum, und für Sänger, die er nie sah, nur hörte. Wenn Annes Vater nicht erst spät in der Nacht nach Hause kam wie bei Gastspielen in einer anderen Stadt, stand er am nächsten Morgen fast immer wenigstens für einen verschlafenen Kuss kurz auf, bevor Anne sich auf den Weg in die Schule machte.

Manchmal, ganz selten, war er schon wach, wenn sie aufstand, und saß schweigend im Schlafanzug in der Küche und sah aus wie jemand, der dort nicht hingehörte, der, wenn es stimmte, was ihre Mutter dann gern sagte, lautlos Musik hörte und eigentlich nur aufgestanden war, um sich zu vergewissern, dass er nicht allein war auf dieser Welt, und, sobald er dessen sicher war, sich in seine zurückzog, um weiter Musik zu hören, lautlos und allein. »Na«, sagte Annes Mutter dann und es klang wie Drohung, »hörst du wieder Musik, bist du wieder in deiner Musikwelt, in der nichts Platz hat außer irgendwelche Töne und Melodien?« Anne sah, wie ihr Vater den Mund verzog, und hörte, wie er leise seufzte, und ging zu ihm und sagte: »Guten Morgen, Papa!« und »Bis nachher!«, und ihr Vater ging dann normalerweise in das Badezimmer und wartete auf das Geräusch der Wohnungstür.

Mittags hingegen war Annes Vater fast immer zu Hause. Er kochte und sie aßen gemeinsam und ihr Vater hörte keineswegs lautlose Musik und schwieg auch nicht, sondern ganz im Gegenteil erzählte und fragte Anne nach allerlei Dingen, so dass es ihr manchmal schon zu viel wurde. Sie genoss diese Mittagsstunden allein mit ihrem Vater dennoch, sie genoss sie sogar sehr, denn er konnte nicht nur gut kochen, er konnte auch viele lustige Sachen erzählen, meistens aus den Proben, und dabei nachmachen, wie seine Kollegen falsch spielten oder an ganz anderen Stellen einsetzten und wie sich der verschrobene Dirigent aufregte und die Haare raufte oder wie Rumpelstilzchen mit den Füßen trampelte und sich mit rotem Kopf und fisteliger Stimme über die Unfähigkeit seiner Orchestermusiker ereiferte. Natürlich übertrieb Annes Vater bei solchen Gelegenheiten gern ein wenig, er stieg dann beispielsweise schon einmal auf den Stuhl und fuchtelte wild mit den Armen und kreischte und Anne und ihr Vater lachten viel und vergaßen manchmal sogar beinahe ihr Mittagessen.

Eines Morgens aber war Annes Vater nicht nur abwesend, er war nicht mehr da. Er saß nicht schweigend am Küchentisch und kam auch nicht verschlafen und im Schlafanzug, um ihr einen Kuss zu geben. Anne hatte das am Morgen zwar registriert, doch erst, als sie nach der Schule nach Hause kam, »Hallo, Papa« rief und dabei die Schultasche neben die Garderobe fallen ließ, erst, als eine Antwort ausblieb und sie in jedem einzelnen Zimmer nachschaute und feststellte, dass niemand außer ihr in der Wohnung war und es auch nicht nach frisch zubereitetem Essen roch, erst dann erinnerte sich Anne daran, dass sie ihren Vater auch am Morgen nicht gesehen hatte. Erst da begann sie, sich zu wundern und zu überlegen, ob sie irgendetwas vergessen haben könnte, beispielsweise, dass ihr Vater mit dem Orchester auf Konzertreise war oder ein Gastspiel in einer anderen Stadt hatte. Erst, als sie angestrengt nachgedacht hatte und ihr nichts einfiel, wurde Anne unruhig und begann, sich Sorgen zu machen. Erst, als sie diese Unruhe noch einmal durch die Wohnung gehen ließ, erst dann sah sie, dass das Bett ihres Vaters abgezogen und der Kleiderständer leergeräumt war. Erst, als sie zum Schreibtisch ihres Vaters ging und feststellte, dass das Bild, das sie ihm einmal gemalt und das er extra gerahmt hatte, dort nicht mehr stand, und dass der zweite Geigenkoffer nicht mehr auf dem Kleiderschrank lag, erst in diesem Moment sah Anne die angelehnten Türen des Kleiderschranks und begriff, dass etwas passiert sein musste.

Dass nichts mehr in Ordnung war und seinen Platz hatte, dass etwas ganz fürchterlich durcheinandergeraten sein musste, etwas ganz Wichtiges, etwas, das mit ihrem Leben zu tun hatte und es immer haben würde.

Erst dann sah Anne den Zettel auf dem Küchentisch und las: »Ich habe dir dein Essen in den Kühlschrank gestellt, du kannst es in der Mikrowelle aufwärmen. Wir sehen uns erst gegen sechs. Kuss, Papa!«

Gegen sechs dann sagte ihre Mutter, dass sie etwas Wichtiges mit Anne besprechen müsse, dass ihr Vater auch gleich kommen würde und dass sie sich ja schon einmal ins Wohnzimmer setzen könne. Anne hörte bald darauf, wie die Wohnungstür geöffnet wurde, und wollte in den Flur laufen und ihren Vater begrüßen, doch es ging nicht, irgendetwas drückte sie in den weichen Sessel mit dem rauen Stoffbezug, und als ihre Eltern gemeinsam in das Wohnzimmer kamen, schaffte Anne gerade einmal ein leises, eher fragendes »Hallo, Papa« und hätte, wäre sie nicht so ängstlich gewesen, beinahe zu weinen begonnen. Ihre Mutter begann zu reden und Anne zu frieren, alles zog sich in ihr zusammen und sie hörte die Stimme ihrer Mutter wie aus weiter Ferne, wie in einem Traum, in dem Menschen ganz nah und gleichzeitig unerreichbar weit entfernt waren. Und wie ein Echo.

Dein Vater ist für eine Weile ausgezogen. Ausgezogen. Gezogen.

Wir haben uns dazu entschieden, weil es so nicht weitergehen konnte. Weitergehen konnte. Gehen konnte.

Es ist nicht für immer. Nicht für immer. Für immer.

Es kam Anne vor, als würde ihr eine Plastiktüte über den Kopf gezogen.

Nur erst einmal vorübergehend. Bis sich alles wieder etwas beruhigt hat. Dann sehen wir weiter.

Wir brauchen ein bisschen Abstand.

Dein Vater hat sich ein Zimmer direkt neben dem Opernhaus gemietet.

Du bleibst bei mir.

Wir müssen sehen, wie das alles wird.

Du musst das verstehen.

Anne verstand nichts. Es kam ihr vor, als würde sich der Raum verdunkeln und als müsste sie ihre Augen zu Schlitzen zusammenziehen, um überhaupt noch etwas zu sehen.

Sie merkte, wie sie sich erhob und in ihr Zimmer ging.

Sie fühlte ein Kopfkissen in ihrem Gesicht, und wie es nass wurde und ihr Körper zu zucken begann.

Sie krümmte sich vor stechenden Schmerzen, als würde ihr Magen von allen Seiten gleichzeitig zusammengedrückt und wieder auseinandergezogen, als bohre sich ein Stab an immer anderer Stelle dort hinein.

Sie wünschte sich das Geräusch einer sich öffnenden Zimmertür.

Sie hörte eine unerträgliche Stille und irgendwann das leise Klacken der Wohnungstür.

Sie merkte, wie sich jemand auf ihr Bett setzte. Jemand, der schwieg.

Der eine Hand auf ihren Kopf legte, ihre Haare berührte.

Der irgendwann doch zu reden begann, als wäre Schweigen ein weiteres Verbrechen. Ein noch größeres. Eine Fortsetzung.

»Ich weiß, wie dir zumute ist.«

Und: »Es ist aber besser so.«

Und: »Wenn du willst, kannst du heute bei mir schlafen.«

Spät in dieser Nacht nahm Anne ihr Bettzeug und legte sich neben ihre Mutter und schlief lange noch nicht ein.

Es ist besser so. Besser so. -ser so.

Weiß, wie dir zumute ist. Zumute ist. -mute ist.

Jede Silbe ein Tritt. Ein Tritt in etwas. In den Bauch. In den Magen. Überall hin. Überall und gleichzeitig.

Nicht für immer. Für immer. Immer.

Der ganze Körper eine Zielscheibe.

Bei mir. Mir. -ir.

Treffer auf Treffer auf Treffer.

Schwindel. Es kreiselt.

Augen verdrehen sich. Drehen sich nach oben. Drehen sich überall hin.

Ohnmacht.

Etwas zieht sich zusammen. Verkriecht sich. Kriecht tief in etwas hinein. Immer tiefer.

Vergräbt sich. Wird vergraben. Begraben.

Kaum Luft. Stickige Luft. Kein Atem.

Am nächsten Morgen sagte ihre Mutter: »Der Vater kommt heute Mittag noch einmal und holt ein paar Sachen.« Dann verließ sie die Wohnung. Anne hörte das leise Klacken der Wohnungstür und begann zu weinen und hörte lange nicht damit auf. In die Schule ging sie an diesem Tag kurz vor den Sommerferien nicht.

Oma hat sich nach dem Essen immer hingelegt.

Ja, Oma brauchte ihren Mittagsschlaf.

Wir haben zusammen den Tisch abgeräumt und in der Küche Ordnung gemacht. Oma hat abgewaschen und ich habe abgetrocknet.

Eine Spülmaschine kam für Oma nie infrage.

Immer wollte sie abwaschen. Und das Geschirr wegstellen wollte sie auch immer selbst. Sie wollte nicht, dass ich das mache.

Ja. Oma hatte ihre ganz genauen Vorstellungen.

Es ist gut, wenn alles genau seinen Platz hat.

Bitte?

Es ist gut, wenn alles genau seinen Platz hat.

In der Küche?

Das hat Oma immer gesagt.

Das hat sie gesagt?

    Sogar sehr gut!

Das hat sie zu dir gesagt?

    Zu dir nicht?

Nein. Nie!

    »Mein Schatz, jetzt braucht deine Oma ein bisschen Ruhe. Deine Oma legt sich jetzt ein bisschen schlafen.« Das hat sie fast immer zu mir gesagt, wenn wir in der Küche fertig waren.

Ihr Mittagsschlaf war Oma heilig.

    Wenn wir in der Küche fertig waren, wenn alles abgewaschen und weggeräumt war, dann machte Oma ihren Mittagsschlaf. Jeden Sonntag.

Immer.

    Manchmal, wenn du früher gekommen bist, hat sie noch geschlafen.

Ja, ich erinnere mich.

    Du hast sie dann geweckt mit deinem Klingeln.

Aber es war ja die Ausnahme.

    Später dann bist du immer noch früher gekommen.

Ich wollte Oma eben nicht wecken.

    Du bist schon vor dem Mittagessen gekommen.

Wir haben zusammen zu Mittag gegessen.

    Vormittags.

So hatten wir mehr Zeit zusammen.

    Es war mein Vorschlag.

Dein Vorschlag?

    Ich wollte, dass du früher kommst.

Daran kann ich mich gar nicht mehr so genau erinnern.

    Es war so. Ich wollte, dass wir mehr Zeit miteinander hatten.

Ich wollte das ja auch.

Oma hat ja sowieso immer ihren Mittagsschlaf gemacht.
Es war doch schön, dass wir mehr Zeit hatten!
Oma hat geschlafen und ich wollte diese Zeit nutzen.
Es war doch schön!
Ich wollte diese Zeit mit dir nutzen.
War es nicht schön?
Weil wir uns ja immer nur sonntags gesehen haben.
Fandest du das nicht gut?
Und weil es immer nur so wenige Stunden waren.
Deine Mutter hat das so festgelegt.
Ein paar Stunden waren viel zu wenig.
Von mir aus hätten es mehr sein können.
Du wurdest immer weniger.
Immer weniger?
Immer kleiner.
Weniger und kleiner?
Du wurdest immer weniger mein Vater.
Es lag nicht in meiner Macht.
Du wurdest ein Mann.
Wie meinst du das: ein Mann?
Oma hat gesagt, dass ich auch einen Mittagsschlaf machen sollte.
Was meinst du mit »ein Mann«?
Sie meinte, dass mir ein Mittagsschlaf auch guttun würde.
Schlaf kann nie schaden.
Ich habe mich in das Bett in dem kleinen Zimmer gelegt.
Das kleine Zimmer? Welches kleine Zimmer?
Ich wollte, dass du früher kommst. Und jeden Sonntag.

Das Zimmer von Annes Vater wurde nach und nach immer leerer und war eines Tages schließlich leer. Es gab nicht diesen einen Tag, an dem ein Möbelwagen kam und alles mitnahm. Und Trauer zurückließ, große. Verzweiflung. Und vielleicht auch Wut. Es gab nichts zum Anfassen. Keine Umzugskartons zum Gegentreten, keinen Schreibtisch zum Darauf-Sitzen, keinen Vater zum Festhalten. Nicht einmal eine mahnende, ungeduldige Mutter, die so tat, als ginge sie das alles nichts mehr an und die nur darauf wartete, dass der letzte Karton hinausgetragen wurde und sie die Wohnungstür schließen konnte.

Keine Rede mehr von »eine Weile ausgezogen«. Kein »Vorübergehend« und »Er kommt wieder«.

Nicht einmal neue Lügen.

Es war vielmehr so eine Art unsichtbares Verschwinden. Unsichtbar und allmählich. In dem Sinne unsichtbar, dass nie so viel auf einmal von ihrem Vater verschwand, dass ein Wegsein für immer die Erklärung dafür hätte sein können. Tag für Tag verschwand ein bisschen mehr. Irgendwann, als Anne gerade begann, sich daran zu gewöhnen, war dann einfach alles weg. Als Anne diesem allmählichen Verschwinden sogar etwas Gutes abgewinnen konnte, weil so immerhin stets etwas zurückblieb – auch wenn es weniger wurde, blieb stets etwas da –, als das allmähliche Verschwinden endlich keine Bedrohung mehr war, hörte es einfach auf. War zu Ende so plötzlich und unerwartet, wie es begonnen hatte. Und zurück blieb nichts.

Nur das Klavier im Wohnzimmer verschwand nicht.

Die entkleideten Wände in dem leeren Zimmer von Annes Vater verdoppelten und verdreifachten jedes Geräusch. Holzdielen knarzten mühsam und lange, Schuhsohlen quietschten schrill oder schlugen hart auf. Stille Fragen tönten laut. Viel zu laut. Brüllten.

Die Geigentöne waren nicht mehr zu hören, nicht einmal ganz leise, waren auch verschwunden, verschlungen wahrscheinlich von irgendeinem der unzähligen Kartons und hinausgetragen von fremden Männern wie alles andere vielleicht auch. Ohne Zeugen. Ohne Spuren.

Anne sah eine helle Fläche auf dem Holzfußboden und sah den Teppich, den ihr Vater einmal von einer Konzertreise in die Türkei mitgebracht und über den ihre Mutter geschimpft hatte, wochenlang und auch später immer wieder.

Anne sah den braunen Holznotenständer und den Geigenbogen, der oft darauf lag, sie sah ihren Vater auf dem türkischen Teppich und vor dem Notenständer stehen, die Geige unter das Kinn geklemmt und mit den Fingern der linken Hand die Saiten anzupfend. Manchmal auch im Sitzen.

Anne sah ein großes Rechteck auf der Tapete, heller Schatten mit dunklen Rändern, und sah den Schrank, in dem ihr Vater immer seine Überraschungen für sie versteckt und auf den er sie, als sie noch klein war, gehoben hatte, weil Anne es liebte, von ganz oben in das Zimmer ihres Vaters zu schauen, und sich sehr groß vorkam dabei.

Anne sah eine lange, dunkel glänzende, abgewetzte Stelle auf der gegenüberliegenden Wand und sah das Bett, das früher nur als Ablage für Noten, Geigenkoffer oder Kleidungsstücke, dann als Ausweichquartier und später als ständiges Nachtlager diente.

Anne sah lange Kratzspuren und eingedrücktes Holz auf dem Fußboden und sah den Schreibtisch mit dem Rollenstuhl davor, auf den sie sich oft alleine oder mit ihrem Vater setzte und mit dem sie sich schnell im Kreis drehte und wo sie nie genug bekommen konnte von diesem wunderbaren Karussell.

Anne sah die kleinen schwarzen Löcher in der Wand und sah die Bilderrahmen, die an Nägeln aufgehängt waren, das große Bild von dem Mädchen mit der riesigen Schleife im streng gescheitelten, mehr als schulterlangen Haar, von diesem Mädchen mit dem ernsten Blick, der Anne stets unheimlich war, und den Augen, die aussahen wie das Ende von etwas, vielleicht eines langen Tunnels. Ein Mädchen, das ihr Vater »Unsere Eugenia« nannte und auf das Anne manchmal etwas eifersüchtig war, vor allem, wenn ihm ihr Vater etwas auf der Geige vorspielte. Ein Mädchen auch, von dem Anne eine Zeit lang glaubte, dass sie selbst dieses Mädchen sei, und das sie darum besonders genau ansah und gern mochte.

Anne sah das Foto, das sie mit ihrem Vater badend im Meer zeigte, ausgelassen, lachend, und auch die Aufnahme, die ebenso in dem kleinen Zimmer ihrer Großmutter hing als Erinnerung an einen gemeinsamen Urlaub an der Ostsee, dem einzigen gemeinsamen Urlaub mit der Großmutter. Zwei Wochen, in denen Anne jeden Tag im Meer spielte, oft mit ihrem Vater, und ihre Füße in den heißen Sand grub, so dass es kribbelte, stecknadelfein und bis unter die Kopfhaut. Wie oft spuckte und prustete Anne salziges Meerwasser aus, bis sie lernte, die Wellen richtig einzuschätzen und sich von ihnen, mit leuchtenden Schwimmflügeln an den

Armen, sanft auf und nieder heben ließ. Ihr Vater immer in der Nähe. Ihre Mutter unter dem Sonnenschirm und nur selten winkend. Die Großmutter ein Fremdkörper, bemüht, nicht entdeckt zu werden.

Kleine schwarze Löcher in der Wand, winzige Höhlen, finster glotzend. Bilder gleiten hinab, finden keinen Halt, versinken.

Entkleidete Wände. Kein Zimmer, nur ein Ort. Irgendwann schweigend, laut schweigend. Kein Ort, nur eine Stelle. Irgendwann wund. Wunde Stelle. Wundern war vorüber.

Anne wollte ihren Vater sehen, doch ihre Mutter sagte Nein. Erst einmal müsse sich alles einspielen und dann werde man sehen. Was werde man sehen, wollte Anne wissen, und ihre Mutter antwortete, dass alles seine Ordnung haben müsse. »Es gibt ganz bestimmte Regelungen und an die müssen sich alle halten«, sagte sie, doch Anne verstand nicht, wovon ihre Mutter sprach. Anne wollte mit ihrem Vater Mittag essen und Klavier spielen. Sie wollte seine Geschichten von den Orchesterproben hören und mit ihm lachen. »Der Vater wohnt nicht mehr hier«, sagte Annes Mutter, und als Anne wissen wollte, wann er wiederkomme, sagte ihre Mutter gar nichts und später dann: »Der Vater kommt nicht wieder. Der Vater will nicht mit uns wohnen.«

Warum er nicht mit ihnen wohnen wolle, fragte Anne ihren Vater, als sie ihn zum ersten Mal wiedersah nach sehr vielen sehr langen Wochen. »Ich will doch mit euch wohnen«, antwortete er, »aber es geht nun mal nicht«, und als Anne zu weinen begann, hatte auch ihr Vater Mühe, seine Tränen zurückzuhalten.

»Nun frag doch nicht ständig«, schimpfte Annes Mutter, wenn Anne wissen wollte, warum ihr Vater sie nur alle zwei Wochen bei der Großmutter besuche und ob sie nicht einmal auch ihn besuchen könne. Ihre Mutter erzählte von ständig wechselnden Proben, Gastspielen in anderen Städten und einer viel zu kleinen, unaufgeräumten Wohnung, von heute Hü und morgen Hott, und immer sagte sie dabei »der Vater« und schaute irgendwo hin, immer dorthin, wo Anne nicht war. Anne hörte ihre Mutter »der Vater« sagen, sie hörte kurze, melodielose Sätze, die nach Zumutung klangen und wie auswendig gelernt, sie hörte all diese Worte und spürte Bedrohliches in ihnen. Von ihrem Vater hörte sie darin nichts. Ihr Vater kam nicht vor in den Sätzen dieser Frau. Es war, als formten sich aus Worten in Annes Ohren Klänge und erzählten Geschichten. Klänge wie von weit, Geschichten von früher.

Nichts, kein Wort erzählte Annes Mutter von dem Bemühen des Vaters, sich dieses andere Leben mit ihr zu teilen, nichts von seinem Vorschlag, ein Zimmer extra für Anne in seiner neuen Wohnung einzurichten, sie erzählte nichts von dem Anwalt und den Terminen vor Gericht und auch nicht, wie schlecht sie ihn gemacht hatte bei jeder Gelegenheit, natürlich nicht, dass sie oft das Wort unzuverlässig benutzte, wenn sie über ihn sprach, ihn darstellte als einen, der mit dem Leben nicht zurechtkomme und mit dem eigenen schon mehr als genug zu tun habe und folglich mit der Verantwortung für ein weiteres nun wirklich überfordert sei.

»Es ist ein Kompromiss«, sagte sie über seine Besuche alle zwei Wochen bei der Großmutter. »Für dich.«

Der Vater.

Ihr Vater.

Ein Kompromiss.

Was es bedeute, wenn man ein Kompromiss sei, fragte Anne ihre Großmutter einmal, und als diese nur den Kopf schüttelte und »Was redest du da?« sagte, erzählte Anne von den Erklärungen ihrer Mutter und dass sie so gern einmal ihren Vater besuchen würde in seiner neuen Wohnung.

»Es ist schon alles richtig so, mein Schatz«, sagte ihre Großmutter da, »ich freue mich doch auch, wenn dein Vater uns besucht, weißt du, ich freue mich doch auch auf seine Besuche.«

Alles sei richtig, hörte Anne, in Ordnung, es gehe nur so und anders eben nicht, und sie begann, sich zu wundern darüber, dass so viel Unordnung Ordnung bedeutete, dass es, obwohl alles an seinem Platz sei, so unaufgeräumt sein konnte in ihr, so durcheinander. Anne fragte sich, warum es ihren Vater, seit er nicht mehr bei ihnen wohnte, zweimal gab, als den »Vater« und als »Papa«, und warum all dies sie so sehr bedrohte in vielen Nächten und nicht schlafen ließ, obwohl ihre Müdigkeit viel größer sein müsste als Trauer und Sehnsucht zusammen,

Viel zu früh stellte sich Anne Fragen, auf die es keine Antworten gab, geben konnte. Fragen, die eigentlich nicht zu ihrem Leben gehörten, die ohne Zukunft waren und heimatlos. Und sich doch eine Zuflucht suchten.

Sie haben einmal einen Traum erwähnt.

Kann sein.

Erinnern Sie sich nicht mehr daran?

Ich weiß nicht, was Sie meinen.

Sie sagten: »Der Meertraum.«

Welches Meer?

Das weiß ich nicht. Ich dachte, Sie können mir das erzählen.

Nein, kann ich nicht.

Schade. Das ist schade.

Warum ist das schade?

Ich glaube, in Träumen gibt es viel zu entdecken. Träume erzählen oft mehrere Geschichten gleichzeitig.

Na und?

Ich finde das interessant. Es hilft mir, Dinge zu verstehen und die Menschen, die diese Träume haben.

Ich glaube, ich weiß, welchen Traum Sie meinen.

Ja?

Es ist kein schöner Traum!

Warum ist er nicht schön?

Er kommt immer wieder.

Es ist immer der gleiche Traum?

Ja!

Und darum finden Sie es nicht schön, dass er immer wieder kommt?

Ja!

Das immer Gleiche stört Sie?

Er lässt mich nicht schlafen!

Sie wachen davon auf? Jedes Mal?

Ja.

Sie sagen, der Traum ist immer gleich? Er verändert sich also nicht?

Nein! Er wiederholt sich immer nur. Immer das Gleiche. Und manchmal hört er ganz plötzlich auf.

Er hört auf?

Ja, ganz plötzlich ist Schluss.

Immer an der gleichen Stelle?

   Das weiß ich nicht.

Vielleicht können Sie sich daran erinnern?

   An die Stelle?

Ob es immer die gleiche Stelle ist.

   Ich glaube nicht.

*Sie glauben, Sie können sich nicht daran erinnern? Es muss
ja nicht sofort sein. Vielleicht erinnern Sie sich ja später.*

   Ich glaube, es ist nicht immer die gleiche Stelle.

Wissen Sie, warum der Traum plötzlich aufhört?

   Keine Ahnung!

*Vielleicht gibt es einen Grund für diesen plötzlichen
Schluss.*

   Vielleicht, ja.

Sie haben gesagt, dass es kein schöner Traum ist.

   Das stimmt. Weil er immer gleich ist und wiederkommt.

Macht Ihnen etwas Angst in dem Traum?

   Ich bin wie betäubt, wenn ich aufwache.

Gibt es darin etwas, das Sie bedroht?

   Und traurig.

Sie haben gesagt, dass Sie aufwachen.

   Ja.

*Wachen Sie auf, weil etwas in Ihrem Traum Ihnen Angst
macht?*

   Das weiß ich nicht. Keine Ahnung!

*Wünschen Sie sich in dem Traum, dass er aufhört und Sie
aufwachen?*

   *Ich weiß nicht. Ich wache einfach auf. Weil der Traum
   zu Ende ist.*

Aber er ist doch gar nicht zu Ende.

   Dann schon.

Wenn ich Sie richtig verstanden habe, gibt es diesen Traum aber auch vollständig.

Ja, natürlich.

Können Sie ihn mir nicht einmal vollständig erzählen?

Ohne Aufwachen?

Ja, ohne Aufwachen.

Nein!

Nein?

Nein!

Warum nicht?

Ich kann mich nicht an die Details erinnern.

Vielleicht ja doch.

Nur im Traum kann ich mich an die Details erinnern, da kenne ich sie schon, wenn ich sie träume. Aber im Traum ist es, als wäre es Wirklichkeit. Wenn ich wach bin, weiß ich sie nicht mehr.

Es muss ja nicht sofort sein. Sie können auch aufschreiben, was Ihnen dazu einfällt, spontan, ohne System.

Warum interessiert Sie dieser Traum so?

Träume faszinieren mich. Und sie helfen manchmal, etwas besser zu verstehen.

Was wollen Sie denn verstehen?

Ich würde gern verstehen, warum Sie zum Beispiel manchmal einfach nichts essen.

Immer wollen Sie alles verstehen!

Das gehört zu meinem Beruf.

So einen Beruf würde ich mir niemals aussuchen.

Das müssen Sie ja auch nicht. Es gibt ja noch viele andere Berufe.

Ich möchte Musik studieren.

Das ist bestimmt ein wunderbarer Beruf.

Klavier.

Das habe ich mir schon gedacht, wenn man so gut spielt wie Sie.

Mein Vater spielt auch Klavier.

Ihr Vater?

Ja. Mein Vater ist Musiker.

Ich dachte, er spielt in einem Orchester. Er ist Pianist?

Nein. Er spielt Geige. Und Klavier.

Geige ist auch schön.

Er spielt in einem Orchester.

Sie hatten das schon einmal erwähnt. Das muss sehr viel Spaß machen.

Warum?

Ich meine, wenn man mit so vielen anderen Menschen zusammen Musik machen kann, das stelle ich mir sehr schön vor.

Mein Vater hat versucht, mir auch Geige beizubringen.

Er hat Ihnen Unterricht gegeben?

Es hat nicht geklappt.

Sie meinen, er konnte nicht gut unterrichten?

Doch, aber ich war zu ungeschickt. Ich habe es nicht hinbekommen. Es ging nicht.

Und deshalb haben Sie mit Klavierspielen angefangen?

Ja.

Auch bei Ihrem Vater?

Nein.

Ihr Vater hat Ihnen keinen Klavierunterricht gegeben?

Nein.

Hatte er das Interesse verloren?

Nein.

War er enttäuscht?

Meine Mutter wollte nicht, dass er mir weiter Unterricht gibt.

Können Sie mir das erklären?

Nein.

Aber Ihr Vater konnte doch auch Klavier spielen!

Ja.

Trotzdem sollte er Sie nicht unterrichten?

Er kann sehr gut spielen.

Ist er auch ein guter Lehrer?

Ja.

Aber Ihre Mutter wollte das nicht.

Meine Mutter wollte überhaupt nicht, dass ich ein Instrument lerne.

Sie wollte das nicht?

Meine Mutter hielt mich nicht für musikalisch.

Wie kam sie darauf?

Sie hat sogar einmal gesagt, dass auch mein Vater nicht musikalisch ist. Sie hat gesagt, dass er in einem erbärmlichen Orchester spielt und nichts auf sich hält. Und dass er mir einen Floh ins Ohr setzt.

Wie kommt Ihre Mutter auf so etwas?

Keine Ahnung.

Finden Sie das denn auch?

Was denn?

Dass das Orchester erbärmlich ist und ihr Vater nichts auf sich hält.

Ich weiß nicht. Nein, eigentlich nicht!

Warum sagt Ihre Mutter dann so etwas?

Ich weiß es nicht.

War das der Grund für die Trennung Ihrer Eltern?

Was?

Die Musik?

Mein Vater wollte nicht mehr mit uns wohnen.

Einfach so?

Eines Tages war er weg. Verschwunden.
Verschwunden? Ohne Grund? Einfach so?
Es war nur vorübergehend.
Und wie lange?
Für immer.
Aber Sie sagten gerade »vorübergehend«.
Meine Mutter sagte das. Meine Mutter sagte: Es ist nur vorübergehend.
Und was sagte Ihr Vater?
Nichts.
Er schwieg?
Er ist weggegangen.
Ohne etwas zu sagen?
Er hat die Wohnungstür zugemacht. Ganz leise.
Ohne sich zu verabschieden?
Aber ich habe es gehört.
Ohne sich zu verabschieden?
Ja.
Und er ist nicht wiedergekommen?
Alles muss seine Ordnung haben.

Die Großmutter hatte das Bild über das Bett gehängt.

Dort hatte es seinen Platz.

Ein gerahmtes Foto.

Anne und ihr Vater und das Meer.

Über dem Bett in dem kleinen Zimmer. Ein Zimmer, das die Großmutter selbst so gut wie nie benutzte, das früher einmal das Zimmer von Annes Mutter gewesen war und später irgendein Zimmer und danach das Zimmer, in dem Anne einige Sachen aufbewahrte und manchmal auch einen Mittagsschlaf machte. Ein Zimmer, das über war eigentlich, in dem, wenn überhaupt,

Erinnerungen wohnten. An einen Großvater, an Annes Mutter, an einen Urlaub mit der Großmutter.

Anne und ihr Vater und das Meer.

Mutter und Großmutter aus dem Rahmen gefallen. In den weichen, heißen Sand. Verbrennungen.

Anne und ihr Vater und das Meer.

Erinnerung an einen Urlaub an der Ostsee. An etwas, das auch ohne Erinnerung zurechtkommen, das niemals als vermisst gemeldet würde.

Aus dem Rahmen gefallen. In salziges Wellenwasser. Verschluckt.

Ein Foto über einem Bett in einem Zimmer.

Anne und ihr Vater und das Meer.

Ein Bild, das kommt und geht wie das Meer, das auftaucht und wieder verschwindet wie etwas auf Wellen, wie etwas, das macht, was es will.

Können Sie mir erklären, warum Sie nicht essen wollen?
  Aber ich esse doch.
Und warum Sie sich Schmerzen zufügen?
  Ich esse fast jede Mahlzeit. Obwohl es mir hier nicht schmeckt.
Es ist schon besser geworden, das stimmt. Aber Sie sind noch immer ziemlich dünn. Sie haben kaum zugenommen.
  Immer die gleiche Leier!
So ist es nun einmal.
  Alle quatschen immer nur das Gleiche.
Vielleicht ist dann ja was dran!?
  Ich esse doch!!
Wollen wir noch einmal über Ihren Traum sprechen?
  Nein!
Den Meertraum?

Warum?

Kommen Sie auch vor in diesem Traum?

Ich?

Ja, Sie.

Ja, natürlich komme ich darin vor. Ich bade im Meer.

Baden Sie alleine?

Natürlich nicht. Man ist doch nie allein im Meer.

Also da badet noch jemand?

Da ist noch ein Mädchen.

Kennen Sie dieses Mädchen?

Und ein Mann.

Ein Mann?

Ja, ein Mann.

Kennen Sie das Mädchen? Und den Mann?

Nein.

Versuchen Sie sich zu erinnern. Vielleich kennen Sie sie ja doch.

Nein, ich kenne die nicht. Ich weiß nicht, wer das ist.

Was macht er denn, dieser Mann?

Er badet.

Er badet? Mit Ihnen?

Er winkt.

Winkt er Ihnen?

Er steht im Wasser und winkt.

Ist er groß, dieser Mann?

Ja. Groß.

Und auch alt?

Ja.

Und Sie kennen ihn nicht?

Nein!

Fürchten Sie sich vor ihm?

Nein. Zuerst nicht.

Zuerst nicht? Wie meinen Sie das?

    Er winkt mir und ich schwimme mit ihm.

Und dann?

    Wir spielen.

Im Wasser?

    Ja.

Was spielen Sie?

    Dann wache ich auf.

Aber doch nicht immer.

    Und bin wie betäubt.

Manchmal geht der Traum doch bestimmt weiter.

    Und sehr traurig, niedergeschlagen.

Sind Sie sicher, dass der Traum nicht noch weitergeht?

    Manchmal begleitet mich das den ganzen Tag.

Was?

    Wie ein Schatten.

Was genau?

    Dieses Gefühl. Blei. Am ganzen Körper.

Es ist gut, dass Sie sich an diesen Traum erinnern und mir davon erzählen.

    Jetzt bin ich nicht traurig. Aber ich weiß, dass er mich traurig macht, wenn ich ihn träume.

Ich verstehe, was Sie meinen.

    Ich weiß, wie sich das Blei anfühlt den ganzen Tag.

Vielleicht fällt Ihnen noch etwas ein zu diesem Traum?

    Es fühlt sich schrecklich an.

Das kann ich mir vorstellen.

    Ein Körper aus Blei. Ich fühle mich wie eine Mumie.

Eine Mumie?

    Eingewickelt.

Sind Sie tot?

    Tot?

Mumien sind doch tot.

Nein, ich bin nicht tot. Ich bin eine Mumie, einge-
wickelt in Blei. Aber nicht tot.

Alles sollte bleiben, wie es immer war. In Ordnung. An
seinem Platz. Wie das Klavier.

Zu dritt.

Kein Schweigen am Morgen, kein Mittagessen aus
der Mikrowelle, keine Rollläden am Nachmittag und
keine Träume in der Nacht. Nicht solche Träume.

Es sollte vor allem keine Erinnerungen geben, unauf-
geforderte, plötzliche, keine Vergangenheit, der man
nachtrauern konnte, kein Früher als Bedrohung, alles
sollte jetzt sein und ohne Geschichte, kein Neuanfang,
kein »Wir müssen uns an dieses Leben auch erst gewöhnen«, keine feuchtgeweinten Kopfkissen und leise kla-
ckenden Wohnungstüren, keine Nächte, in denen Furcht
stärker war als Müdigkeit, die Furcht, dass etwas einfach
verschwinden könnte, noch einmal verschwinden und
immer wieder, etwas, das einfach nicht mehr da war.

Es war aber anders.

Alles war anders.

Das Zimmer leer, ein Friedhof, eine Gedenkstätte,
ein Mahnmal. Ein Ort ohne Luft.

Wochen des Wartens und weniger Worte, als könne
etwas durch Schweigen ruhiggestellt werden, ein für
alle Mal, als würde aus Schweigen Taubheit entstehen,
als ließe Schweigen irgendetwas verschwinden ohne
Spuren.

Ein Umzug irgendwann und eine Wohnung klein und
dunkel und still, eine Wohnung lange gesucht und mit
Platz für das Klavier, auf das Anne bestand mit allem,

was ihr noch geblieben war; eine Wohnung mit frischer Farbe an den Wänden und Teppichboden überall, ein neues Zuhause mit altem Inventar, ein neuer Ort, die Großmutter ganz in der Nähe und jeden Sonntag.

Selbst die Großmutter verändert. Die Begrüßungen kürzer, ihr Bauch weniger weich, Überraschungen nach wie vor im Küchenschrank, die Vorfreude darauf aber dumpf, immer wieder sogar vergessen, den Geschichten der Großmutter hörte Anne nicht auf dem Schoß zu und manchmal nur zur Hälfte oder gar nicht, und auch beim Zubereiten des Mittagessens schaute sie mehr aus dem Fenster hinunter auf die Straße, als dass sie die geschickten Bewegungen ihrer Großmutter und die dünnen Kartoffelschalen bewunderte.

Die Straße blieb leer, keine bekannten Gesichter. Nur der alte Mann von gegenüber.

Eine Zeit lang waren die Besuche bei der Großmutter wie Besuche in einem Krankenhaus. Annes Mutter blieb immer seltener und ging entweder gleich wieder zurück oder lange spazieren. Das Federleichte war verschwunden.

Eine Zeit lang waren die Besuche bei der Großmutter vor allem ein Entrinnen. Fort vom aufdringlichen Geruch nach frischer Farbe, von der Taubheit des neu verlegten Teppichbodens und der Sprachlosigkeit hinter den Rollläden.

Nur fort von. Aber kein Sein-Bei. Kein Da-Sein.

Sekunden wie Minuten wie Stunden wie Tage wie Wochen wie Monate wie Jahre.

Wie immer.

Sekunden, die auf den Asphalt prasseln, Tausende, Millionen, unzählige Sekunden, ihr Prasseln und Zer-

platzen und Zerfließen, Geräusche von zerplatzender
Zeit, Begräbnismusik in der Nacht.

Jede Woche bist du zu Oma gekommen.
Alle zwei Wochen!
Nein! Jede Woche. Jeden Sonntag.
Aber ich weiß es ganz genau.
Ich auch!
Ich habe es sogar schriftlich. Das Gericht hat das ja geregelt.
Was soll das heißen: schriftlich?
Es gibt einen Gerichtsbeschluss.
Das interessiert mich nicht.
Aber du behauptest etwas anderes!
Weil ich es weiß!
Ich weiß es aber auch.
*Zeig ihn mir doch, diesen Gerichtsbeschluss. Zeig ihn
mir!*
Wie soll ich ihn dir zeigen, hier am Telefon?
Siehst du!
Siehst du was?
Da siehst du, was das wert ist: schriftlich!
Das ist doch Blödsinn!
Ich habe meine Erinnerung.
Ja und?
Und meine Erinnerung zählt!
Du kannst ja sonst was erzählen.
Ich kann erzählen, wie es war!
Na dann erzähl mal: Wie war es denn?
*Am Anfang bist du alle zwei Wochen zu Oma
gekommen.*
Habe ich doch gesagt!
Alle zwei Wochen, nach dem Mittagessen.

Genau!

    Zum Kaffeetrinken.

Ganz genau!

    Nach Omas Mittagsschlaf.

Richtig.

    Manchmal bist du auch früher gekommen.

Weil mir die paar Stunden mit dir zu wenig waren!

    Nie durfte ich dich in deiner Wohnung besuchen!

Warum hört sich das wie ein Vorwurf an?

    Ich wäre so gerne einfach so in deine neue Wohnung gekommen, wie in unsere.

Aber das ging nicht!

    Zu deiner Geige.

Aber es war doch nicht meine Schuld!

    Zu dem Drehstuhl.

Aber es lag doch nicht an mir, dass das nicht ging!

    Ich hätte so gerne mit dir Mittag gegessen.

Was glaubst du, was ich gerne gemacht hätte?

    Aber später dann ging es doch auch, dass du früher zu Oma gekommen bist.

Weil wir keine Sonntagskonzerte mehr spielen mussten.

    Und dann sogar jede Woche.

Wir mussten keine Matineékonzerte mehr spielen, das weißt du doch! Nur manchmal hatten wir noch Probe.

    Also ging es doch!

Später, ja! Weil Oma mitgespielt hat.

    Wenn du früher gekommen bist, hast du Oma aufgeweckt mit deinem Klingeln.

Ich glaube, Oma hat sich auch über meine Besuche gefreut.

    Sie hat noch geschlafen.

Ja, ich weiß.

    Und dann bist du noch früher gekommen.

Genau.

    Zum Mittagessen.

Ja.

    Jeden Sonntag!

Das war später. Erst viel später.

    Aber jeden Sonntag!

Du hast mich doch dann besucht in der neuen Wohnung, weißt du das nicht mehr?

    Ja, viel später.

Aber du warst auch in meiner neuen Wohnung.

    Ja, natürlich war ich da.

Ganz in der Nähe der Oper.

    Aber erst viel später. Und heimlich.

Heimlich?

    Mama durfte nichts davon wissen. Sie hätte nur wieder geschimpft und es verboten.

Ich hatte sogar ein kleines Zimmer für dich eingerichtet.

    Das stimmt nicht!

Natürlich stimmt das!

    Wo soll das denn gewesen sein, das kleine Zimmer?

Es war wirklich nur klein, aber es sollte dein Zimmer sein!

    Wo war es denn, dieses Zimmer?

Das kleine Zimmer neben dem Bad.

    Neben dem Bad war dein Musikzimmer.

Später, ja!

    Wie, später?

Später war da mein Musikzimmer. Aber nicht immer.

    Nicht immer?

Komm schon, du weißt das ganz genau!

    Ich weiß, dass neben dem Bad dein Musikzimmer war.

Ja natürlich. Später war es mein Musikzimmer!

    Mit dem Notenständer aus Holz.

Aber ursprünglich war dieses Zimmer für dich gedacht!
  Und dem schönen alten Schreibtisch.
Ich hatte dieses Zimmer extra für dich eingerichtet.
  Mit dem Drehstuhl.
*Aber das Gericht entschied anders! Das habe ich dir auch
erklärt. Wir haben darüber gesprochen.*
  Du hattest dein Leben nicht im Griff!
Was sagst du da?
  Und wolltest keine Verantwortung übernehmen!
Ich wollte keine Verantwortung übernehmen?
  Bei dir war immer alles durcheinander!
*Ich wollte, dass wir uns zusammen in diesem neuen Leben
arrangieren.*
  Nichts war an seinem Platz!
*Ich wollte das gemeinsam mit deiner Mutter hinbekom-
men.*
  Du wolltest nicht mit uns zusammenwohnen!
Hörst du denn nicht zu?
  Ich durfte dich nicht besuchen!
*Es war ein Gerichtsbeschluss! Deine Mutter wollte es so,
und das Gericht hat dann entschieden.*
  Du hast mir so gefehlt!
*Ich wollte, dass du auch bei mir wohnst! Du solltest dich
auch bei mir zu Hause fühlen.*
  Die neue Wohnung war schrecklich!
Ich habe sie nie gesehen.
  *Sie war taubstumm und es roch überall nach Farbe.
  Immer und überall.*
Ich habe nie verstanden, warum ihr umgezogen seid.
  *Mutter sagte immer, diese Wohnung würde nicht zu
  uns passen. Zu groß, zu teuer, und überhaupt.*
Aber es war eine schöne Wohnung!

Es war unsere Wohnung.

Das stimmt! Weißt du noch, wie wir auf dem Drehstuhl Karussell gespielt haben?

   Natürlich weiß ich das noch!

Und wie wir versucht haben, Geige zu lernen.

   Papa, ich weiß das alles noch ganz genau.

Wie traurig du warst, als du mit Geige aufgehört hast?

   Ich bin es heute noch!

Es war besser so, Geige war nicht dein Instrument.

   Klavier ist auch nicht mein Instrument.

Nun komm schon: Du spielst doch wunderbar!

   Woher willst du das wissen?

Ich habe dich doch gehört!

   Wann hast du mich gehört?

Damals, als du mit Klavier angefangen hast. Als du Unterricht bei Frau Meierott hattest.

   Das ist so lange her. Du hast doch keine Ahnung, wie ich jetzt spiele.

Ich weiß, dass du gut spielst.

   Woher?

Ich weiß, wie musikalisch du bist, was Musik dir bedeutet.

   Was bedeutet sie mir denn?

Warum fragst du mich das?

   Sag es mir: Was bedeutet mir Musik? Du hast gesagt, du weißt es, dann sag es mir doch auch!

Ich glaube, Musik gehört zu dir. In dein Leben. Sie erfüllt dich und gibt dir Sicherheit.

   Musik ist auch eine gute Möglichkeit, nicht am Leben teilzunehmen.

Was soll das denn jetzt heißen?

   Es fällt dann nicht so auf. Mit Musik.

Sie gibt dir Platz für deine Fantasie, deine Träume.

Was weißt du schon von meinen Träumen?

Es ist wichtig, dass wir Träume haben.

Es ist wichtig, dass alles seinen Platz hat! Seine Ordnung.

Bist du noch immer in der Badewanne?

Ja, natürlich!

Ist das Wasser nicht kalt inzwischen?

Keine Ahnung.

Du weißt nicht, ob das Wasser kalt ist?

Ich friere nicht!

Du musst warmes Wasser nachlaufen lassen!

Seine Farbe verändert sich!

Du kannst dich schnell erkälten.

Soll ich dir ein Geheimnis verraten?

Was denn für ein Geheimnis?

Ein großes Geheimnis!

Ja, von mir aus, verrate mir dein Geheimnis!

Du bist der Erste, dem ich es verrate!

Nun mach es doch nicht so spannend!

Und du wirst auch der Einzige sein!

Du liebe Güte, das hört sich ja richtig dramatisch an!

Ich bin mir nicht sicher, ob du das wirklich wissen willst.

Du willst, dass ich es rate, stimmt's?

Ob du damit umgehen kannst.

Ah, ich verstehe: Du spielst auf das Töneratenspiel an!

Damit leben.

Weißt du noch, wie wir immer Töneraten am Klavier gespielt haben? Das Fehlerhören?

Nur du und ich!

Ja, das war unser Spiel!

Der Einzige. Und bald nur noch du!

Was?

Du allein!

Was hast du da gesagt? Wie meinst du das?

Ganz allein!

»Diesen Schlüssel darfst du niemandem geben, verstehst du, auch nicht dem Vater, verstehst du das?«, sagte Annes Mutter und gab ihr einen Schlüssel an einem bunten Band. Die Möbelpacker hatten die letzten Kisten vor wenigen Stunden im leeren Wohnzimmer abgestellt und die Wohnung ohne Trinkgeld verlassen. Es war Annes erster Umzug, und auch einen eigenen Schlüssel am Band bekam sie zum ersten Mal. In der Küche mit dem kleinen Fenster brannte Licht und ihre Mutter bereitete das Abendbrot vor. Es roch nach frischer Farbe, und während Anne geräuschlos auf dem neu verlegten Teppichboden durch den schmalen Flur ging und in den drei Zimmern vergeblich nach Vertrautem suchte, hörte sie das gleichmäßige Klacken des Küchenmessers, mit dem ihre Mutter auf einem Brettchen Gurkenscheiben schnitt.

»Wird Papa uns denn bald einmal besuchen?«, fragte Anne. Und ihre Mutter antwortete: »Hier stehen die Abfahrtszeiten des Busses, bis wir einen richtigen Fahrplan haben«, und zeigte Anne einen großen Zettel und legte ihn anschließend auf die Arbeitsplatte neben den Kühlschrank, und das gleichmäßige Klacken des Küchenmessers, das kurz darauf wieder einsetzte, schmerzte Anne in den Ohren. »Ich möchte, dass Papa uns bald besuchen kommt!« Und als ihre Mutter schwieg, sagte Anne: »Ich will Papa sehen!«, und ihre Mutter drehte sich um und setzte sich zu ihr an den

Küchentisch und sagte: »Der Vater wird uns hier nicht besuchen kommen«, und dass Anne ihn erst einmal gar nicht sehen werde. »Verstehst du, wir müssen uns an dieses Leben auch erst gewöhnen.« Ihre Mutter sagte auch noch einige andere Dinge, die Anne aber nicht mehr richtig hörte, weil es in ihren Ohren zu rauschen begann und sich dieses Rauschen mit dem Klacken des Küchenmessers vermischte und anschwoll zu einem tobenden Auf und Ab.

Sie war kleiner, die neue Wohnung, alles in der neuen Wohnung war kleiner oder weniger oder beides. Vom Kleiderschrank in Annes Zimmer bis zur Decke war gerade noch so viel Platz, dass Anne ihre Puppenkiste dort abstellen konnte, und auch das Fenster reichte bis knapp unter diese Decke. Für das Klavier war neben Bett und Schreibtisch kein Platz in Annes neuem Zimmer, und obwohl ihre Mutter das Klavier auf keinen Fall mitnehmen wollte, hatte Anne durchgesetzt, dass es im zukünftigen Wohnzimmer stehen würde. Das Bad war vollkommen und die Küche beinahe fensterlos. Anne verstand nicht, warum ihre Mutter darauf bestand, schon am späten Nachmittag die Rollläden in den anderen Zimmern herunterzulassen und die ohnehin schon lichtarme Wohnung weiter zu verdunkeln. »Es muss ja schließlich nicht jeder gleich sehen, dass wir beide hier alleine wohnen«, sagte sie, als Anne sie einmal nach dem Grund für dieses viel zu frühe, lärmende Herunterlassen der Rollläden fragte. »Man kann ja nie wissen, wer da so alles reinguckt und am Ende noch auf dumme Gedanken kommt. Das muss ja nun wirklich nicht sein, verstehst du?« Anne verstand es nicht, und zu den Fragen, die sie nicht mehr stellen würde, kam eine weitere hinzu.

Viel zu früh auch stand Anne morgens an der Bushaltestelle, aber ihre Mutter wollte, dass sie den ersten Bus zur Schule nahm, obwohl ein Bus später auch noch gereicht hätte, obwohl sie selbst mit diesem späteren Bus noch zehn Minuten vor dem Läuten in der Schule gewesen wäre. »Sicher ist sicher«, sagte aber ihre Mutter, »lass den Bus nur einmal später kommen oder im Stau stehen, dann verpasst du die Straßenbahn und schon kommst du zu spät in die Schule!« Und dass sie jetzt ganz besonders achtgeben müssten, dass es jetzt ganz besonders wichtig sei, nicht unangenehm aufzufallen, das sagte ihre Mutter auch noch. Der Klang ihrer Stimme verriet Anne, dass es besser wäre und richtig, auch diesmal nicht nachzufragen.

Mit Katharina wäre Anne der neue Schulweg nicht so lang geworden, sie hätten sich irgendwo getroffen und immer viel zu erzählen gehabt, und selbst bei einem verschlafenen Nebeneinandersitzen im Bus wäre die Zeit irgendwann vergangen. Unbeachtet wahrscheinlich und von ganz alleine. Aber Katharina war weit weg.

Manchmal ging Anne direkt nach der Schule zum Klavierunterricht bei Frau Meierott, aber als sie feststellte, dass dadurch die stillen Nachmittage in der lichtlosen Wohnung noch länger und einsamer wurden, beschloss sie, den Klavierunterrichtsbeginn nach hinten zu verlegen. Diese Stunden bei der strengen Lehrerin waren für Anne irgendwie immer auch ein bisschen Zeit mit ihrem Vater, und als Frau Meierott ihr anbot, sie zweimal in der Woche zu unterrichten, musste Anne nicht lange überlegen. Ihre Mutter schimpfte, weil Anne sie nicht einmal gefragt hatte, erst als Frau Meierott sie am Telefon davon überzeugte, dass es gerade jetzt, in dieser

Situation, gut für Anne wäre und dass keine Mehrkosten entstünden, erst da willigte ihre Mutter ein. »Aber wenn die Schule darunter leidet, dann sage ich dir, dann war es das mit deinem Klavierunterricht, darauf kannst du dich verlassen!«

Insgeheim hatte Anne gehofft, ihren Vater auch einmal auf dem Weg zum Klavierunterricht zu treffen, doch ihr Vater blieb so unsichtbar, wie er überhaupt meistens stumm blieb, und Anne schlug sehr bald schon ihrer Mutter vor, dass sie ihn doch auch einmal in seiner neuen Wohnung besuchen könnten. »Um Himmels willen, bloß das nicht«, sagte da ihre Mutter und fasste sich mit beiden Händen an den Kopf, »wer soll denn da auf dich aufpassen? Wie es dort aussieht, das ist nichts für dich, alles durcheinander, du kannst es dir nicht vorstellen!« Außerdem habe der Vater immerzu Proben, heute so und morgen so, alles durcheinander eben auch dort, oder er sei mit Gastspielen unterwegs und überhaupt gerade völlig überfordert mit seinem eigenen Leben. »Da hat er nun wirklich nicht auch noch Zeit für dich, da kann er dich wirklich nicht auch noch gebrauchen, verstehst du!«

Anne verstand es nicht und hörte nicht auf zu fragen und weinte oft, alleine, hinein in die Dunkelheit ihres kleinen Zimmers, und eines Tages sagte ihre Mutter, dass der Vater jetzt alle zwei Wochen zur Großmutter komme und Anne dort ein paar Stunden mit ihm verbringen könne. »Wenn du es denn unbedingt willst«, sagte sie, als sei es unrecht oder verboten und allemal unvernünftig, »wenn du das unbedingt brauchst, bitte schön, aber erhoffe dir nicht zu viel davon und beklage dich vor allem nicht, wenn es anders ist, als du es dir vorstellst. Ich will nichts hören, verstehst du, nichts!«

Auf dem Weg zur Wohnung der Großmutter hörte Annes Mutter nicht auf, ihre Tochter zu warnen und zu ermahnen, doch in Anne plapperte es unentwegt und sie überlegte sich schon ganz genau, was sie alles ihrem Vater erzählen, was sie mit ihm zusammen unternehmen wollte, und als sie sich dann endlich gegenüberstanden, war nichts mehr davon da, war alles neu und fremd und mühsam und verzweifelt, und noch während Anne mehr aus Verlegenheit die Wange eines Halbfremden küsste und sich vor seiner Berührung fürchtete, wünschte sie sich fort aus der Wohnung ihrer Großmutter, sofort und sehr weit weg und für immer.

Erst die Tränen befreiten sie aus der Bewegungslosigkeit.

Am Ende dieses ersten Nachmittags aber waren Tränen und Schweigen und alles Fremde verschwunden und die Freude auf den nächsten Besuch ihres Vaters so groß, dass Anne sogar das Schwermütige des Abschieds vergaß und das Schweigen ihrer Mutter auf dem Nachhauseweg vorbei an den Kleingärten lange Zeit gar nicht bemerkte.

Schweigen. Keine Fragen.

Ein Schweigen voller Worte.

Später dann flüsterte Anne hinein in die Stille ihres kleinen Zimmers mit der niedrigen Decke und den heruntergezogenen Rollläden.

Viel Flüstern.

Ich will Ihnen nichts erzählen!
Das ist in Ordnung. Sie müssen mir nichts erzählen, wenn Sie das nicht wollen.
Aber Sie fragen mich ja dauernd.

Wenn Sie möchten, höre ich auf zu fragen.

   Ich fühle mich nicht wohl!

Ist das der Grund, warum Sie nicht reden wollen?

   Sie sind mir unheimlich!

Ist das schon immer so?

   Ja.

Warum haben Sie mir das nie gesagt?

   Kann ich mich woanders hinsetzen?

Natürlich. Wo möchten Sie sitzen?

   Kann ich mich dort hinsetzen, neben den Schrank?

Sie möchten sich da hinten in die Ecke setzen?

   Ja, neben den Schrank.

Auf den Boden?

   Lieber auf einen Stuhl!

Sind Sie jetzt nicht ein bisschen weit weg?

   Ich bin doch gar nicht weit weg!

Soll ich lauter sprechen?

   Ich kann Sie gut verstehen.

Finden Sie es besser, wenn ich weit weg bin?

   Ja.

Warum finden Sie das besser?

   Sie sind dann nicht mehr so groß!

Ich bin kleiner geworden?

   Sie sind mir jetzt nicht mehr so unheimlich!

Aber ein bisschen schon noch, ja?

   So ist es besser!

Das ist gut. Dann haben Sie eine gute Lösung gefunden.

   Es gibt hier doch auch noch jemand anderes, oder?

Wie meinen Sie das?

   Ich könnte doch auch zu jemand anderem gehen.

Sie meinen, zu einem anderen Therapeuten?

   Ja.

Wollen Sie denn überhaupt zu den Gesprächen kommen?
   Ich weiß nicht.
Weil ich Ihnen unheimlich bin? Meine Gegenwart?
   Nein, das nicht. Aber irgendwie geht es nicht.
Bin ich es oder sind es die Fragen, die Ihr Unwohlsein auslösen? Können Sie das sagen?
   Ich kann nicht mit Ihnen reden!
Sie fühlen sich von mir bedrängt?
   Nicht bedrängt, nicht richtig jedenfalls. Es ist nur ...
Es ist was?
   Sie fragen so komisch.
Und jemand anderes würde anders fragen?
   Ja!
Wie, glauben Sie, würde er fragen?
   Anders. Nicht so neugierig. So ... Es macht mich wütend.
Wie soll ich fragen, damit Sie nicht wütend werden?
   Sie wollen mich wütend machen!
Das ist nicht meine Absicht.
   Aber es ist so.
Was müsste ich anders machen, damit Sie meine Hilfe annehmen können?
   Sehen Sie: schon wieder!
Schon wieder was?
   Sie machen mich schon wieder wütend!
Womit denn?
   Sie haben gesagt, dass Sie mir helfen wollen.
Ja und?
   Das ärgert mich!
Warum ärgert Sie das?
   Und so geht das die ganze Zeit!
Warum haben Sie nie was gesagt?

Ihre Stimme!

Was ist mit meiner Stimme?

Ich mag Ihre Stimme nicht!

Meine Stimme?

Ja!

Was genau ist denn mit meiner Stimme?

Ihre Stimme ist unangenehm. Ich mag Ihre Stimme nicht!

Was genau mögen Sie nicht?

Sie ... sie macht mir Angst!

Spreche ich zu laut?

Nein, nicht zu laut ...

Sondern?

Der Klang. Sie klingt komisch.

Komisch?

Unangenehm.

Eine andere Stimme habe ich nicht.

Sie ist irgendwie einschläfernd. Sie macht mich müde.

Wenn Sie möchten, können Sie auch schlafen.

Ich kann nicht schlafen.

Aber Sie haben gerade gesagt, meine Stimme sei einschläfernd.

Ja, schon, aber deswegen schläft man ja nicht gleich ein.

Ich kann jetzt gar nicht schlafen.

Sie sind gar nicht müde?

Nur wenn Sie so reden.

Aber Sie möchten nicht schlafen?

Nein. Nicht hier. Nicht jetzt!

Sollen wir aufhören zu sprechen?

Kann ich mich umdrehen?

Wie meinen Sie das?

Na umdrehen eben!

Sie wollen sich umdrehen und zur Wand schauen?

Genau!

Sie wollen, während wir miteinander reden, die ganze Zeit die Wand anschauen?

Warum nicht? Ich kann ja auch die Augen zumachen.

Bitte! Wenn Sie das unbedingt wollen.

Singsang.

Was?

Ihre Stimme. Sie klingt nach Singsang

Ich finde, sie klingt eigentlich ganz normal. Was meinen Sie mit Singsang?

Na so wattig und ein bisschen wie Singen eben.

Und das mögen Sie nicht?

Ich weiß nicht, eigentlich ist es mir egal.

Erinnert Sie das vielleicht an irgendetwas?

Ich weiß nicht. Es ist ... irgendwie ist es ekelig.

Meine Stimme ruft bei Ihnen Ekel hervor, ist es das, was Sie meinen?

Nein, so meine ich das nicht.

Was meinen Sie denn, wenn Sie ekelig sagen?

Es tut mir leid!

Was tut Ihnen leid?

Das mit dem Ekel.

Das muss Ihnen nicht leidtun.

Sie sind mir nicht böse?

Warum sollte ich böse sein?

Weil ich Ihre Stimme ekelig finde.

Das ist Ihr gutes Recht. Warum sollten Sie etwas nicht ekelig finden dürfen?

Ich wollte Sie nicht beleidigen!

Sie haben mich nicht beleidigt.

Verletzen.

Sie haben mich auch nicht verletzt.

   Wirklich nicht?

Nein, wirklich nicht.

   Es macht Ihnen nichts aus?

Nein!

   Es ist Ihnen egal?

Nein, es ist mir nicht egal, überhaupt nicht! Aber ich kann das akzeptieren.

   Es macht Ihnen nichts, es verletzt Sie nicht?

Nein, alles ist in Ordnung, ganz bestimmt!

   Meine Klavierlehrerin hat eine sehr helle Stimme.

Ihre Klavierlehrerin?

   Frau Meierott.

Frau Meierott hat eine sehr helle Stimme? Eine Singsang-Stimme?

   Nein, nicht Singsang. Hell, ein bisschen heiser. Und manchmal auch ein bisschen scharf.

Gehen Sie gern zum Klavierunterricht?

   Frau Meierott ist sehr streng.

Aber Sie gehen gern zu ihr?

   Könnte ich hier auch zu einer Frau gehen?

Einer Frau?

   Zu den Gesprächen.

Sie möchten lieber mit einer Frau sprechen?

   Ja.

Einer Therapeutin?

   Ja!

Schon Wochen vorher hatte Anne sich auf diesen Sommerurlaub gefreut und mehr als einmal bereits ihren kleinen Kinderkoffer vollgepackt mit allem, was sie unbedingt am Meer dabeihaben wollte. Die Schwimmflügel vor allem, zur Sicherheit, wenn es nicht klappen sollte mit dem Schwimmen, nicht so, wie sie es sich mit ihrem Vater vorgenommen hatte.

Alle zusammen, ihre Eltern und ihre Oma, alle zusammen in dem Holzhaus ganz in der Nähe des Strands, in dem sie im Vorjahr bereits Urlaub gemacht hatten. Es war der erste Urlaub zusammen mit ihrer Oma, und Anne war sich nicht sicher, ob ihre Oma auch sonst manchmal in den Urlaub fuhr, ob sie überhaupt schon einmal richtig in den Urlaub gefahren war.

Früher, erzählte ihre Großmutter später, früher waren sie einmal in den Bergen gewesen. Als der Großvater noch gelebt hatte, als Annes Mutter selbst noch ein Mädchen gewesen war. Für Annes Großmutter war es der erste Urlaub überhaupt, denn als sie so alt war wie Anne dachten die Menschen in ihrem Land eigentlich nicht an Urlaub, sondern höchstens an den nächsten Tag, waren Wegfahren und Abschied und Fortsein nichts Schönes, nichts Erholsames, sondern etwas Bedrohliches, blieb bei jedem Abschied die Angst zurück, einander nicht wiederzusehen, einander ein letztes Mal umarmt zu haben, nicht nach Hause zurückzukehren.

Annes Großvater kehrte zurück, aber ihre Oma erzählte, dass er nicht wirklich zurückkehrte, dass es jemand anderes war, der da eines Tages an der Wohnungstür klingelte und leise »Ich bin wieder da« sagte. Annes Oma erzählte auch, dass der Großvater im Krieg gestorben sei, obwohl der Krieg schon längst vorbei war, als der Großvater starb. Der Krieg war schon lange vorbei und Annes Mutter ein junges Mädchen, als ihr Vater starb. Einfach nicht mehr aufgewacht sei er, erzählte die

Oma, er lag in seinem Bett in dem kleinen Zimmer so wie immer, als würde er schlafen, in dem kleinen Zimmer, in das er umgezogen war irgendwann nach dem Krieg, weil er nachts oft anscheinend fürchterliche Dinge träumte und sich hin und her wälzte und laut schrie im Schlaf und die Großmutter manchmal sogar schlug dabei mit den Fäusten und immer aufweckte und Annes Mutter meistens auch. »Die Leute reden schon«, sagte Annes Oma und ihr Großvater sagte nichts und zog in das kleine Zimmer, in dem später, nach seinem Tod, Annes Mutter wohnte und das irgendwann überflüssig wurde, bis Anne dort manchmal ihren Mittagsschlaf machte.

Früher, als der Großvater noch lebte, waren sie einmal zusammen in den Bergen gewesen, erzählte ihre Großmutter. Wo genau das gewesen war, erzählte sie nicht, nur dass sie in der kleinen Pension einer netten Familie gewohnt hatten und es schön war, ihr erster Urlaub und das einzige Mal und Annes Mutter ein kleines Mädchen. »Weißt du nicht mehr: die Familie, bei der du dann später, nach der Schule, als Hauswirtschaftskraft ein Jahr lang gearbeitet hast?« Annes Mutter aber sagte nichts, als hätten diese Geschichten nicht in ihrem Leben stattgefunden, als wäre sie bei alldem nicht dabei gewesen.

Es war der Vorschlag von Annes Vater, die Großmutter mit in den Urlaub an die Ostsee zu nehmen, und Anne war sofort begeistert und ihre Mutter war es nicht. Ihre Mutter sagte, dass sie das für keine gute Idee halte, und Annes Vater fragte, was sie denn eigentlich gegen ihre Mutter habe. »Gar nichts«, sagte Annes Mutter, »was soll ich schon gegen sie haben, sie ist meine Mutter.« Aber sie sei es einfach nicht gewohnt, für längere

Zeit mit anderen zusammen zu sein, und das könne auf Dauer anstrengend werden. »Und am Ende hat dann niemand etwas davon.« »Vielleicht kann die Oma auch einmal mit Anne Schwimmen üben«, sagte Annes Vater und ihre Mutter entgegnete, dass sie doch selbst nicht schwimmen könne, und Anne sagte: »Das macht doch nichts, dann schwimme ich eben mit Papa«, und ihre Mutter zuckte nur mit den Schultern und schwieg auf eine Art, als hätte jemand etwas Unpassendes gesagt.

Am Tag der Abreise wachte Anne schon viele Stunden früher auf als sonst, ihre Eltern schliefen noch, und als ihr Vater endlich aufstand, hatte Anne ihren Kinderkoffer bereits mehrere Male ein- und aus- und umgepackt und dabei stets ihre Badesachen obenauf gelegt.

Nie zuvor hatte Anne ihre Oma ohne Kleidung gesehen, und sie erinnerte sich sehr genau daran, wie sie zusammen am Meer in ihren Badeanzügen unter dem Sonnenschirm saßen und Anne von der faltigen Haut an den Beinen ihrer Oma fasziniert war und sie immerzu berühren wollte. »Nun lass das doch mal, Oma ist doch kein Haustier«, zischte ihre Mutter, und Annes Oma sagte: »Ist schon gut, das macht mir nichts!« und Anne Mutter sagte: »Trotzdem, das Kind muss ja nicht ständig an dir hängen wie ein Baby« und mehr passierte nicht.

Anne erinnerte sich auch sehr genau an den Tonfall, in dem ihre Mutter mit der Oma sprach und den Anne so noch nie bei ihnen gehört hatte. Es kam Anne vor, als würde ihre Oma sich kleinmachen dabei und in Deckung gehen, als könnte die Sprache ihrer Mutter Verletzungen verursachen. Sie erinnerte sich daran, dass ihre Mutter nie und ihre Oma immer seltener lachte und dass ihre Mutter von Verwöhnen sprach und Verhätscheln und dass es ja wohl schon genug sei, wenn ihr Vater Anne jeden Wunsch erfülle. »Bei uns gab es so was doch auch nicht«, sagte ihre Mutter mehr als nur einmal, und Anne wunderte sich, dass ihre Oma nichts erwiderte darauf, sondern nur in die Ferne schaute und schwer atmete.

»Wie ich gesagt habe, sie kann sich einfach nicht anpassen«, hörte Anne ihre Mutter am Abend zu ihrem Vater sagen. »Sei doch nicht so streng, sie ist es eben nicht gewohnt«, antwortete er und Annes Mutter entgegnete, dass ihr das noch gefehlt habe, dass er sich nun auch noch auf die Seite ihrer Mutter schlage.

Wenn Anne mit ihrem Vater Schwimmen übte im hüfthohen Ostseewasser, sah sie ihre Oma unter dem Sonnenschirm sitzen und ihr zuwinken und wie sie versuchte, fröhlich zu sein. Anne sah auch ihre reglose Mutter in eine andere Richtung schauen. Wenn dieses Bild in ihrer Erinnerung auftauchte, auch Jahre später noch, wurde Anne fast immer traurig und bekam einen Kloß im Hals, und ihre Oma tat ihr so leid, wie sie dasaß mit der eigenen Tochter unter dem Sonnenschirm, die Füße ein wenig in den warmen Sand gegraben, im dunklen Badeanzug, und wie ein Fremdkörper wirkte, wie etwas, das dort nicht hingehörte und besser auch nicht dort sein sollte. Dabei war es allein Annes Mutter, die fremd war und alles und alle damit ansteckte wie mit einer hartnäckigen Krankheit.

Im Wasser hatte Anne eine klare Verabredung mit ihrem Vater getroffen. »Du musst immer in meiner Nähe bleiben, damit du mich sofort halten kannst, wenn ich untergehe, das musst du mir versprechen!«, forderte sie, und nachdem ihr Vater gesagt hatte, dass sie keine Angst haben müsse, so schnell gehe keiner unter, fragte Anne noch einmal: »Versprichst du mir das?«, und ihr Vater sagte: »Versprochen. Ehrenwort!«

Mit Schwimmflügeln schwamm Anne schon über ein Jahr im tiefen Wasser und ihr Vater war überzeugt, dass sie sie überhaupt nicht mehr brauchte. »Du wirst sehen, es ist ganz einfach, du darfst nur keine Angst haben.« Anne übte zuerst im hüfthohen Wasser der Ostsee, ihr Vater immer in der Nähe, und wenn es ihr unheimlich wurde, konnte sie die Beine nach unten strecken und hatte Grund unter den Füßen. Das aber machte sie so gut wie nie, sondern rief vielmehr begeistert ihrer Mutter und Oma zu und winkte und paddelte dabei wild mit den Füßen. Oft winkte ihre Oma zurück.

Anne wurde immer mutiger und traute sich manchmal sogar alleine ins tiefe Wasser und ließ sich von den kleinen Wellen auf und nieder heben. »Schau mal, Papa!«, rief sie. »Schau nur, wie mich die Wellen hoch und runter heben«, und sie lachte dabei und ihr Vater lachte zurück.

Ihr Vater lachte auch, als es passierte. Als Anne glaubte, sie würde sterben, als sie plötzlich im tiefen Wasser eine Welle von hinten überraschte und unter Wasser drückte und Anne dabei Wasser schluckte, salziges Ostseewasser, und es mit der Angst bekam und nach dem Auftauchen, den Mund noch voll Wasser, ausspuckte und ihren Vater rief und noch während sie rief, erneut eine Welle, diesmal von vorne, auf sie zukam, und noch einmal salziges Wasser in den Mund spülte, als Anne dachte, sie würde ersticken, und vor Panik unkontrollierte Bewegungen machte und glaubte unterzugehen. Anne dachte tatsächlich einen Augenblick, sie würde jetzt untergehen und ertrinken, sterben, obwohl ihr Vater ihr versprochen hatte, dass er immer in ihrer Nähe sein und sie sofort halten würde, falls sie untergehen sollte, sie retten, und obwohl ihr Vater ihr außerdem versichert hatte, dass so schnell keiner untergehen würde, trotz all dieser Versprechen und Beteuerungen war Anne dabei unterzugehen und zu sterben und ihr Vater war nicht in der Nähe und hielt sie nicht und sie schluckte Wasser, salziges, ekeliges Ostseewasser, zweimal, und musste husten und spucken und bekam keine Luft mehr und glaubte zu ersticken und ihr Vater, wo war ihr Vater, wo war er in diesem Augenblick, warum dauerte es so lange, eine Ewigkeit, bis Anne schließlich einen festen Griff an ihren Armen spürte und nach oben gezogen, bis sie gerettet wurde, warum musste sie erst sterben, bevor sie gerettet wurde, salziges Ostseewasser schlucken und prusten und untergehen, warum nur, und warum lachte ihr Vater, als sie wieder über Wasser war, völlig panisch und sofort zu weinen begann, warum lachte er auch da noch, der Betrüger, warum lachte er seine Tochter aus, die noch in den Armen ihres Vaters wilde Bewegungen mit den Armen machte, als würde sie zu schwimmen versuchen, warum lachte dieser Lügner auch noch, warum nur hatte er Spaß an ihrer Angst, warum?

Es dauerte Stunden, bis Anne sich wieder einigermaßen beruhigt hatte, bis sich ihre panische Angst aufzulösen begann und sie hören konnte, wie ihr Vater wieder und wieder beteuerte, auch ihrer Mutter gegenüber, dass er Anne jederzeit im Auge gehabt habe und dass nichts hätte passieren können, dass es aber immer einmal vorkommen könne, dass man eine Welle übersehe und unter Wasser gedrückt werde und dass das aber noch keineswegs gefährlich sei, wenn man nur die Ruhe bewahre, wenn man nicht in Panik gerate, so wie Anne ja wohl in Panik geraten sein müsse, aber Annes Mutter wollte das alles gar nicht hören und stattdessen vielmehr wissen, mit wem er sich da unterhalten habe, stehend im tiefen Wasser, den Blick auf eine fremde Frau und nicht auf seine Tochter gerichtet, wer das denn gewesen sei, und Anne hörte das und wollte nicht glauben, was sie da hörte, ihr Vater nicht nur ein Lügner, ein Betrüger, einer der nicht hält, was er verspricht, einer, der lacht, wenn andere weinen, nichts ernst nimmt, wenn es ernst ist, ihr Vater auch noch ein Verräter, einer, der seine Tochter verrät bei der erstbesten Gelegenheit, nur weil da gerade einmal jemand anderes in der Nähe ist, eine Frau, eine Geigerin, wie Anne später noch mitbekam, eine Geigerin, eine Musikerin, eine wie er, eine, die sich nicht so anstellte beim Geigespielen, bei der es nicht kratzte und schrecklich klang, für so eine hatte ihr Vater sie verraten, hatte er sie untergehen lassen, ja, untergehen und beinahe ersticken sogar, sterben, bestimmt sogar sterben lassen hätte er sie in diesem Augenblick.

Von so einem ließ sich Anne am Abend nicht ins Bett bringen und eine Geschichte vorlesen, so einer konnte reden, was er wollte, erklären und beteuern, so einer konnte mehr als einmal sagen, dass doch nichts passiert sei und auch nichts hätte passieren können, so einer musste erst einmal selbst verstehen, was da passiert war, hätte passieren können, denn Anne, Anne wusste, dass sehr viel passiert war an diesem Nachmittag, Anne spürte es, ganz genau, nur wusste sie nicht, was es zu bedeuten hatte. Davon hatte sie noch nicht einmal eine Ahnung.

Und deshalb auch konnte sie ihrem Vater am nächsten Morgen schon nicht mehr richtig böse sein, hatte sie ihm am nächsten Morgen schon ein bisschen verziehen und war dieser Zwischenfall nach zwei weiteren Tagen aus ihrem Bewusstsein so gut wie verschwunden.

Vergessen aber war er nicht. Es hatte sich nur für einen anderen Aufenthaltsort entschieden.

Immer wenn ich bei Oma war, dachte ich, du würdest auch bald kommen.
Aber ich bin doch gekommen!
Ich habe aus dem Fenster geschaut und dachte, gleich würdest du um die Ecke kommen und bei Oma klingeln.
Aber ich habe dich doch besucht.
Es hat so lange gedauert.
Das lag nicht an mir!
So lange!
Daran war deine Mutter schuld!
Das hättest du nicht tun dürfen.
Es ging nicht anders!
Du hättest mich nicht so lange warten lassen dürfen.
Hörst du denn nicht: Es war nicht meine Schuld!
Und weil es so lange gedauert hat, wollte ich dich immer mehr sehen.
Das ist doch völlig normal.
Ich wollte, dass du öfter kommst!
Ja und?
Ich wollte dich jede Woche sehen.
Ich wollte doch auch so oft wie möglich mit dir zusammen sein!
Am liebsten den ganzen Sonntag.

*Ich habe mich immer schon Tage vorher auf die Sonntage
mit dir gefreut.*

   Ich wollte, dass du schon zum Mittagessen kommst.

Oma hat das verstanden.

   Oma hat ihren Mittagsschlaf gemacht.

Oma hat das verstanden und unterstützt.

   Und wir waren ganz alleine!

Oma hat genau gewusst, wie wichtig das war!

   Du und ich und das Meer!

Oma hat nichts verraten!

   Über dem Bett.

Was?

   Das Meer!

Was hast du gerade gesagt?

   Ich konnte es sehen!

Sehen?

   Das Meer!

Die wöchentlichen Besuche des Vaters waren eine Notlösung. Eine Notlösung wie ihr Vater ein Kompromiss.
Selbst wenn er alle zwei Wochen etwas früher zur Großmutter kam, waren diese wenigen Stunden vorüber,
kaum dass sie begonnen hatten. Und immer schon bei
der Begrüßung wusste Anne, dass die Zeit erneut viel
zu schnell vergehen würde, zu schnell für all die Dinge,
die sie sich vorgenommen hatte, die sie ihrem Vater
erzählen wollte. Die Notlösung war Annes Idee. Sie
wollte vor allem nicht schon bei der ersten Umarmung
daran denken müssen, wie lange die kommenden zwei
Wochen sein würden. Wie lange diese Wochen ohne
ihren Vater immer waren. Und als das Opernhaus die
Sonntagvormittagsvorstellungen vom Spielplan strich,

schlug sie ihrem Vater vor, die freien Sonntage gemeinsam zu verbringen, »Wenn deine Mutter das erfährt, haben wir ein richtiges Problem!«, warnte er. Anne aber wollte seine Einwände nicht hören, wollte weder verstehen noch vernünftig sein. Sie wollte ihren Vater möglichst oft sehen, und dass ihre Großmutter versprach, nichts zu verraten. Ihre Großmutter schaute zuerst zu Anne und anschließend zu ihrem Vater und atmete tief ein und sehr geräuschvoll wieder aus.

Nicht zu überhören.

Es war keine Lüge und es war auch kein Betrug. Nicht einmal Mogeln. Es war eine Notlösung, etwas ganz anderes beispielsweise als Annes Ja auf die Frage ihrer Mutter, ob sie denn alle Hausaufgaben gemacht habe. Denn diese Hausaufgaben erledigte sie ja fast immer später noch, nach dem Klavierspielen, sie hatte sie ja fest eingeplant und nur verschoben, also war das keine Lüge, keineswegs war es das. Ein solches Ja war höchstens gemogelt. Wenn überhaupt.

Ganz anders auch, als ihrer Mutter nichts von den heimlichen Besuchen in der neuen Wohnung ihres Vaters zu erzählen. Das war zwar schon ein wenig mehr als Mogeln, vielleicht sogar schon eine Art Betrug. Eine Lüge, eine richtige Lüge aber war es nicht. Schon allein deshalb nicht, weil diese Besuche nur ein paarmal, nicht geplant und unregelmäßig waren. Eine richtige Lüge wäre es aber bestimmt geworden, hätte ihre Mutter sie darauf angesprochen, nachgefragt. Anne nämlich hätte es hundertprozentig verneint. Sie hätte lügen müssen. Ihre Mutter hätte ihr gar keine andere Wahl gelassen. Denn selbst die wöchentlichen Besuche bei der Großmutter waren viel zu wenig. Für Anne und auch für ihren Vater. Also hätte Anne ihre Mutter angelogen. Doch so weit kam es nicht, weil ihre Mutter niemals nachgefragt hatte. Das aber wäre in jedem Fall eine richtige Lüge gewesen.

Die wöchentlichen Besuche des Vaters hingegen waren weder Lüge noch Betrug noch Mogeln.

Sie waren eine Notlösung. Eine Notlösung und der Anfang einer Katastrophe. Das aber wusste Anne nicht. Sie hatte keine Ahnung, was sie mit ihrem Vorschlag anrichten würde.

Dass dieser Vorschlag ein Fehler war. Ihr Fehler.

Dass alles ganz anders gekommen wäre, hätte sie doch nur auf ihre Mutter gehört und sich beispielsweise daran gehalten, dass alles seine Ordnung und seinen Platz haben müsse.

Dass das kleine Zimmer, in dem ihr Großvater gestorben war, immer und vor allem das kleine Zimmer geblieben wäre, in dem ihr Großvater gestorben war.

Dass sich das Bild an der Wand neben dem Bett einbrennen würde wie Sonnenlicht unter einem Vergrößerungsglas in die Haut und in ihre Träume schleichen. Hässliches, unsichtbares Wundmal.

Dass ihr Körper, der gerade erst zum Körper einer Frau geworden war, der gerade erst auf dem Weg war, ihr Körper zu werden, dass dieser Körper niemals mehr nur ihr gehören würde, dass er niemals mehr nur auf sie hören, dass er nicht Gefährte, sondern immer auch Gefahr sein würde, dass ihr Körper zum Körper einer Fremden werden würde, nachtwandelnd, ein Gespenst, leichenblass. Ein Körper, der nicht aus der Haut kann. Lächelnder Schmerz. Blut, das durch diesen Körper fließt, ihn am Leben erhält. Gefrorene Tropfen. Leben, ungelebt.

Unfruchtbares Blut.

Wiederkehrendes Blut.

Endliches Blut.

Dass sie Zuschauerin würde in ihrem eigenen Leben.

All das wusste Anne nicht.

Konnte sie nicht wissen.

Hätte es, später würde sie genau das beinahe täglich zu spüren bekommen, aber wissen müssen.

Sie wusste es erst später.

Später aber war es Vergangenheit, war alles schon passiert. Später war es zu spät. Später wurde es dunkel. Später wurde Erinnerung, was keinen Platz mehr hatte im Gedächtnis. Später war das Leben im Exil.

Kein Ankommen, nirgendwo.

Anne wusste, dass sie und ihr Vater und ihre Großmutter ein großes Geheimnis hatten. Es fühlte sich gut an, dieses Geheimnis, und richtig. Nichts daran war bedrohlich. Es hatte Bedeutung und trotzdem kein Gewicht, es war groß, aber nicht erdrückend.

Es machte vor allem die Zeit zwischen den Sonntagen erträglicher. Die Freude auf den nächsten Besuch ihres Vaters musste nicht mehr einer Furcht weichen, ihn vielleicht doch nicht wiederzusehen, sondern lediglich wachsender Ungeduld.

Dieses Geheimnis war wie ein Zauber, es machte Anne stärker, mutiger, fröhlicher. Dass es dieses Geheimnis nur in Begleitung einer schweigsamen Lüge gab, dass Anne vielleicht eines Tages nur die Wahl haben würde zwischen Lüge und Verrat, dass wusste sie da natürlich auch nicht. Genauso wenig, dass es ein Eigenleben hatte, das Geheimnis, und die Lüge sich ihr Schweigen bezahlen lassen würde. Mit Wucherzinsen bezahlen.

In der Wohnung der Großmutter spielte Anne Verstecken und in der Wohnung des Vaters manchmal Klavier. Es war nicht das Leben, das sie sich wünschte, aber eines, an das sie sich gewöhnen konnte. So wie an den zu frühen Bus in die Schule, die stillen Nachmittage in der Wohnung, den Klavierunterricht zweimal in der Woche und die ersten Erfolge bei Wettbewerben.

An die seltener werdenden Treffen mit ihrer Freundin und die ersten eigenen Kochversuche in der kleinen, beinahe fensterlosen Küche, die Stunden später noch nach Essen roch.

An die sonntäglichen Spaziergänge mit ihrer Mutter zur Großmutter, den Abschied an der Wohnungstür und die Vorfreude auf das baldige Wiedersehen mit dem Vater. Das gemeinsame Mittagessen, die gemeinsamen Spiele, das gemeinsame Lachen.

Endlich wieder Lachen.

Anne musste nicht einmal lügen, nichts verheimlichen, weil ihre Mutter niemals fragte. Oder so fragte, dass Annes Antwort höchstens Mogeln war.

»Es würde dir guttun, wenn du dich nach dem Mittagessen auch einmal etwas hinlegen würdest«, sagte Annes Großmutter einmal, »gerade jetzt, wo du eine junge Frau wirst, würde dir das guttun.« Denn diese Phase, in der ein Mädchen zur jungen Frau reife, sei für den Körper schließlich anstrengend und er brauche deshalb besonders viel Schlaf. »Bei Babys ist das ja auch so, wenn sie wachsen. Die schlafen sogar fast den ganzen Tag.« Sie könne das Zimmer, in dem früher kurz ihre Mutter und davor ihr Großvater für längere Zeit gelebt hatte, dieses Zimmer könne sie für Anne ein wenig herrichten, sagte ihre Großmutter auch und nichts davon, dass der

Großvater in genau diesem Zimmer gestorben war vor vielen Jahren. »Ich bin aber gar nicht müde«, entgegnete Anne und ihre Großmutter sagte, dass der Schlaf ganz von alleine komme, wenn man erst einmal im Bett liege und die Augen zumache. Und dass sie das früher auch so gemacht habe und er gesund sei, so ein Mittagsschlaf.

Am darauffolgenden Sonntag stand das Bett an der Längsseite des Zimmers, an der Wand das gerahmte Foto von Anne und ihrem Vater und dem Meer. Einen kleinen Tisch mit einem Stuhl gab es auch noch in diesem Zimmer, das nun Annes Zimmer war. »Ich will aber gar nicht schlafen«, protestierte Anne und schaute hilflos zu ihrem Vater. Der zuckte nur mit den Schultern und sagte, dass so ein Mittagsschlaf ja nicht lange dauern müsse, nicht so wie bei der Oma, und dass Anne es ruhig einmal probieren könne. Er selbst lege sich auch ganz gern einmal hin. Das sagte Annes Vater.

Woher haben Sie dieses Bild?
Ihre Mutter hat es uns gegeben.
　　Meine Mutter? Sie hat in meinen Sachen herumgeschnüffelt?
Nein, das glaube ich nicht. Wir haben Ihre Mutter gefragt, ob Sie so etwas von Ihnen hat.
　　Also doch! Sie hat in meinen Sachen herumgewühlt und Ihnen dieses Bild gegeben. Einfach so?
Wie ich schon sagte, wir haben sie darum gebeten.
　　In meinen Sachen herumzuwühlen?
Nein, natürlich nicht! Wir haben sie gefragt, ob sie Sachen von Ihnen aufgehoben hat. Von früher. Bilder beispielsweise. Oder Briefe.
　　Briefe hat sie Ihnen auch gegeben?

Nein!

Das sagen Sie jetzt nur so!

Nein, keine Briefe!

Sie gehören mir!

Natürlich gehören sie Ihnen.

Ich möchte nicht, dass Sie Briefe von mir lesen!

Wir haben keine Briefe.

Sie gehören mir!

Es gibt keine Briefe.

Sie sind mein Eigentum.

Wir haben nur einige Bilder.

Einige?

Drei oder vier, ich glaube, es sind vier.

Sie gehören auch mir!

Ja, sie gehören auch Ihnen.

Ich will sie wiederhaben!

Sofort?

Ja!

Jetzt sofort?

Ja.

Können Sie uns nicht wenigstens dieses eine Bild noch eine Zeit lang überlassen?

Nein!

Nur für kurze Zeit?

Nein!

Und dann bekommen Sie es wieder.

Wie lange?

Sagen wir, bis zu unserem nächsten Gespräch?

Am Freitag?

Ja, am Freitag.

Ich will nicht, dass Sie ständig in meinem Leben herumschnüffeln!

Wir schnüffeln nicht herum, wir versuchen zu verstehen,
was passiert ist. Wir wollen Ihnen helfen. Wir wollen,
dass es Ihnen wieder besser geht.

 Sie wollen doch nur, dass alle denken, wie toll Sie sind!
Was soll denn das jetzt?

 Sie und alle anderen hier!
Was meinen Sie damit?

 Was Sie alles wissen und machen und wie toll Sie helfen!
Ja, manchmal können wir tatsächlich helfen.

 Mir helfen Sie aber nicht!
Ich finde durchaus, dass Sie Fortschritte machen.

 Wie sich das anhört: Fortschritte. Als müsste ich Lau-
 fen lernen!
Sie müssen gar nichts.

 Wie ein kleines Kind!
Wenn Sie das nicht wollen, wird Sie niemand zwingen.

 Ich brauche Ihre blöde Hilfe nicht!
Gut! Wenn Sie meinen.

 Dieses Bild gehört mir.
Ja! Natürlich gehört es Ihnen.

 Ich habe es meiner Mutter nie gegeben!
Was meinen Sie?

 Es war in meinem Zimmer und es gehört mir!
Das wusste ich nicht.

 Jetzt wissen Sie es!
Ja.

 Meine Mutter hat in meinem Schrank herumgewühlt
 und wahrscheinlich alles Mögliche mitgenommen. Was
 hat sie Ihnen noch gegeben?
Das habe ich Ihnen doch schon gesagt: nur diese Bilder.

 Mehr nicht?
Nein.

Sie lügen!

Ich lüge nicht. Es waren nur diese Bilder. Wenn Sie wollen, können Sie sie wiederhaben.

Warum wollen Sie gerade dieses eine Bild? Was ist damit? Warum interessiert es Sie so?

Wissen Sie noch, wann Sie das gemalt haben? Und wo?

Keine Ahnung, ich kann mich doch nicht an alles erinnern!

Nein, natürlich nicht. Niemand kann sich an alles erinnern. Es ist ein schönes Bild.

Sie finden das schön?

Sie malen sehr gut.

Finden Sie?

Oh ja, unbedingt. Malen Sie oft?

Früher ja. Aber jetzt nicht mehr.

Malen Sie jetzt gar nicht mehr?

Eigentlich nicht. Eigentlich male ich gar nicht mehr. Früher habe ich oft stundenlang gemalt.

Wissen Sie, wann das aufgehört hat?

Nein. Irgendwann. Von ganz alleine.

Haben Sie einfach so gemalt?

Wie meinen Sie das?

Sie haben sich einfach hingesetzt und angefangen zu malen?

Ja, natürlich.

Sie haben einfach drauflos gemalt?

Ja, was denn sonst?

Sie hatten kein Bild im Kopf, das Sie dann malen wollten?

Nein!

Manchmal ist das doch so: Man hat ein Bild im Kopf, eine Landschaft oder einen Menschen oder ein Gebäude oder irgendwas anderes. Oder man malt etwas ab.

Nein, bei mir ist das nicht so. Ich male, was mir gerade in den Sinn kommt.

Wissen Sie noch, was Ihnen bei diesem Bild durch den Kopf ging?

Wie soll ich das jetzt noch wissen?

Wessen Hände das sein könnten?

Nein!

Es sind ja sehr große Hände.

Ja!

Aber sie gehören niemandem? Es sind einfach nur Hände?

Sieht so aus!

Sie sehen stark aus, die Hände, sehr stark.

Ich weiß nicht.

Und die eine scheint etwas festzuhalten. Aber ich kann es nicht genau erkennen. Wissen Sie, was diese Hand festhält?

Nein!

Es sieht aus wie ein Stock. Oder wie ein Stab.

Kann sein.

Vielleicht ist es ein Stab?

Keine Ahnung!

Wissen Sie, woran ich bei diesem Bild denken muss?

Nein.

Möchten Sie es wissen?

Von mir aus.

Es erinnert mich ein bisschen an den Traum.

Welchen Traum?

Von dem Sie mir erzählt haben.

Meinen Traum?

Den Meertraum.

Ja, ich weiß, was Sie meinen.

Das dort hinten ist ja ein Leuchtturm.

Ja, das kann schon sein. Ich habe früher öfter Leucht-
türme gemalt.

Und das blaue Wasser drumherum. Dann hier der Strand
mit dem Sonnenschirm. Sogar ein paar Muscheln haben
Sie gemalt. Für mich ist das das Meer. Wirklich schön!

Wenn Sie meinen!

Das gefällt mir an Ihrem Bild.

Was?

Es ist klar strukturiert, und ich weiß gleich, wo ich bin.
Also nicht den Ort, aber das Thema. Das Meer.

Ach so.

Aber es ist gleichzeitig auch ein bisschen geheimnisvoll.
Das mag ich auch.

Dass Sie nicht genau wissen, was Sie sehen?

Ich sehe ja etwas, aber nicht immer gleich auf den ersten
Blick.

Ach, so meinen Sie das.

Es sieht aus, als tauche die eine Hand aus dem Wasser
auf und die andere bleibt unter Wasser. Und neben dem
Leuchtturm, unten auf dem Sockel: Das könnte ein Mensch
sein. Ich glaube, das ist ein Mensch. Aber er ist kaum zu
erkennen. Ich muss schon ganz genau hingucken. Das liegt
an den Farben und dass er ist winzig ist im Vergleich zu
dem Leuchtturm. Das macht es ein bisschen geheimnisvoll.

Es gibt noch einen anderen Traum.

Einen anderen Traum?

Ja!

Noch einen Meertraum?

Den ich auch oft träume.

Wie kommen Sie gerade jetzt darauf?

Er kommt auch immer wieder.

Träumen Sie da auch vom Meer?

Ich liege auf der Erde und schaue in den Himmel.
Ist es am Meer?
Eine Sonne rollt auf mich zu. Sie kommt näher und wird immer größer. Sie ist größer als ich. Und sehr heiß. Ich kann ihre Hitze spüren, ich kann sie sogar riechen.
Sie können die Hitze riechen?
Es riecht verbrannt. Die Sonne rollt über meine Beine, sie wird immer dunkler und ist sehr schwer.
Erzählen Sie weiter.
Sie drückt mich auf den Boden, rollt weiter, über meinen Bauch, und weiter, und je weiter sie rollt, desto schwerer wird sie und auch immer langsamer. Wie in Zeitlupe. Ich bekomme keine Luft mehr, mir bleibt die Luft weg, ich kann nicht atmen. Es ist, als würde ich ganz plattgedrückt, wie ein Papier, keine Luft ist mehr in mir.
Sie sind gestorben?
Nein!
Sie leben?
Ich weiß es nicht. Irgendwo dazwischen.
Dazwischen? Sie meinen, Sie sterben in diesem Traum?
Ich versuche, mich zu wehren, mich wegzudrehen, aber es geht nicht. Ich will aufstehen, aber etwas drückt mich herunter.
Aber Sie sterben nicht?
Nein, auf keinen Fall!
Das wissen Sie?
Ja.
Ganz genau?
Ja, natürlich.
Woher wissen Sie das so genau?
Ich wache immer auf.

Gerade wenn Ihnen die Luft wegbleibt, wachen Sie auf?
 Manchmal löst sich die Kugel auch einfach in Luft auf.
 Oder es kommt eine andere und es geht wieder von
 vorne los. Oder viele hintereinander. Aber irgendwann
 wache ich immer auf.
Und auch in diesem Traum haben Sie Angst?
 Die Kugeln sind sehr schwer.
Und groß.
 Sehr groß und sehr schwer. Und sehr langsam.

 Das Geheimnis!
Welches Geheimnis?
 Ich werde es dir verraten!
Wovon sprichst du?
 Du hast es schon wieder vergessen?
Vergessen, was?
 Dass ich dir ein Geheimnis verraten wollte.
Was ist das für ein Geheimnis?
 Du bist der Erste, dem ich es erzähle.
Nun mach es doch nicht so spannend.
 Und ich werde es auch niemandem sonst erzählen.
Gut, dann erzähle es mir doch jetzt.
 Ich bin mir nicht mehr ganz sicher.
Was soll denn das jetzt heißen?
 Ich weiß nicht, ob das Geheimnis bei dir in guten Hän-
 den ist.
Habe ich jemals ein Geheimnis verraten?
 Woher soll ich das wissen?
Dann sage ich es dir: Ich habe noch nie ein Geheimnis von
uns verraten.
 Ein Geheimnis vielleicht nicht!
Was?

Aber es ist auch egal. Ich kann es sowieso nicht nachprüfen! Es geht mich ja auch nichts mehr an.

Du sprichst wirklich in Rätseln!

Du wirst das alles bald verstehen.

Nun sag schon!

Das Leben dauert nur einen Tag.

Wie bitte?

24 Stunden.

Wieso nur 24 Stunden?

Die Lebenszeit.

Die Lebenszeit? Wieso beschäftigst du dich mit der Lebenszeit? Wieso nur einen Tag?

Warum nicht?

Warum interessiert dich die Lebenszeit?

Warum nicht?

Du bist noch so jung!

Was heißt das schon?

Das heißt, dass du das ganze Leben noch vor dir hast!

So?

Ja, natürlich, fast das ganze Leben hast du noch vor dir! Nicht nur einen Tag!

Hast du schon mal deine Lebenszeit auf einen Tag verteilt?

Was meinst du damit?

Ich meine, dass du deine Lebensjahre auf einen 24-Stunden-Rhythmus umrechnest.

Und was soll das bringen?

Wenn du, sagen wir mal, achtzig Jahre auf einen Tag verteilst, dann ist es an Deinem vierzigsten Geburtstag zwölf Uhr mittags.

Ah, jetzt verstehe ich, wie du das meinst. Das ist aber eine komische Rechnung!

Und wenn du sechzig wirst, ist es schon achtzehn Uhr.
Ja, nach deiner Rechnung ist das so.
   Es bleiben noch genau sechs Stunden.
Wie das klingt: »noch sechs Stunden«!
   Es klingt nach sehr wenig, findest du nicht?
So ja! Furchtbar wenig.
   Bei dir zum Beispiel ist es jetzt auch schon ungefähr
   Nachmittag.
Das klingt wirklich sehr eigenartig!
   Findest du?
Ja, irgendwie schon! Ich meine, es hört sich nach nichts an
und ist doch eine ganze Menge!
   Nachmittag ist schon mehr als einmal rum!
Bitte?
   Der Zeiger.
Der Zeiger?
   Der kleine Zeiger.
Der Uhrenzeiger?
   Er ist schon mehr als eine Runde gewandert.
Ja, mehr als eine Runde.
   Mehr als einmal rum.
Ich verstehe.
   Wenn wir aber von sechzig Jahren ausgehen, weißt du,
   wie spät es dann ist?
Sechzig Jahre?
   Wenn du nur sechzig Jahre alt werden würdest, wie
   spät wäre es dann jetzt schon?
Da muss ich erstmal rechnen!
   Nein!
Was: »nein«?
   Du musst nicht rechnen.
Warum muss ich nicht rechnen?

Ich sage es dir!

Du hast es schon ausgerechnet?

Ich habe alles schon ausgerechnet.

Du machst Witze!

Glaubst du?

Ja, glaube ich. Das meinst du nicht ernst!

Nicht auf das Komma genau.

Du hast das für jedes Alter schon ausgerechnet?

Kurz vor den Nachrichten!

Was?

Kurz vor der Tagessschau!

Tagesschau?

*Du hättest noch gerade einmal vier Stunden zu le-
ben.*

Du bist makaber!

Ich bin einfach nur realistisch.

Ich finde das makaber!

Bei fünfzig Jahren wäre es jetzt kurz vor Mitternacht!

Ich werde bald fünfzig!

Ich weiß!

Kurz vor Mitternacht?

Kurz vor Mitternacht!

Du meinst, kurz vor dem Tod!

Kurz vor Mitternacht! Ja!

Was geht nur in deinem Kopf vor? Was für furchtbare
Dinge denkst du dir nur aus?

Das ist doch eine interessante Überlegung.

Ich finde das eine vollkommen überflüssige Überlegung!
Niemand braucht so etwas!

*Man denkt irgendwie, das Leben hört nie auf, wenn
man in Jahren denkt. Jahre sind für das Leben einfach
viel zu groß. Man kann größenwahnsinnig werden,*

wenn man immer nur in Jahren denkt. Und in Wirklichkeit sind es je gerade einmal zwei Runden. Zwei winzige Runden!

Ich finde das nicht normal!

Aber ganz plötzlich, wenn du auf die Uhr schaust, sieht alles ganz anders aus.

Kurz vor Mitternacht?

Es ist ganz nah. Es wird greifbar. Es ist nur noch um die Ecke!

Hast du gesagt: »Kurz vor Mitternacht«?

Alles Unendliche hat sich erledigt.

Was hast du damit gemeint vorhin?

Es ist nur noch ein Schritt! Nur noch eine Winzigkeit. Eine Minute vielleicht. Oder zwei. Mehr nicht.

Was hast du gemeint, als du gesagt hast, es ist kurz vor Mitternacht?

Der große Zeiger steht fast senkrecht!

Wie hast du das gemeint? Was wolltest du damit sagen?

Fast senkrecht!

Sag schon: Was hast du damit gemeint!?

Und der kleine hat es bereits geschafft.

Du hast vorhin gesagt: »Es ist kurz vor Mitternacht«!

Und beim großen Zeiger muss man schon sehr genau hingucken, um zu sehen, ob er sich überhaupt noch bewegt!

Ganz am Anfang, als du angerufen hast!

Aber er bewegt sich. Noch bewegt er sich!

Als ich dich gefragt habe, wie spät es ist!

Bei einem Sekundenzeiger müsste man nicht so genau hinschauen.

Du hast gesagt, es ist kurz vor Mitternacht.

Da würde man auch jede Winzigkeit sehen!

Aber es war gerade erst kurz nach elf!

 Ein Sekundenzeiger kann einen ganz schön nervös machen. Du siehst, wie das Leben verschwindet, wie es weniger wird!

Es war erst kurz nach elf!!

 Nur noch ein kleines Stück, ein letztes.

Du hast gar nicht die Uhrzeit gemeint!

 Es ist ganz nah.

Was hast du gemeint? Was ist mit Mitternacht?

 Das Geheimnis!

Was ist damit?

 Das ist das Geheimnis!

Mitternacht ist das Geheimnis?

 Es ist kurz vor Mitternacht!

Aber es ist doch viel später!

 Nein!

Es ist weit nach Mitternacht!

 Das geht nicht!

Es ist schon nach halb eins!

 Es ist zu spät.

Was redest du?

 Es gibt kein Später!

Was redest du da?

 Später ist zu spät!

Zu spät?

 Zu spät ist nach Mitternacht.

Du machst mir Angst!

 Jetzt weißt du das Geheimnis.

Verdammt, was soll das?!

 Du bist der Erste!

Oft ahnte Anne schon im Hausflur, dass es ihr Lieblings-essen geben würde. Der Geruch im Treppenhaus von angebratenem Fleisch und Zwiebeln kam meistens aus der Wohnung ihrer Großmutter. Und wenn sie dann die Wohnungstür öffnete und ihre Enkeltochter anstrahlte, war sich Anne endgültig sicher. Sie roch das angebra-tene Fleisch und auch den feinen Duft von Senf und wusste, dass ihre Großmutter Rouladen gemacht hatte. Extra für sie. »Was glaubst du, gibt es heute zum Mit-tagessen?«, fragte ihre Großmutter jedesmal, und Anne tat jedesmal ahnungslos, und die Großmutter freute sich noch mehr über ihre gelungene Überraschung.

Wenn Annes Großmutter Fleischrouladen kochte, begann sie damit schon bald nach dem Frühstück. Sie ließ die gerollten und mit Zwiebeln, Bauchspeck und Essiggurken gefüllten Rollen eine Ewigkeit im Backofen schmoren. Dann war das Fleisch ganz weich und sehr saftig. Niemand konnte so gut Fleischrouladen kochen wie Annes Großmutter. Und niemand aß sie so gern wie Anne. Höchstens vielleicht noch ihr Vater.

An dem Sonntag, an dem ihr Vater furchtbar erkältet war, aß Anne zwei Rouladen und zum Nachtisch auch noch eine große Schale Pflaumenkompott. Die Stimme ihres Vaters klang tief und wie verrutscht, und obwohl Annes Großmutter für ihn zwei Rouladen mit Preisel-beeren statt mit Senf zubereitet hatte, wie er es am liebs-ten mochte, aß er nur eine mit wenig Kartoffeln und überhaupt keinen Nachtisch. »Eigentlich gehöre ich ins Bett«, sagte er, »aber ich wollte dich natürlich sehen.«

»Deine Oma braucht jetzt ein bisschen Ruhe, mein Schatz, und legt sich etwas schlafen«, sagte Annes Groß-mutter, nachdem sie gemeinsam den Tisch abgeräumt und den Abwasch gemacht hatten. »Und du solltest dich auch ein bisschen hinlegen«, sagte sie außerdem und ging mit Anne in das kleine Zimmer am Ende des schmalen Flurs. Anne freute sich, dass sie nun sogar ein eigenes Zimmer bei ihrer Großmutter hatte, müde aber war sie nicht. »Du musst ja nicht schlafen«, schlug Annes Großmutter vor. Aber wenigstens etwas ausruhen könne sie sich ja. »Dein Vater legt sich bestimmt auch hin.«

Als Anne jünger war, hatte sie sich manchmal zu ihrer Großmutter ins Bett gelegt, mit eingeschlafen aber war sie nur selten. Sie lauschte den Atemzügen ihrer Großmutter, wie sie gleichmäßig wurden und tief, und Anne wusste dann, dass sie eingeschlafen war, und stand wieder auf und streifte durch die Wohnung und genoss die Stille. Eine Stille anders als in der kleinen fensterlosen Wohnung. Eine Stille, die eine Farbe hatte und einen Geschmack und einen Geruch. Einen Anfang und ein Ende. Eine geheimnisvolle Stille. Die ruhig war, aber nicht verschwiegen. Die Anne nicht schrumpfen ließ. Die Stille ihrer Großmutter.

Später dann setzte sich Anne oft an den runden Holztisch in der Küche und malte oder las ein Buch oder hörte Musikkassetten, die ihr Vater ihr mitgebracht hatte. Manchmal auch schob sie ihren Stuhl an das Fenster und schaute hinunter auf die Straße und beobachtete ganz genau, was dort unten vor sich ging. Oft war die Straße menschenleer. Und wenn der alte Mann von gegenüber aus der Haustür kam, wusste Anne, dass bald ihre Großmutter aufstehen würde. Sie hörte kurz danach das Knarren der Schlafzimmertür, und wie ihre Großmutter in das Badezimmer ging, und kurz danach die Toilettenspülung. Dann dauerte es nicht mehr lange und sie kam in die Küche, füllte den Wasserkessel, entzündete die Gasflamme und stellte den Kessel auf den Herd. Anne wusste, dass ihre Großmutter erst zu reden begann, nachdem sie den selbst gebackenen Kuchen aus der kleinen Vorratskammer neben dem Kühlschrank geholt und mitten auf den Küchentisch gestellt hatte. »Marmorkuchen!«, sagte sie dann nur oder »Königskuchen!« oder »Hefezopf!« oder – im Sommer oder Herbst – »Erdbeer-« oder »Kirsch-« oder »Pflaumenkuchen«. Bienenstich gab es nur ganz selten. Anne mochte vor allem die süßen gerösteten Mandeln obendrauf.

»Gerade jetzt, wo du eine junge Frau wirst«, hatte Annes Großmutter an dem Sonntag, an dem ihr Vater furchtbar erkältet war, einmal mehr gesagt, und Anne dachte, dass es doch eigentlich genau anders herum sein müsse, dass sie schließlich kein Mädchen mehr und ein Mittagsschlaf daher auch nicht nötig sei. Aber da ihre Großmutter nichts weiter und ihr Vater gar nichts dazu sagte, legte sich Anne nach dem Mittagessen auf ihr Bett in dem kleinen Zimmer und von Zeit zu Zeit sackte sie tatsächlich in einen Dämmerschlaf hinab, der wie ein kurzes, sanftes Ausrutschen war und von dem Anne niemals sagen konnte, wie lange er nun tatsächlich gedauert hatte. Ihre Großmutter jedenfalls schlief immer sehr viel länger.

Auch an dem Sonntag, an dem sie Anne wieder einmal ihr Lieblingsessen gekocht hatte, schlief sie noch, als sich ganz leise die Tür zu Annes kleinem Zimmer öffnete. Anne hörte wie von Weitem das langsame Quietschen der Türklinke, und wie die Tür zweimal über den Teppichboden strich und wieder, ebenso leise, geschlossen wurde. Sie hörte im Halbschlaf gleichmäßige Schritte und eine vertraute und gleichermaßen entstellte Stimme. Eine Stimme geflüstert und wie verrutscht.

Wissen Sie eigentlich, wie lange Sie schon bei uns sind?
     Seit dem dritten März.
Stimmt genau, seit dritten März. Und das bedeutet, dass Ihr Aufenthalt hier bald zu Ende geht.
     Wirklich? Das wusste ich nicht.
Sie können ja nicht immer hierbleiben.
     Schon bald?
Würden Sie lieber noch bleiben?
     Nein, ich bin nur etwas überrascht.
Aber Sie wussten doch, dass der Aufenthalt hier immer nur sehr begrenzt ist.
     Ja, schon, aber ich wusste nicht genau, wie lange ich hierbleibe. Irgendwie habe ich mich daran gewöhnt.
Sie meinen, Sie haben sich jetzt hier eingelebt?
     Eingelebt vielleicht nicht, aber es ist irgendwie normal geworden.
Würden Sie denn vielleicht doch lieber noch etwas hierbleiben?
     Ich weiß nicht! Vielleicht ist es besser, wenn ich gehe.
Es ist auf jeden Fall besser, wenn Sie wieder in Ihrer gewohnten Umgebung leben.
     Meinen Sie?
Und auch wieder zur Schule gehen.
     Die Schule hat mir nun wirklich nicht gefehlt!
Zum Klavierunterricht.
     Ja! Darauf freue ich mich schon sehr!
Und zu Ihrer Oma.
     Oma wird enttäuscht sein.

Was meinen Sie?

Weil ich nicht zugenommen habe.

Aber Sie haben ein bisschen zugenommen.

Sie wird immer noch sagen, dass ich zu dünn bin.

Wer weiß, vielleicht sieht sie ja auch die kleinen Fortschritte.

Sie wird immer noch sagen, dass ich mehr essen muss.

Das ist ja auch richtig. Aber alles braucht seine Zeit. Ein Anfang ist gemacht. Aber es muss jetzt auch weitergehen.

Was meinen Sie damit?

Ihr Aufenthalt hier ist nur ein Anfang gewesen. Wir haben Sie ein bisschen kennengelernt und hoffen, dass Ihnen die Gespräche und Angebote geholfen haben. Auf diesem Weg sollten Sie jetzt weitergehen. Und da gibt es mehrere Möglichkeiten.

Aber was hat mir das hier schon gebracht?

Ich bin zufrieden.

Ich bin noch genauso dünn wie vorher.

Das stimmt ja so nicht. Ein bisschen haben Sie zugenommen. Es sind die kleinen Schritte, die zählen.

Ich habe noch immer oft keinen Hunger.

Was erwarten Sie nach ein paar Wochen? Das ist ein langer Weg. Ich bin sicher, dass Sie weiter Fortschritte machen.

Ich weiß nicht.

Es ist allerdings sehr wichtig, dass Sie das auch wollen. Sonst wird es schwierig.

Was meinen Sie mit »mehreren Möglichkeiten«?

Es gibt unterschiedliche Therapieformen.

Muss ich dann auch wieder so viel reden?

Das kommt ganz darauf an.

Träume erzählen?

Letztlich ist das alles Ihre Entscheidung. Niemand kann Sie zwingen.

   Mit anderen zusammen?

Das muss nicht sein. Wenn Sie das nicht wollen, geht es auch anders.

   Die Gruppenstunden mochte ich nicht.

Wie gesagt. Niemand zwingt Sie.

   Das sagen Sie!

Aber es ist so. Wir können letztlich nur Empfehlungen aussprechen.

   Das haben Sie immer gesagt!

Und stimmt es etwa nicht?

   Das Bild haben Sie sich einfach so genommen. Und mit meiner Mutter gesprochen auch. Niemand hat mich gefragt, ob ich das will!

Als Sie hierhergekommen sind, brauchten Sie dringend Hilfe. Ihre Gesundheit war gefährdet. Es ist unsere Aufgabe als Ärzte, in so einem akuten Fall zu helfen. Dafür gibt es diese Klinik.

   Niemand hat mich gefragt, ob ich hierher will.

Aber gezwungen hat Sie doch niemand zu irgendwas.

   Nicht direkt.

Sehen Sie.

   So direkt nicht.

Ein bisschen was haben wir doch auch zusammen geschafft und besprochen, oder nicht? Und jetzt geht es Ihnen besser. Ihr Zustand hat sich stabilisiert. Das ist eine Momentaufnahme, ich halte eine Fortsetzung der Behandlung unbedingt für angebracht. Sie haben recht: Gruppenstunden sind vielleicht nicht das Richtige zurzeit. Ich empfehle Ihnen eine Einzeltherapie.

   Muss ich das jetzt entscheiden?

Natürlich nicht. Ich erläutere Ihnen nur meine Einschätzung. Ich gebe Ihnen einen Entlassungsbrief für Ihren Hausarzt mit, da steht alles Wichtige drin. Alles Weitere wird dann zunächst einmal Ihr Hausarzt mit Ihnen besprechen.

Gut.

Versprechen Sie mir, dass Sie jetzt nicht aufgeben? Dass Sie sich helfen lassen?

Mal sehen.

Ich würde Sie gerne noch etwas fragen: Auf dem Bild, über das wir einmal gesprochen haben – ich nenne es das Meerbild –, auf diesem Bild haben Sie oben in die Ecke ganz klein zwei ovale Kreise gemalt. Es sind nur zwei Kreise, aber ich kann einfach nicht an ihnen vorbeischauen. Immer wenn ich Ihr Bild anschaue, muss ich zu diesen Kreisen schauen.

Ich schenke Ihnen das Bild.

Sie wollen es mir schenken?

Ja! Warum nicht? Sie können es behalten.

Sind Sie da ganz sicher? Am Anfang wollten Sie es gar nicht hergeben.

Ich schenke es Ihnen zum Abschied.

Das ist wirklich sehr nett. Danke schön! Aber vielleicht können Sie mir auch noch ein bisschen auf die Sprünge helfen, was diese beiden Kreise betrifft. Es sind Augen, oder?

Das ist schon so lange her. Und ich habe doch so viele Bilder gemalt.

Ich weiß. Zuerst dachte ich, es seien Vögel. Und dann, dass es regnet. Erst beim genaueren Hinsehen, habe ich gemerkt, dass das Augen sind.

Ja, vielleicht!

Die Augen sind einfach da, ohne Gesicht.

    Das kann sein. Augen gibt es ja auch ohne Gesicht.

Und es fehlen die Wimpern.

    Vielleicht habe ich das vergessen? Oder ich bin nicht fertig geworden?

Gut möglich. Was mich aber am meistens irritiert: Wenn es tatsächlich Augen sind, haben sie jedenfalls keinen Blick. Sie blicken nirgendwo hin.

    Ich bin wahrscheinlich nicht fertig geworden.

Sie haben gar keine Richtung.

    Keine Ahnung! Wahrscheinlich habe ich schon mit einem neuen Bild angefangen und das alte noch gar nicht fertig gemalt.

Das kann natürlich auch sein. Obwohl das Bild doch fertig aussieht, finden Sie nicht?

    Das ist ja nur eine Kleinigkeit! Das kann man schon mal vergessen.

Natürlich, da haben Sie recht. Es ist auf jeden Fall ein sehr schönes Bild, und freue mich sehr, dass Sie es mir geschenkt haben.

Ein Geräusch ohne Heimat. Ohne Anfang, ohne Ende. Ein unscharfes, ein flüchtiges Geräusch. Einschleichgeräusch. Das sich einschleicht wie etwas, das nirgendwo hingehört. Ein Geräusch auf der Flucht. Das plötzlich da ist und wieder verschwindet und doch bleibt. Sich anbiedert, scheinbar zurückhaltend, tatsächlich aber unverschämt und aufdringlich, denn es weiß, was es will, was es muss, weiß es ganz genau, es versucht, Teil zu werden, dazuzugehören, es will Verwirrung stiften, Durcheinander, will nicht erkannt, für Geschmack gehalten werden, sich maskieren, sich vermehren, Verbündete suchen, es will im Schatten stehen, will und muss all dies, im Schatten von Annes Halbträumen, unerkannt bleiben und dann, wenn es zu spät ist, später also, sich zu erkennen geben, sich demaskieren, seine Fratze zeigen, ein Geräusch ohne Heimat, das zum Bild wird oder zu Geschmack, Geruch, ein Geräusch, das alles ist und nichts, das sich windet und wehrt und festklammert an irgendetwas in dieser Halbtraumwelt, völlig wahllos, Hauptsache Halt, und sich sogleich vermählt mit dem Nächstbesten, etwa dem Geschmack von Fleisch in Annes Mund, sich vermählt und paart fast zeitgleich, und Anne, ahnungslos mit dem Gesicht zur Wand, die Bettdecke bis an das Kinn hochgezogen und die Beine leicht angewinkelt, Anne erkennt erst viel zu spät, dass das Geräusch nicht zu ihrer Halbtraumwelt gehört, dass das helle, heisere Quietschen ein Eindringling sein könnte, ein Eindringling wie auch das Flüstern des Teppichbodens, dessen kurze, kaum hörbare Auflehnung, als die Tür zu Annes kleinem Zimmer langsam und leise geöffnet wurde, Geräusche, die sich schmecken lassen und hörbare Geschmäcker, sie sind der Preis für die Halbträume, für Annes Unentschlossenheit, für die Unentschlossenheit ihres Körpers, für sein Hin und Her zwischen Schlafen und Wachen, ein Bleiberecht als Preis, ein unbegrenztes Bleiberecht, eines, das sich nie wieder rückgängig machen lässt, ein echter Bastard überdies.

Eine Fleischfaser zwischen zwei Backenzähnen, die sich trotz Kreiseln und Drücken und Schieben mit der Zunge nicht lösen lässt. Es gelingt einfach nicht. Die Fleischfaser bleibt eingeklemmt zwischen den Backenzähnen, und die Zungenspitze fühlt sich schon ein wenig wund an von unzähligen halbherzigen Bemühungen, aufgeraut wie mit Schmirgelpapier.

Der Geschmack von Fleisch überall im Mund und zwischen den Zähnen ein hartnäckiges faseriges Stückchen Roulade, noch etwas, das bleibt, immer bleiben wird, eine Brücke zu Etwas, von irgendwo nach irgendwo, Spielart von Wirklichkeit. Verstand, der allmählich zurückkehrt und noch immer mehr fragt als begreift.

Eine Bettdecke, die langsam hochgehoben wird, Halbträume, die sich nicht mehr halten lassen, entweichende Traumwelt, das Tor zu einer neuen Wirklichkeit weit aufgerissen.

»Das hast du dir doch immer gewünscht: dass du mir ganz nahe sein kannst, nicht wahr!?«

Eine Stimme geflüstert und wie verrutscht. Das Bekannte will unerkannt bleiben, muss. Kann nicht sein. Darf nicht. Dort hinein rutscht Erinnerung. In unerreichbare Tiefe. Schon geschehen. Rettungsversuche zwecklos. Zu tief schon hinabgerutscht in lichtloses Nichts.

Seltsam geflüsterte Worte. Frage und Erinnerung und Aufforderung und Versprechen. Ein Ja und ein Nein in einem Atem. Atem, der gefriert, noch im Körper gefriert, ihn einfriert und aus dieser Kälte heraus einen anderen gebiert. Später.

Warum hast du das getan?
Was meinst du?

Du weißt doch ganz genau, was ich meine: Warum hast du das damals getan? Bei Oma?
Ich habe es dir doch schon so oft erklärt: Es ging nicht anders!

Das meine ich nicht. Das interessiert mich nicht!

Was meinst du denn dann?

   Du weißt es!

Nein, nichts weiß ich!

   Ich würde wirklich gerne wissen, wie sich das anfühlt: ein Leben ohne Erinnerung.

Was soll das denn heißen?

   Wie das funktioniert: Vergessen!

Ich habe dich nicht vergessen!

   Wie das wohl ist: ohne Erinnerung?

Nie habe ich dich vergessen!

   Wie sich so ein Leben anfühlt?

Jeden Tag denke ich an dich.

   Wenn es keinen Nebel gibt.

Aber du, du wolltest ja nichts mehr von mir wissen!

   Wenn der Kopf sich nicht mehr schwer zwischen die Schulterblätter drückt.

Du hast den Kontakt abgebrochen!

   Wenn sich keine Bilder in Träume schleichen.

Verstehst du: Du hast das so entschieden!

   Wenn es kein Früher gibt.

Es gibt natürlich ein Früher!

   Ob alles federleicht ist?

Was möchtest du wissen von früher? Sag es mir!

   Ob so ein Vergessen schmerzhaft ist? Anders schmerzhaft vielleicht?

Ich habe nichts vergessen!

   Oder einen vielleicht sogar quält?

Ich weiß noch alles. Ganz genau weiß ich es!

   Es würde mich wirklich noch interessieren, wie sich ein solches Leben anfühlt.

Frag mich doch einfach! Frag mich konkret!

Ob es vielleicht ja sogar nur so geht?

Was denn?

Das Überleben!

Wovon redest du? Redest du mit mir?

Natürlich rede ich mit dir. Niemand sonst ist hier!

Also frag mich!

Warum hast du das getan?

Das weißt du doch. Das habe ich dir jetzt doch schon ein paarmal erklärt.

Du hast mir gar nichts erklärt. Du hast geredet. Irgendwas. Nichts hast du erklärt!

Dann hast du nicht zugehört!

Ich habe sehr genau zugehört! Jedes Wort habe ich gehört! Jedes einzelne Wort!

Dann weißt du ja auch, dass ich es dir schon ein paarmal erklärt habe!

Nicht das, was ich wissen wollte!

Was willst du denn nur wissen? Was?

Warum du das getan hast. Immer noch! Das ist das Einzige, was ich noch von dir will! Eine Erklärung!

Warum musst du immer nur von früher reden? Über diese alten Geschichten.

Weil es nur dieses Früher gibt. Nur diese Geschichten! Früher ist immer und überall. Mein Leben besteht nur aus diesem Früher!

Übertreibst du jetzt nicht ein bisschen?

Und wenn es untergeht, versinkt das Früher ebenso!

Du hattest immer schon einen Hang zum Theatralischen!

Das ist vielleicht das einzig Gute am Tod!

Was für ein Tod?

Dass er das Früher mitnimmt.

Von welchem Tod sprichst du?

Weil es mehr nicht gibt zum Mitnehmen.
Wessen Tod meinst du?
Dass er nichts mitnehmen kann, was jetzt ist. Weil das Jetzt leer ist. Weil da nichts ist. Nichts Wichtiges! Nichts Lebendiges!
Omas Tod?
Nur das, was sowieso schon tot ist. Schon lange gestorben!
Wer ist gestorben?

Sie hätte nicht schweigen dürfen, damals, als das Blut kam. Anne hätte der Großmutter erzählen sollen, dass sie jetzt eine Frau war, hätte es ihr selbst erzählen müssen und nicht der Mutter überlassen sollen, dann wäre alles in Ordnung gewesen und geblieben und bestimmt auch anders gekommen. Auch wenn Anne sich nichts von alldem gewünscht hatte, das Frauwerden und alles, was dazugehörte. Nichts. Niemand hatte sie jemals gefragt, und trotzdem war das Blut gekommen, war sie Frau geworden. Es passierte ganz von allein und war niemals wieder rückgängig zu machen. Und zu übersehen war es natürlich auch nicht. Es ließ sich nicht verstecken, das Frausein. Schon von Weitem war es zu erkennen. Dass Anne eine Frau wurde. Eine Frau war. Ob es ihr Wunsch war, hingegen nicht. Das stand nirgends geschrieben. Mit keinem Buchstaben, keiner Silbe, keinem Wort. Kein Wunder also, dass jeder einfach davon ausging, dass jeder denken musste, dass auch Anne es so wollte. So und nicht anders. Sogar sie selbst dachte das.

Frau werden.

Frau sein.

Es war nun einmal so. Gehörte zu einem wie zum Beispiel lockiges Haar. Haareschneiden half nicht. Nicht auf Dauer. Nichts half. Gar nichts.

Etwas blieb.

Immer sichtbar.

Immer und überall.

Ein Makel.

Vielleicht war es ein Fehler gewesen, sich nicht dagegen zu wehren. Wahrscheinlich war es das. Ein riesengroßer Fehler. Der größte überhaupt vermutlich. Wenn etwas wirklich falsch gewesen war, dann, sich nicht dagegen gewehrt zu haben. Nicht einmal probiert. Geschweige denn daran gedacht, an das Probieren. Ganz gleich, ob es einen Sinn ergeben, ob es etwas geändert hätte. All das nicht getan zu haben, das und noch anderes, war das Schlimme. Darauf stand die Höchststrafe. So war das. Ganz einfach.

Was blieb, war der Makel.

Und ein Anfang von Schuld.

So etwas wie ein Anfang.

Stille Zeugung.

Noch ohne Gesicht.

In jedem Fall hätte sie etwas tun müssen, ebenso damals, in der Nacht, als ihre Eltern sich stritten ihretwegen, als ihre Mutter behauptete, Anne sei unmusikalisch und der Klavierunterricht Zeitverschwendung. Jeder andere hätte etwas getan, ganz bestimmt. Hätte widersprochen und den eigenen Vater in Schutz genommen, wäre zu den Eltern gegangen und hätte dafür gesorgt, dass ihr Streit ein Ende haben würde, anstatt im eigenen Zimmer zu bleiben und ängstlich und neugierig zugleich an der Tür zu stehen und zu lauschen.

Auch wenn es Nacht war. Es wäre nämlich niemals so weit gekommen, ihr Vater hätte niemals ausziehen und später als Besucher zur Großmutter kommen müssen, als Kompromiss, es hätte keine Geheimnisse gegeben und keine Fleischrouladen mit Preiselbeeren anstelle von Senf.

Es wäre der Anfang einer Schuld bald schon auch ihr Ende gewesen.

Eine Zeugung ohne Folgen.

Ein Gesicht im Dunklen.

Ihre Mutter hatte recht behalten, als sie sagte, man könne ja nie wissen, und deshalb immer schon frühzeitig die Rollläden heruntergelassen hatte. Natürlich konnte man nie wissen. Niemand konnte das. Was war denn dieses bisschen verfrühte Dunkelheit schon gegen all die aufdringlichen Blicke? Recht hatte ihre Mutter, recht wie die Großmutter, wenn sie darauf bestand, dass alles genau seinen Platz haben müsse. Denn dann, und nur dann, könne auch nichts durcheinandergeraten. Der Kuchen mit dem Puderzucker oben drauf auf dem Tisch in der Küche war das beste Beispiel. Niemand konnte Kuchen so gut in der Mitte teilen und in gleichgroße Stücke schneiden wie Annes Großmutter. Deshalb hatte niemand jemals auch nur ein einziges Wort über die Größe von Kuchenstücken verloren. Niemals.

Nur als Beispiel.

Alles an seinem Platz, keine Turbulenzen.

Stattdessen eine Schuld.

Der Anfang.

Ihre Geburt an einem Sonntag.

Das Durcheinander begann an einem Sonntag. An einem Sonntag aß Anne die Fleischrouladen ihrer Großmutter zum letzten Mal. Obwohl sie niemand so gut zubereiten konnte wie Annes Großmutter.

Eine Schuld.

Ein Sonntag.

Eine Geburt.

Ein treuer Begleiter.

Immer.

Bist du schon einmal durch Wolken geflogen?

Was?

Mit dem Flugzeug? Durch Wolken? Das Nichts?

Wie kommst du denn jetzt darauf?

Kennst du die Stille in diesen Wolken?

Es ist laut im Flugzeug!

Du kannst sie sehen, diese Stille!

Wie soll das gehen?

Es ist ein ganz merkwürdiges Licht. Ein stilles Licht. Es ist unwirklich.

Komm schon: Was soll das?

Es ist weit, unendlich weit, und gleichzeitig ganz nah, begrenzt. Es ist beides. Zum Anfassen. Und unerreichbar.

Manchmal ist es auch in den Bergen so.

In den Bergen?

Wenn plötzlich Wolken kommen. Oder Nebel! Wir waren auch einmal zusammen in den Bergen. Weißt du noch?

So stelle ich mir den Tod vor. Das Sterben.

Wir waren wandern.

Genau so muss es sein, wenn man stirbt.

Ich möchte nicht, dass du solche Sachen sagst!

Du kannst es ja nicht sehen.

Nicht sehen was?

Wie sollst du das auch sehen können?
Die Stille? Du meinst die Stille sehen?
　Das Rote!
Welches Rote?
　Wie es rot wird!
Was wird rot?
　Wie das Leben herausfließt!
Anne!
　Ganz langsam. Und sich vermählt!

Ja, tönte es in Anne, während sich die Bettdecke wieder senkte, erst einmal Ja, genau das habe sie sich immer gewünscht. Ohne zu wissen, wie sich so ein Wünschen anfühlte, ob es sich überhaupt anfühlte, ob es überhaupt so etwas wie ein Gefühl war, ein Gefühl von früher vielleicht, eines, das kaum Sehnsucht kannte und kein Entbehren, schon gar nicht dauerhaft, ein Gefühl von früher, kurzweilig und ohne zerstörerische Kraft, ein Gefühl zum Jonglieren und nicht zum Verstecken, ein Gefühl, das die Ungeduld kannte, die schon, aber immer auch das Wohlbehagen in Sichtweite, irgendwann ganz bestimmt auch das Wohlbehagen, aber das war etwas anderes, das waren andere Wünsche, das waren Wünsche von früher, Wünsche, die Anne kannte, von denen sie wusste, wie sie sich anfühlten, die immer auch ihre Chance bekamen, jetzt aber hatten Annes Wünsche meistens nur einen Anfang, einen Anfang, mehr nicht, und darum auch Annes Ja, noch während sich die Bettdecke wieder senkte, ihr Ja mangels Erfahrung, ein Ja auch aus Gewohnheit, aus Reflex, vielleicht sogar aus Verzweiflung, ein sorgenvolles Ja, auf jeden Fall ein unüberlegtes, eines, das sich selbst behaupten muss, das ein Nein nicht duldet, schon allein aus Angst nicht, aus Angst nämlich, nicht auf den eigenen Beinen stehen zu können, ein wackeliges Ja also, unbeholfen, linkisch, herrisch.

Ja, tönte es in Anne, noch bevor sie wirklich begriff, dass sie nicht mehr alleine unter ihrer Bettdecke war, dass die Wärme, die zurückgekehrte, nicht mehr nur ihre Wärme war, dass da ein Körper hinter ihr lag, ein schwerer Körper, der atmete, hörbar atmete, als arbeitete er schwer oder litte an einer Krankheit.

Ja, tönte es wie vorauseilender Gehorsam, wie überhaupt ganz plötzlich alles zu gehorchen schien, wie von selbst passierte, wie die vielen, unablässigen Jas, seine Echos, wie sie hallten und nie verstummten und daher mehr noch waren als Echos.

Kein Platz für ein Nein, zu viel Sehnen, zu schnelle Jas, vorlaute, ein ungleiches Pingpongspiel, das Nein fast immer im Netz. Anne hörte, wie es sich anschlich, immer wieder, und verstummte und leise zurückkehrte und sich trotzdem nicht unterkriegen ließ. Ein Nein in Bewegung. Schon während sie feuchtwarmen Atem an ihrem Nacken spürte, sein unregelmäßiges Hinaufbrennen, und wie er sich in Annes Haaren verlor und abkühlte, hörte sie deutlich auch ein Nein. Anne konnte es sogar sehen, dieses Aufbegehren, sie konnte es mit geschlossenen Augen sehen. Und auch, wie es immer wieder verschwand, hinabgezogen von der Schwerkraft des Unfassbaren und getragen von der Leichtigkeit des Verlangens.

»Das hast du dir doch immer gewünscht: dass du mir ganz nahe sein kannst, nicht wahr?!«

Es war die Stimme eines Mannes und sie klang entstellt, so, als wolle sie unerkannt bleiben, als solle sie einem anderen gehören, einem unbekannten anderen, einem, dem Anne noch nie zuvor begegnet war; aber so sehr sie sich auch Mühe gab, diese seltsam entstellte Stimme, je mehr sie versuchte, eine andere zu sein, desto deutlicher hörte Anne das Vertraute in dieser Stimme, ihr Flüstern wurde zu einem Schreien und ihr Schreien zu einem Flüstern, eine Silbe dehnte sich in die Unendlichkeit und ein Satz schob sich zusammen zu einem Knäuel aus Vokalen, eine Stimme, die sich sogar der Zeit entzog, nur um unerkannt zu bleiben, sich aber durch Kleinigkeiten verriet, wunderbarer Verrat, sich immer wieder verriet und lächerlich machte und sich lächerlich machte und verriet, sie konnte machen, was sie wollte, diese Stimme, sie konnte Ja sagen oder Nein, sie konnte es flüstern oder brüllen, sie konnte sich entziehen und verstellen, sie konnte flüchten und versuchen, eine andere zu sein, eines aber, eines konnte sie nicht, sie konnte nicht schweigen und sich deshalb auch nicht verleugnen, sie würde immer verräterisch sein und sich in diesem Verrat offenbaren, denn was immer sie auch unternahm, sie würde niemals unerkannt sein, nicht am Anfang und auch nicht am Ende, niemals mehr würde sie niemand und deshalb, nur deshalb würde sie auch niemals diesen einen Verräter abschütteln können, es würde ihr nicht gelingen, ihn loszuwerden, in der größten Not nicht und trotz verzweifelter Hilferufe, dieser Verräter würde in ihrer Nähe bleiben und immer Zeuge sein wollen.

Es war die Stimme eines Mannes und sie hatte einen Fingerabdruck.

Was tust du?

Ich lasse das Leben heraus! Es kleckert heraus. Ich kann sehen, wie es herauskleckert. Ganz langsam.

Was tust du da? Sag mir, was du da machst! Ich will wissen, was du da machst.

Ich spiele.

Anne!

Ich spiele mit dem Leben.

Sag so etwas nicht!

Es tropft langsam aus mir heraus. Es ist nur ein Anfang, ein kleiner Anfang, es sind nur kleine Tropfen.

Damit macht man keinen Spaß!!

Nein, damit macht man keinen Spaß. Damit nicht.

Also hör auf damit!

Aber sie vermählen sich schon – wunderbare Hochzeit! Sie wissen schon, wo sie hingehören, die kleinen roten Tropfen.

Warum erschreckst du mich so?

Wie sie aufspringen im Wasser und sich verästeln. Wie sie Kunst werden, immer anders, immer neu!

Ich möchte nicht, dass du so etwas sagst, hörst du!?

Es gibt kein Zurück mehr, und du weißt das! Jedes Zurück ist nur ein neuer, immer gleicher Anfang, der Beginn einer Wiederholung. Alles wiederholt sich. Nichts wird neu. Das Leben kennt nur eine Richtung.

Anne, bitte sag mir, warum du das machst!

Wie die Zeiger!

Die Zeiger?

Auch sie kennen nur eine Richtung. Von Anfang an.

Sag mir, wo du bist!

Da, wo ich wohne.

Zu Hause?

Es gibt kein Zuhause.
Was hast du vor?
Warum hast du das getan?

Keine Großmutter. Kein Knarren der Schlafzimmertür, keine Toilettenspülung und auch keine Badezimmertür. Ein Wasserkessel, der schweigend wartete auf das Schweigen der Großmutter, und ein Kuchen in der Vorratskammer, der Anfang vom Ende des Schweigens.

Keine Großmutter. Nirgendwo. Ein neues Schweigen. Ein Bild an der Wand.

Anne und ihr Vater und das Meer.

Die Bewegungen eines Körpers, langsame Bewegungen, schwerfällige Bewegungen, eine Bettdecke, die diese Bewegungen ausspricht, in die Erinnerung meißelt wie die feuchtwarme Luft an Annes Nacken und wie dieses Atmen eines Kranken – armer Kranker! – sein schwerfälliges, brennendes Atmen, der Geruch dieses schwerfälligen Kranken, ein vertrauter Geruch, ein Geruch von Zuhause, von Früher, ein Geruch, der bleibt, für immer bleiben wird, nichts, was ihn vertreiben würde, nichts, was ihn löschen könnte aus der Erinnerung, schon hatte er ein Schlupfloch gefunden, schon hatte er sich verkrochen und Annes Körper begann zu glühen und zu vereisen und zu brennen und zu frieren, eine Hand, die über ihre Haare strich, zärtlich strich, ein Ja, ein ganzer Chor, und Finger, die sich langsam krümmten und mit diesen Haaren spielten, die sanft die Kopfhaut berührten, darüber strichen, Ja, und noch einmal Ja, ein Nein aus der Ferne, kaum hörbar, geflüstert, mehr Frage, schüchterne Frage, ängstliche Frage, Ja, ja, etwas Fremdes an Annes Gesäß, etwas Unbekanntes, etwas Böses, Nein,

ein Körper, der zu erstarren beginnt, ein Körper ohne Bewegung, ein Körper aus Eis, ein Körper, der erfriert, ein Körper, der verglüht, ein Körper, Anne und ihr Vater und das Meer, Ja, ganz in der Nähe, das Meer, Ja, ja, schwerer Atem, vertrauter Geruch, Keuchen, eine Hand auf dem Kopf, Finger in den Haaren, das Keuchen, das schwere, Keuchen, sein Geruch, Flüsternein, das fremde Harte an Annes Gesäß, seine Bewegungen, die Bettdecke, die mitspricht, diese Bewegungen mitspricht, jede Silbe, jedes Wort mitspricht, mitbrüllt, Nein, nein!, »Das hast du dir doch immer gewünscht!«, Ja, Nein, Anne und ihr Vater und das Meer, und Anne schloss die Augen und zog ihren Kopf unter die Bettdecke an ihren seltsam verrenkten, bewegungslosen Körper und am liebsten auch dort hinein, Nein, nein, und atmete die schwere, breiige Luft, dunkle Luft, Anne glaubte, zu ersticken an dieser schweren, lichtlosen Luft, und die Bettdecke bewegte sich – eine Bettdecke, Anne sah, wie sie sich gleichmäßig bewegte und wie sich ein Kopf abzeichnete unter dieser Decke, wie er sie ausgewölbt hatte, Anne beobachtete diese ungleichen Körper, die Bewegungen des einen und die Starre des anderen, sie sah das Glühen und Gefrieren, sah es mit anderen Augen, das Keuchen und Flüstern, sie sah ein Gesicht und sah es nicht, ein verzerrtes, vertrautes Gesicht, sie sah ein kleines Zimmer und an der Wand ein Bett und am Bett ein Bild und auf dem Bild ein Mädchen und ein Mann und ein Meer und in dem Bett zwei Körper, ein sprachloser Körper und ein anderer, der zu verstummen begann.

Du willst mir Angst machen!

   Deine Angst interessiert mich nicht.

Du willst, dass ich mir Sorgen mache.

   Sorgen sind ein Alibi.

Dass ich mich schlecht fühle.

   Alles, was ich will, ist eine Antwort.

Es macht dir Spaß, mir Angst zu machen!

   Diese eine Antwort.

Mich zu verunsichern!

   Nur eine Antwort auf meine Frage!

Gib es zu! Es macht dir richtig Spaß!

   Und es bleibt nicht mehr so viel Zeit für eine Antwort.

Du willst mich unter Druck setzen, nicht wahr, in die Enge treiben!

   Nur eine Antwort!

Weißt du, was ich glaube? Ich glaube, du bist nicht normal. Es macht dir Spaß, mich zu verunsichern, mir ein schlechtes Gewissen zu machen. Aber ich sage dir jetzt mal was: Das schaffst du nicht. Und wenn du dir noch so viel Mühe gibst. Es wird dir nicht gelingen, verstehst du! Das prallt an mir ab. Das hat deine Mutter schon immer versucht: mir ein schlechtes Gewissen zu machen. Mir das Gefühl zu geben, dass ich nicht richtig bin, anders, dass ich alles falsch mache.

   Nur das eine.

Was?

   Nur das eine!

Was meinst du damit: nur das eine?

   Ich will nur das eine wissen!

Immer die gleiche Leier!

   Es gibt nur diese. Seit Jahren schon immer das gleiche Lied. Immer gleiche Melodie!

Ja, ich weiß. Das hast du nun schon oft genug betont.

   Und trotzdem bekomme ich keine Antwort!

Es ist alles gesagt! Ich habe dir alles gesagt, mehrmals schon!

   Nichts hast du!

Wir drehen uns im Kreis, merkst du das nicht?

   Ich merke, wie die Zeit vergeht.

Siehst du nicht, wie sehr du dich immerzu nur im Kreis drehst?!

   Ich sehe, wie der große Zeiger immer näher kommt!

   Wie er seine letzte Runde macht.

Das ist nicht fair!

   Bald ist Mitternacht.

Warum nur kommst du mir ständig mit deiner Mitternacht? Deine Mitternacht interessiert mich nicht!

   Und auch der große Zeiger hat die letzte Runde gemacht.

Hör auf mit dieser Geheimnistuerei!

   Es wird ein leises Klick geben. Oder auch ein Klack.

   Vielleicht ein Klick-Klack.

Hör damit auf!

   Alles, was ich noch will, ist eine Antwort.

Und dann? Was passiert dann?

   Dann öffne ich die Tür.

Bitte?

   Ich öffne sie ganz weit. Mit nur einem kurzen Handgriff. Einer Bewegung.

Welche Tür?

   Und lasse das Leben heraus.

Bitte sag mir, was passiert ist!

   Sag mir zuerst, warum!

Was hast du getan?

Nur diese letzte Frage!
Ich weiß die Antwort nicht!
Warum hast du das getan?
Ich weiß es nicht!

Das Zusammengehören zweier Körper, die nichts voneinander wissen wollten. Sich nicht gehören wollten. Und doch genau das waren: für immer verbunden. Heimatlose Körper. Einer im Exil, ein anderer in Söldnerdiensten. Fremde Körper. Sie kannten sich nicht, wollten sich nie kennenlernen, werden sich nie kennenlernen. Parallelkörper. Voyeur und Vagabund. Was sie zusammenhält für immer: eine erzwungene Verbindung. Ihr Nicht-mehr-von-der-Seite-Weichen. Wie Brauchen und Gebrauchtwerden.

Anne versuchte zu atmen, doch die Luft unter der Bettdecke war zäh. Und heiß und die Bettdecke tonnenschwer. Sie faltete die Lungen zusammen wie eine Papierserviette. Ganz flach. Anne glaubte zu ersticken. Die Angst vor diesem Tod war winzig klein, klein wie ein Samenkorn, zu klein noch für ein wirkliches Gefühl. Eine Ahnung vielleicht. Das schon eher. Und noch nicht mit fruchtbarer Erde bedeckt.

Annes Kopf drückte sich tief zwischen die Schultern, der Körper gekrümmt, vor der Brust verschränkte Arme berührten angewinkelte Beine. Alles wie verschraubt.

Etwas Feuchtes am Gesäß. Eine Bettdecke, die plötzlich verstummte. Eine Hand, die unter dieser Bettdecke umherirrte und Annes Kopf fand und ihn tätschelte, als wäre er aus Holz und ohne Haare.

Das Anschleichen von Buchstaben. Anarchisten, erschöpfte. Ihre Kapitulation. »Jetzt haben wir noch ein Geheimnis!«, hörte Anne, während die Bettdecke hochgehoben wurde und sich sofort klamme Kälte über ihren Rücken verteilte und sie frösteln ließ. »Jetzt haben wir noch ein Geheimnis!«, hörte Anne und ein leises »Pschh« und sie wusste, dass sich hinter ihr ein Finger über Lippen legte und dass diese harmlose, beinahe liebevolle Geste ein Vermächtnis war, etwas, das sich nicht einfach so, mit einer Handbewegung etwa, abschütteln ließ, verscheuchen, sondern, gerade erst verklungen, bereits eine sichere Zuflucht gefunden hatte.

Anne hörte das Knarren einer Tür und kurz danach die Spülung einer Toilette. Vertraute Geräusche. Wetterleuchtenhoffnung aus der Ferne. Anders als das heisere Quietschen und bald darauf vorsichtige Flüstern eines Teppichs. Schon geächtet, auf dem Weg in die Verbannung. Und noch ein Flüstern, diesmal schnell, beinahe hektisch und beinahe kein Flüstern mehr, ein Flüstern eher wie aus Zufall, nicht zu überhören.

Ich weiß es nicht!
  Das ist keine Antwort!
Ich weiß es wirklich nicht!
  Das ist zu wenig!
Aber was willst du hören?
  Die Wahrheit!
Welche Wahrheit?
  Warum du das getan hast! Mein Leben kaputtgemacht.
  Es ganz früh schon ausgeschaltet.
Jetzt übertreibst du aber wirklich!
  Einfach ausgeschaltet. Klick-Klack. Off. Den Schalter umgelegt.
Du bist doch noch da, oder?

Du bist widerlich!
Weißt du was? Ich lege jetzt auf! Ich muss mir das nicht mehr anhören! Ich bin auch so die letzten Jahre gut klargekommen. Auch ohne dich!
Ich nicht!
Ich, ich, ich! Merkst du das eigentlich, dass es immer nur um dich geht!?
Ja! Ein Ich in der Verbannung.
Aber ich bin ja auch noch da!
Ich wollte mich nur verabschieden!
Was?
Und nach dem Grund fragen.
Wo willst du hin?
Deshalb habe ich dich angerufen! Ich habe gehofft, dass du es mir wenigstens erklären würdest.
Was hast du vor?
Wenigstens versuchen!

Ge-heim-nis, tönte es in Anne nach. Noch ein Ge-heim-nis, und Pschh, und jede einzelne Silbe hatte ihr eigenes Echo dabei und jedes Echo einen Doppelgänger, und im Handumdrehen wurde aus einem harmlosen Durcheinander in Annes Schädel ein Tumult und aus dem Tumult eine Panik, und aus dieser Panik gab es kein Entkommen, es hämmerte und hallte und torkelte und taumelte und wirbelte und wuchs sich aus zu einem Chaos, und das vorsichtige Öffnen einer Zimmertür ging darin ebenso unter wie das Rauschen einer Toilettenspülung kurz darauf.

Sonne zwängte sich durch die Rollladenschlitze in das kleine Zimmer, Staubflocken taumelten ziellos durch ihre Lichtspuren, beinahe schwerelos und vollkommen ohne Teilnahme, selbstvergessen, außerhalb jeder Zeit. Anne lag noch immer zusammengekrümmt und wie verschraubt unter der Bettdecke und verfolgte durch die schmalen Schlitze ihrer zusammengepressten Augen den obszönen Tanz der Staubflocken. Das dünne, verwässerte Licht schmerzte, als hätten diese Augen tagelang nur das Schwarz vollkommener Dunkelheit gesehen.

Fast schon ein wenig provokativ, wie sie sich im Licht räkelten, als gäbe es nur sie in diesem kleinen Zimmer, nur sie und das grelle, in Streifen zerteilte Licht und ihr gemeinsames, desinteressiertes Spiel, das vollkommen bedeutungslos war, ohne jegliche Absicht und sich auflöste in Nichts, irgendwo auf der gegenüberliegenden Wand, auflöste, als wäre nichts gewesen, als wäre dieser ganze selbstverliebte Tanz tatsächlich nichts als Eitelkeit gewesen, Schabernack, Zeitvertreib, eine Verhöhnung auch, der Schwerkraft nämlich, stummes Gelächter.

Anne konnte es hören, dieses Gelächter. Überhebliches Auf und Ab. Ein Chor der Sich-lustig-Macher. Freches Grinsen. Grimassen. Wichtigtuer allesamt, die nur widerwillig in Deckung gingen vor dem dünnen Pfeifen eines Wasserkessels, eher Fiepen zunächst, heiser und entfernt. Sein Aufrichten und Emporstrecken. Ein Verstummen so abrupt wie zuvor der Schmerz in Annes Ohren pfeilspitz und unerträglich. Verschluckt von betonschwerer Stille. Irgendwo im Nirgendwo. Geräuschloses Zerplatzen. Schweigende Hinterlassenschaft.

Ich kann nicht länger warten.

Warten worauf?

   Ich werde jetzt beginnen.

Womit willst du beginnen?

   Gleich ist Mitternacht.

Ich finde deine Geheimnistuerei langsam lächerlich!

   Das Geheimnis ist der Tod.

Was?

   Der Tod.

Was für ein Tod?

   Mein Tod.

Sag so etwas nicht!

   Worte haben jetzt keine Bedeutung mehr.

Damit ist nicht zu spaßen!

   Ich werde jetzt sterben.

Anne! Das ist nicht lustig!

   Ich werde jetzt mit dem Sterben beginnen.

Hör auf damit, sofort!

   Es wird nicht wehtun.

Anne, lass das! Lass diesen Unsinn!

   Kein Unsinn.

Was hast du vor?

   Es ist das Einzige, das Sinn ergibt.

Was?

   *Wenn das Leben nicht mehr stattfindet, ist es Zeit für
den Tod.*

Anne!!

   Ich kann ihn schon sehen.

Wie meinst du das?

   Und siehst du: Es hat nicht wehgetan.

Anne, bitte! Hör auf damit, ich bitte dich!

   Es ist zu spät.

Was soll das heißen: zu spät?
Ich kann ihn schon sehen.
Sehen, wen? Was machst du da?
Es verliert ... an Gewicht ... Das Leben, ... es ver-
schwindet.
ANNE!!!

»Anne«, rief die Großmutter durch die geschlossene Tür, »Anne, kommst du!?«, und weil Anne nicht wusste, was sie antworten sollte, ob sie überhaupt antworten sollte, weil sie nicht einmal wusste, ob sie das konnte und weil sie noch immer wie verschraubt unter ihrer Bettdecke lag und ihre Augen nicht mehr als spaltweit öffnen konnte, versuchte sie es mit einem kaum hörbaren Ja, und noch während sie dieses Ja aussprach, formierte sich ein Nein und im selben Augenblick die Verwunderung über diese Geräusche, über ihre eigene Stimme, dass es sie gab, und über die andere, die es auch gab, wie ein Echo mit anderem Text, dass Anne sie beide hören konnte, nicht aber zuordnen, dass sie sich hören konnte und wie es sprach.

Dass man Träume anschauen konnte wie Filme, dass man Zuschauer sein konnte in diesen Träumen, dass sie an einem vorüberzogen wie auf einer Leinwand, mit dem Unterschied nur, dass niemand sie anhalten konnte, dass sie unbestechlich waren, dass man mit ihnen nicht machen konnte, was man wollte, im Gegenteil, dass sie eigene Gesetze hatten, darüber wunderte sich Anne nicht nur. Das irritierte sie geradezu, das jagte ihr einen riesengroßen Schrecken ein, das ließ sie zusammenzucken, mehr als einmal, und erneut »Ja« rufen, etwas kräftiger, doch noch immer kaum hörbar. Kein Echo.

Es ging ganz einfach.
Was ging ganz einfach? Was?
Längs. Du musst in Längsrichtung schneiden.
Anne, das darfst du nicht tun, hörst du, du darfst das nicht!
Es tut überhaupt nicht weh.
Sag mir, dass das nicht wahr ist. Dass du mir nur einen Schreck einjagen willst.
Ich habe gar nichts gespürt.
Wo bist du? Sag mir, wo du bist! Wo??
Sehr weit weg.
Ich komme zu dir! Jetzt sofort. Warte auf mich!
Ganz am anderen Ende.
Wo, Anne! Wo!!??

Die Staubflocken hatten ausgetanzt. Anne wunderte sich darüber, dass ihre Augen schwer waren wie Blei und, noch immer schmal gehalten von einer unsichtbaren Kraft, Schatten suchten. Anne wunderte sich über ihre schweißfeuchten Haare auf der Stirn und im Nacken und über das T-Shirt, das auf Brust und Bauch klebte wie eine zweite Haut. Sie wunderte sich darüber, dass ihre Beine schmerzten, als sie sie ausstrecken wollte, dass sie sich wehrten mit einem stumpfen Schmerz gegen dieses Strecken, Annes ganzer Körper wehrte sich, als sie die Bettdecke aufschlagen wollte und sich aufrichten.

Sie konnte sich nicht daran erinnern, ihren Körper jemals zuvor so gefühlt zu haben: als etwas Zusammengesetztes. Ihr Fühlen war immer anders gewesen. In diesem Fühlen war ihr Körper immer etwas Ganzes, freundlich und keine Summe. Und in ihrem Fühlen auch dauerte es an diesem Sonntag eine Ewigkeit, bis es wieder so war.

Dabei war es nur ähnlich. Schon beim Aufrichten und als sich Anne auf die Bettkante setzte, das T-Shirt über den Kopf zog und nach ihrer Hose griff, war es nur ähnlich.

Etwas an ihrem Gesäß erinnerte Anne daran, dass es Zeit wäre für eine Dusche.

Es ist genau so, wie ich es mir vorgestellt habe.
Warum tust du mir das an?
Weit und still und fern und ohne Zeit.
Anne ... ich ... Anne, ich – bitte nicht!
Ein Viertelmond liegt auf dem Rücken und lacht in den Himmel.
Anne, bitte tu mir das nicht an! Bitte nicht!
So versöhnlich.
Ich habe das nicht gewollt damals. Es ist ... einfach passiert. Du musst mir das glauben! Ich wollte das nicht!
Friedlich.
Ich wollte dir nicht wehtun. Niemals!
Mitternacht.

Er stand mitten auf dem Tisch, Puderzucker darauf gestreut wie erster Pulverschnee. Der alte Mann von gegenüber würde bald von seinem Spaziergang zurück sein. Anne wäre ihm am liebsten entgegengelaufen und hätte seine Hand genommen und ihn wortlos zu einer zweiten Runde überredet. Nur mit der Hand. Noch bevor der alte Mann von gegenüber seinen Hut mit einer leichten Verbeugung gezogen hätte, hätte Anne ihn an der anderen Hand gefasst und leicht nach vorne gezogen. Er hätte das sofort verstanden und gelächelt und ihre Hand gedrückt. Dann wären sie losgegangen, ohne Worte. Und so würde es auch bleiben.

»Puderzucker«, sagte Anne leise.

»Aber natürlich«, antwortete ihre Großmutter, »Puderzucker gehört schließlich oben drauf.«

Anne wartete darauf, dass ihre Großmutter noch etwas sagte, aber ihre Großmutter schwieg und Anne schwieg dazu und im Zimmer nebenan wurden Zeitungsseiten umgeblättert.

MORGEN WIRD
Was soll ich tun?

ERINNERUNG SEIN,
Was willst du, dass ich tue?

WAS AN
Das ist doch keine Lösung!

ZEITIGEM
Weglaufen!

WIEDER ERWACHT,
Anne! Bitte sprich mit mir!

UND DIE
Ich will dir alles erklären!

IMMERFRÖHLICHE
Wir können es doch einfach noch einmal probieren!

DURSTIGE
Wir beide!

PEIN
Du bist mein Kind!

HAT DIE
Meine Tochter!

TRAU-

Du bist alles, was ich noch habe, Anne!

    RIGSTE

Bitte bleib!

    RUN-

Tu das nicht! Bitte nicht!

    DE

Ich flehe dich an!

    GE-

Tu das nicht, Anne, ich flehe dich an, tu das nicht!

    MACHT.

Anne!!

    Rot.

Nein!!

    Das Meer ... ist rot.

Nein, Anne, nein!

    Das Meer ... ist mein ... Zuhause.

Du ... du bist doch mein Kind!

    Ich bade.

Es gibt noch so viel zu besprechen. – Es ist nicht zu spät, Anne, noch lange nicht. – Der Zeiger ist noch nicht herum. Ich weiß es! – Das Gedicht! Wer hat das Gedicht geschrieben? Wer?!

Wir könnten fragen. Wie das mit der Zeit ist. Egal wen. Ich kenne die Antwort. Ich bin sicher, dass es immer wieder neue Runden gibt. Ich weiß, dass es so ist. Man muss es nur wollen.

Weißt du noch: unser Spiel? Das Fehlerhörenspiel? Wie du manchmal keine Lust hattest? Und dann natürlich die einfachsten Sachen nicht gehört hast! Es ist eine Frage der Einstellung.

Ich weiß es noch ganz genau. Ich kann mich noch gut erinnern. Wie du da auf dem Klavierhocker gesessen hast, mit trotzigen Augen, und keine Lust hattest auf Fehlerhören. Ich weiß es noch ganz genau!

Natürlich verschwimmt das eine oder andere mit der Zeit, aber das mit dem Fehlerhören, das weiß ich noch ganz genau.

Das hat immer sehr viel Spaß gemacht. Und du hattest ein gutes Gehör!

Mag sein, dass ich manchmal etwas zu streng war. Vielleicht war ich das. Aber ich wollte natürlich, dass du möglichst viel lernst. Nicht nur auf der Geige.

Das war gar nicht so einfach, mit deiner Mutter. Sie hatte nie viel übrig für Musik. Sie hat nie verstanden, warum mir Musik so viel bedeutet hat. Für sie war das Spinnerei! Und genauso hat sie auch nicht verstanden, dass du Geige und Klavier gelernt hast. Nie richtig verstanden. Für sie war das Zeitverschwendung. Sie wollte lieber, dass du in einen Sportverein gehst. Aber ich habe mich durchgesetzt. Erst mit der Geige, dann mit dem Klavier.

Mit der Geige hat es nicht so gut geklappt. Die Geige war nicht dein Instrument. Deine Begabung war das Klavier. Ich wollte das Beste für dich, immer nur das Beste!

Auf der Geige wärst du lange nicht so weit gekommen wie auf dem Klavier. Du hast Wettbewerbe gewonnen, einen Studienplatz bekommen. Du bist eine gute Pianistin geworden. Natürlich hättest du auch das Geigespielen gelernt, natürlich, aber glaube mir, die Geige wäre dir immer ein wenig fremd geblieben.

Erinnerst du dich noch an die dänische Geigerin, die wir einmal im Urlaub getroffen haben, an die junge Frau? Du warst wütend auf mich, weil du dachtest, ich würde dich untergehen lassen beim Baden. Wir haben lange über dich gesprochen. Über dich, dein Geigespielen. Sie war auch Geigenlehrerin. Und weißt du, was sie mir damals riet? Willst du wissen, was ihre Meinung war?

Ich hätte dich niemals untergehen lassen, das ist völliger Blödsinn, niemals hätte ich dich in Gefahr gebracht.

Ich war doch ganz in der Nähe, hatte dich im Blick.

Deine Mutter war eifersüchtig, mehr nicht. Weil ich mich so lange mit dieser Geigerin unterhalten hatte.

Du warst niemals in Gefahr.

Ich habe es für dich getan, nur für dich.

Das Gespräch hat mir sehr geholfen und mir das Gefühl gegeben, dass die Entscheidung richtig war.

Die Entscheidung, mit dem Geigenunterricht aufzuhören und mit Klavier anzufangen.

Ich glaube, es wäre nicht gut gegangen, wenn du von mir auch Klavierunterricht bekommen hättest.

Ich glaube, es war richtig, dass du zu Frau Meierott gegangen bist.

Ja, sie war sehr streng. Aber sie war auch eine gute Lehrerin. Du hast enorm viel gelernt bei ihr. Ihr hast du viel zu verdanken.

Na klar, die beiden Türen. Ich erinnere mich gut an die beiden Türen.

Und auch an das rote Licht. Natürlich.

Vielleicht hätte ich nicht weggehen dürfen damals. In die andere Stadt ziehen. Dich alleine lassen.

Es war deine Mutter. Sie hat mir keine andere Wahl gelassen. Sogar mit der Polizei gedroht. Das musst du verstehen. Ich musste weggehen. Es war nicht meine Entscheidung. Ich wäre geblieben. Was meinst du, wie schwer es war, eine neue Stelle zu bekommen? In meinem Alter? Die ganzen Probespiele! Doch ich hatte Glück. Was die Stelle angeht, hatte ich Glück. Aber der Preis war hoch.

Ich musste sehr weit wegziehen. Aber es war der Wille deiner Mutter. Nicht mein Wille. Deine Mutter wollte das. Du weißt, wie deine Mutter war!

Wahrscheinlich hatte sie einen Grund. Vielleicht war es wegen der Sonntage bei Oma. Wir hätten sie nicht belügen sollen. Du weißt schon: unser Geheimnis!

Wir haben ihr nicht die Wahrheit gesagt. Es war nicht richtig zu lügen!

Sie muss es herausbekommen haben!

So muss es gewesen sein!

Du hättest sie erleben sollen. Sie war völlig aufgebracht. Anders kann ich es mir nicht erklären. Die Oma muss ihr alles erzählt haben.

Ich vermute, die Oma hat ein schlechtes Gewissen bekommen wegen unserem Geheimnis.

Erinnerst du dich nicht mehr? Die Sonntage?

Jede Woche!

Unser Geheimnis! Von Oma, dir und mir.

Irgendwann kommt jedes Geheimnis raus.

Die Wahrheit kommt immer ans Licht!

Das Leben lässt sich nicht einfach so überrumpeln.

Wir können die Zeit auch nicht zurückdrehen. Es geht einfach nicht.

Es ergibt keinen Sinn, darüber nachzudenken, was gewesen wäre, wenn ...

Für mich ergibt das keinen Sinn. Ich kann doch sowieso nichts mehr ändern. Was passiert ist, ist passiert. Nicht mehr rückgängig zu machen.

Mein Leben war auch nicht mehr so, wie es vorher war. Mein Leben war völlig durcheinander, kaputt.

Was glaubst du, was das für mich bedeutet hat, als ich damals ausziehen musste. Hast du eine Vorstellung davon, wie das ist, plötzlich kein Zuhause mehr zu haben? Keine Familie?

Immer nur auf die Sonntage zu warten. Darauf zu warten, die eigene Tochter wiedersehen zu dürfen?

Bedürfnisse nach dem Kalender auszurichten?

Vatersein im Zweiwochenrhythmus?

Du kennst das?

Du glaubst wirklich, dass du das kennst?

Nichts weißt du! Nicht einmal eine Ahnung hast du!

Du hast nicht die leiseste Ahnung!

Du sagst, dass du das kennst, aber ich sage dir, dass du keine Ahnung hast.

Nein, so habe ich das nicht gemeint. Ich weiß, dass unsere Trennung auch für dich nicht leicht war. Das weiß ich schon.

Dass du auch immer auf die Sonntage gewartet hast.

Du konntest es immer nicht erwarten.

Schon beim Abschied hast du an das Wiedersehen gedacht.

Ich weiß das alles!

Ich finde, wir haben das Beste daraus gemacht.

Wir haben die Zeit optimal genutzt.

Das stimmt! Ich erinnere mich! Manchmal hast du einen Mittagsschlaf gemacht. Aber du wolltest keinen Mittagsschlaf machen. Ich erinnere mich genau. Eigentlich wolltest du keinen Mittagsschlaf machen. Aber was wolltest du dann?

Du wolltest viel lieber bei mir sein, stimmt's! War es nicht so?

Du wolltest mir nahe sein, nicht wahr?

Das hast du dir doch immer gewünscht, oder?

Ganz nahe!

Nur du und ich!

Es sollte nur noch dich und mich geben!

Ja, ja: Familie. Das ist deine Version! Es gab doch gar keine Familie mehr. Deine Mutter hatte sich gegen unsere Familie entschieden. Das weißt du doch! Deine Mutter hat an allem Schuld. Wäre deine Mutter nicht gewesen, hätten wir uns das alles sparen können. Alles wäre anders. Aber deine Mutter wollte das ja so. Sie hat alles kaputt-gemacht. Deine Mutter wollte ein anderes Leben. Wenn ich das schon höre: ein anderes Leben. Ja, ein anderes Leben. Aber wie es aussehen sollte, dieses andere Leben, das hat sie nie gesagt, das hat mir deine Mutter nie ver-raten. Deine Mutter hat unsere Familie kaputtgemacht. Deine Mutter!!

Ich konnte wochenlang nicht schlafen! Monate! Ganze Nächte habe ich wachgelegen. Ich bin krank geworden dadurch. Alles ist durcheinandergekommen.

Manchmal habe ich versucht, den Schlaf nachzuholen. Ich habe mich mittags auch hingelegt! Wie du. Aber es ging nicht. Ich konnte nicht schlafen. Es ging einfach nicht. Ich kann mich ganz genau erinnern. Wie ihr euren Mittagsschlaf gemacht habt. Oma und du. Und ich war ganz allein. Konnte nicht schlafen. Habe gewartet, bis ihr wieder aufwacht.

Gewartet.

Erst habe ich die ganze Woche über auf den Sonntag gewartet und am Sonntag dann darauf, dass du wieder aufwachst. Du weißt nicht, wie das ist. Du hast keine Ahnung, was Einsamkeit ist, wenn man ganz alleine ist, Tag für Tag. Wenn man unter Menschen ist und trotz-dem ganz allein. Wenn es niemanden gibt, dem man sich anvertrauen kann. Der für einen da ist. Am Tag und in der Nacht. Immer alleine. Gerade nachts, diese Stille, und wenn alle Geräusche nur von einem selber kommen. Du kennst das nicht, stimmt's, so was kennst du nicht. Woher auch. Woher auch solltest du so was kennen?

Und du weißt auch nicht, wie viel Kraft es kostet, das alles auszuhalten. Und darum verstehst du es auch nicht.

Aber das kannst du nicht wissen. Ich mache dir keinen Vorwurf daraus, bestimmt nicht, ich weiß ja, dass auch für dich die Trennung nicht leicht war, aber mit deinem Urteil, mit deinem Urteil solltest du vorsichtiger sein, nicht so vorschnell, es ist nämlich nicht so, dass ich leichtfertig gehandelt habe damals, dass ich es mir leicht gemacht habe. Im Gegenteil. Es war alles andere als leicht, nur dass du es weißt, es war eine schlimme Zeit, auch später dann, auch wenn wir uns dann sogar jede Woche gesehen haben. Ich habe es mir nur nicht anmerken lassen, ich wollte nicht, dass du das merkst. Aber was glaubst du denn, wie es sich mit einer Lüge leben lässt, mit der Angst, dass alles irgendwann rauskommt, kannst du dir das vorstellen, eine solche Angst, wie es sich damit leben lässt, zusätzlich zu der Einsamkeit, die ja auch immer da war, Tag für Tag, die Einsamkeit und die Angst, erwischt zu werden und noch einmal bestraft, nur schlimmer, viel schlimmer? Denn das wäre das Aus gewesen, bestimmt, das hätte sich deine Mutter nicht bieten lassen, diese Chance hätte sie genutzt und dich mir ganz weggenommen, für immer, verstehst du, für immer, wenn sie unser Geheimnis herausbekommen hätte, wäre genau das passiert und wir hätten uns gar nicht mehr sehen können, nicht einmal mehr alle zwei Wochen, gar nicht mehr, verstehst du, und diese Last habe ich mit mir herumgeschleppt, kannst du dir vorstellen, wie das ist, eine solche Last, ein solches Geheimnis, natürlich kannst du das nicht, du bist ja noch jung, du *kennst so etwas nicht, dein Leben ist unbeschwert, nichts stellt sich deinem Leben in den Weg, für mich aber gab es so viele Hindernisse, und die Sonntage mit dir waren die einzigen Lichtblicke, sie waren wie kleine Inseln, ohne diese Sonntage wäre ich verloren gewesen, ich hätte es nicht geschafft, ich glaube nicht, dass du eine Vorstellung davon hast, wie das war für mich und wie erleichternd, als du den Vorschlag gemacht hast, dass wir uns jeden Sonntag sehen könnten, dass du diesen Vorschlag gemacht hast, dass du das wolltest, ohne deiner Mutter etwas davon zu sagen, jede Woche. Natürlich habe ich das auch für dich gemacht, weil ich ja gemerkt habe, wie wichtig es für dich war, dass wir uns sehen, aber vergiss nicht, dass es dein Vorschlag war, du wolltest das unbedingt und hast das Geheimnis in Kauf genommen, die Lüge, dass wir lügen mussten, du und Oma und ich, du hast uns da ja quasi mit hineingezogen, zu Komplizen gemacht, uns blieb ja gar nichts anderes übrig, aber weil ich wusste, wie viel dir diese Sonntage bedeuteten, habe ich das mitgemacht und Oma hat auch mitgemacht.*

Und für mich, für mich war es wie ein Wink des Schicksals, dass die Sonntage plötzlich frei waren, ohne Orchesterdienst, für mich war das wie eine Entschädigung für diese große Ungerechtigkeit, eine Wiedergutmachung, und deshalb habe ich ja auch gleich zugestimmt, deshalb habe ich Ja gesagt, weil ich dachte, es sollte so sein, es wäre mehr als gerecht, dass wir diese Chance bekommen, ich kann mich noch gut erinnern, wie deine Augen geleuchtet haben, als du mir den Vorschlag gemacht hast, wie stolz du warst auf deine Idee, und schon deshalb konnte ich nicht Nein sagen, weil ich dich nicht enttäuschen wollte, dir nicht wehtun, verstehst du das, ich musste nur noch Oma davon überzeugen, Oma war nicht so begeistert, das kannst du dir vorstellen, ihre Tochter immerhin, aber ich habe es schließlich geschafft, ich habe Oma überzeugt, sie hat das alles ja auch nie ganz verstanden, die Trennung und alles, sie fand das auch nicht richtig, das weiß ich, sie hätte es auch lieber anders gehabt, trotzdem muss es Oma deiner Mutter erzählt haben, es muss ihr zu viel geworden sein, unser Geheimnis, da kannst du mal sehen, welche Last das war, da kannst du mal eine Ahnung davon bekommen, was es bedeutet, so etwas mit sich herumzuschleppen, zu schwer für Oma, sie hat es deiner Mutter erzählt, anders kann ich es mir nicht erklären, diese ganze Theater. Oma hat deiner Mutter von den Sonntagen erzählt, davon, dass ich jeden Sonntag zu Besuch gekommen bin.

An das Leuchten kann ich mich noch gut erinnern, das Leuchten in deinen Augen, ganz genau kann ich mich noch daran erinnern, als du nach dem Mittagessen zu mir gekommen bist, als Oma schon schlief, wie du zu mir gekommen bist mit diesem Leuchten in den Augen und mir den Vorschlag gemacht hast mit den Sonntagen, ich sehe dich noch vor mir, ganz genau sehe ich dich, als wäre es gerade erst gewesen, und genauso kann ich mich an deinen Blick erinnern, als du mir gesagt hast, dass du jetzt einen Mittagsschlaf machen würdest, du standest in dem kleinen Flur vor der Küche und hast über die Schulter zurück zu mir in das Wohnzimmer geguckt und gesagt, dass du jetzt einen Mittagsschlaf machen würdest, ich sehe diesen Blick noch ganz genau, diesen besonderen Blick, der viel mehr war als nur ein Blick, und wie du den Kopf ganz leicht zur Seite gelegt hast dabei, glaubst du, ich habe das nicht bemerkt? Zuerst vielleicht nicht, zuerst habe ich mir nichts dabei gedacht, zuerst habe ich nur »Ja« gesagt,

206

»ist gut, ich warte dann auf dich« und dass ich vielleicht auch ein kleines Schläfchen machen würde, das habe ich gesagt, ich weiß es noch ganz genau, und mir nichts dabei gedacht, erst später, es war bestimmt Wochen später, erst da habe ich deinen Blick richtig verstanden, dann erst habe ich verstanden, was du mir sagen wolltest, ohne dass Oma es hört, so war es doch, oder? Du wolltest nicht, dass Oma etwas davon mitbekommt, weil ein Geheimnis schon genug für sie war, oder? Du wolltest Oma einfach schonen und das habe ich dann ja auch verstanden, ich habe das verstanden und auch, was du mir mit deinem Blick sagen wolltest, aber es hat eine Weile gedauert, gut, manchmal dauert es eben ein bisschen, aber ich habe dir deinen Wunsch ja schließlich erfüllt, oder etwa nicht, habe ich ihn dir etwa nicht erfüllt? Wenn auch mit etwas Verspätung, das musst du verstehen, dass das nicht so schnell ging, manche Wünsche lassen sich nicht im Handumdrehen erfüllen, das weißt du doch, oder, das kennst du doch, dass manche Dinge einfach ihre Zeit brauchen, deshalb solltest du mir keine Vorwürfe machen, entscheidend ist doch nur, dass wir uns nahe sein konnten, weißt du, es hat einfach ein bisschen gedauert, bis ich verstanden habe, wie wichtig dir das war, und auch, dass mir etwas gefehlt hat, obwohl wir uns dann ja jede Woche gesehen haben, trotzdem hat mir etwas gefehlt, und das ist mir so klar geworden durch dich, durch deinen Blick, dass es eben zwei Paar Schuhe sind, sich zu sehen und sich nahe zu sein, das musste ich erst einmal verstehen, darum hat es etwas länger gedauert, weil ich erst verstehen musste, dass du schließlich auch kein kleines Mädchen mehr warst, sondern eine junge Frau, nur hat es eben etwas gedauert, bis ich das kapiert habe, ich war ja schließlich auch nicht aus Pappe, sondern

ein Mann im besten Alter, allein gelassen von deiner Mut-
ter, alleine überhaupt, ein Mann und ein Vater, verstehst
du, warum sollte ich dir diesen Wunsch nicht erfüllen, ein
bisschen war es ja auch mein Wunsch, ein bisschen ganz
bestimmt, du musst auch die Situation sehen, es war ja
keine normale Situation, das war es nun wirklich nicht,
es war eine besondere Situation, eine schwierige Zeit, für
mich war es eine sehr schwierige Zeit und glaube mir, es
hätte nicht viel gefehlt und ich hätte alles hingeworfen,
wirklich, was ich damit meine, willst du wissen, was das
bedeutet: hinwerfen, ich sage es dir, ich sage dir, was bei-
nahe passiert wäre damals, ich sage es dir: ich habe mehr
als einmal daran gedacht, einfach Schluss zu machen, ich
hatte keine Lust mehr, was gab es denn noch, wofür hätte
es sich noch gelohnt zu leben, das habe ich mich damals
mehr als einmal gefragt, das ist mir Nacht für Nacht
durch den Kopf gegangen, als ich nicht schlafen konnte,
verstehst du?

So habe ich mich gefühlt, und erst als du die Idee mit den
wöchentlichen Treffen hattest, dann erst wurde es ein biss-
chen besser, ein bisschen wenigstens, dann gab es plötzlich
wieder eine Perspektive, verstehst du, was ich meine? Ich
habe diesen Anstoß von dir gebraucht, um da wieder her-
auszukommen, du hast mir dabei geholfen und auch des-
halb wollte ich dir deinen Wunsch nicht ausschlagen, des-
halb wollte ich nicht Nein sagen, weil du mir ja schließlich
auch geholfen hast, das muss ich wirklich sagen, du hast
mir da rausgeholfen mit deiner Idee, wie konnte ich da
Nein sagen, das soll mir mal einer erklären, wie das gehen
soll, wenn man sich auch nur ein bisschen verantwortlich
fühlt, geht das nämlich nicht, da kann man nicht einfach
Nein sagen bei so etwas, das geht nicht, nicht, wenn man

sich verantwortlich fühlt und wenn einem jemand wichtig ist, und du, das kannst du mir glauben, du warst mir wirklich wichtig, du warst ja das Einzige, was mir noch geblieben war, und da war es gar keine Frage, sowieso nicht, das war einfach selbstverständlich, und ich weiß ja, wie das ist, wenn man sich einsam fühlt, wie das mit der Sehnsucht ist, das kenne ich ja nur zu gut, wenn man sich wünscht, dass jemand da ist, ganz nahe, nur für einen da ist, ich hab das ja gespürt, diesen Wunsch von dir, und wie du es genossen hast, ganz still bist du gewesen, kein Wort hast du gesagt, hast es einfach nur genossen, dass ich da war, oder? Hast du es nicht genossen, ganz still für dich, ohne Worte, warum reden, es wird ja viel zu viel geredet immerzu, aber wir wussten beide, dass es da nichts zu reden gab, warum auch, wir waren ja da, wir waren zusammen, nur du und ich, wie du es dir gewünscht hast, oder?

Und ich kenne das ja auch, dieses Gefühl, wenn einem etwas unheimlich ist, gerade so etwas, wenn man nicht so richtig weiß, was man sagen soll, das kenne ich ja auch, das habe ich gleich verstanden, dass Worte da nicht hingehörten, nicht in diesem Moment, aber später, später hättest du ruhig mal etwas sagen können, nicht gleich, aber irgendwann einmal, es gab ja Gelegenheit, aber du hast geschwiegen, hast nichts gesagt, bist überhaupt stiller geworden, na ja, wie alle Mädchen in diesem Alter, oder? Irgendwann behält man die Sachen eben lieber für sich, ich verstehe das ja, aber Oma, Oma hat es nicht mehr ausgehalten, sie hat unser Geheimnis einfach nicht mehr ausgehalten, es wurde ihr zu viel, sie war einfach zu ehrlich, deine Oma, sie konnte nicht lügen, nicht auf Dauer jedenfalls, und ihre eigene Tochter zu belügen, das ging *einfach nicht, das konnte nicht gutgehen, ich hätte es wissen müssen, ich auf jeden Fall, es war ja klar, dass es dann so kam, es musste so kommen, aber Oma hätte ja auch mit mir mal ein Wort sprechen können, vielleicht hätten wir eine andere Lösung gefunden, ohne deine Mutter, aber für Oma gab es wohl nur diese Möglichkeit, sie wollte einfach nicht mehr lügen, ich kann das verstehen, auch wenn es ja eigentlich gar keine Lüge war, oder? Auch wenn es ja mehr eine Notlüge war, eigentlich gar keine Lüge, auch keine Notlüge, es war eine Abmachung, ein kleines Geheimnis, wem hat es denn schon geschadet, unser kleines Geheimnis, wem? Deiner Mutter jedenfalls nicht, da bin ich mir ganz sicher, und trotzdem war sie außer sich, du hättest sie erleben sollen, wie sie da vor mir stand und mich beschimpft hat, fast hysterisch, auf jeden Fall sehr laut, ich konnte gar nicht alles verstehen, was sie da gesagt hat, aber dass sie mir mit der Polizei gedroht hat, das habe ich verstanden, stell dir mal vor, mit der Polizei gedroht, wegen unserer Abmachung, wegen unserem kleinen Geheimnis, wie lächerlich das war, so ein Theater wegen einem kleinen Geheimnis, Polizei, das hat sie tatsächlich gesagt, dass sie die Polizei holen würde, dass sie mich anzeigen würde, stell dir das mal vor, anzeigen, mich anzeigen, wegen so etwas, die hätten sie doch ausgelacht bei der Polizei, oder, gelacht hätten sie, und deine Mutter wieder nach Hause geschickt, das habe ich ihr auch gesagt, ich habe ihr gesagt, dass das absolut lächerlich ist, aber sie hat ja gar nicht zugehört, so hysterisch war sie, sie ließ mich nicht einmal ausreden, ich konnte nicht einen Satz zu Ende reden, ich solle meinen Mund halten, hat sie gesagt, ach was sage ich, geschrien hat sie, geschrien, die ganze Zeit, bis ich ihr gesagt habe, dass es jetzt reicht, aber wer weiß, ob sie das überhaupt gehört hat, so wie sie geschrien hat damals, wahrscheinlich hat sie das gar nicht gehört. Und ich habe sie dann einfach an den Schultern gepackt und durch den Flur geschoben, da ist sie dann richtig wütend geworden, du kannst dir das nicht vorstellen. Mit den Fäusten ist sie auf mich los, ja, mit den Fäusten, vollkommen übergeschnappt, so etwas habe ich noch nicht erlebt, wegen so einer Kleinigkeit, verstehst du, ich, aber sie hat sich dann ja auch wieder etwas beruhigt, etwas, nur ein bisschen, genug immerhin, um mir dann noch zu sagen, dass es mit den Besuchen bei Oma vorbei sei, ein für alle Mal, dass ich es mir aussuchen könnte, entweder Polizei oder keine Besuche mehr, gedroht hat sie mir, ja, gedroht, mich anzuzeigen, zur Polizei zu gehen und zum Jugendamt, wenn ich dich auch nur noch einmal heimlich treffen würde, so war es, das hat deine Mutter damals gesagt, damit hat sie mir gedroht, was sollte ich da noch machen, welche Möglichkeit blieb mir da noch, mit unserem Geheimnis, mit unserer Abmachung, ich hatte gar keine andere Wahl, deine Mutter hat mir gar keine andere Wahl gelassen, egal, wie lächerlich das alles auch war, das interessierte niemanden, das wollte niemand wissen, ich hatte mich nicht an die Vereinbarung gehalten, das reichte, mehr hat niemanden interessiert, verstehst du, niemanden, die Sache war ganz klar, ich musste das so hinnehmen, auch wenn ich das nicht richtig fand.*

Ich hätte es gern anders gehabt, deinetwegen, aber ich hatte keine Chance, und die Geschichte ging ja noch weiter, das war ja noch nicht alles, ein paar Tage später stand deine Mutter ja noch einmal vor meiner Tür, und da, da hat sie mir dann gesagt, dass ich mir wohl besser woanders eine Stelle suchen sollte, in eine andere Stadt ziehen, weg

von euch, und zwar so bald wie möglich, stell dir das einmal vor, nur wegen unserem kleinen Geheimnis, weil wir
uns mehr als nur alle zwei Wochen sehen wollten, du und
ich, und dafür mit Oma eine Abmachung hatten, stell dir
das nur mal vor, sie hat mir nicht gedroht mit irgendwas,
nein, sie war ganz ruhig diesmal, hat nicht viel gesagt, nur
das eben, dass ich wegziehen sollte, so schnell wie möglich, möglichst bald und möglichst weit weg, und dass ich
dich in Ruhe lassen sollte, dass du keinen Kontakt zu mir
wolltest, das hat sie auch noch gesagt, dass du mich nicht
sehen wolltest und auch nicht mit mir sprechen, und jedes
Mal, wenn ich angerufen habe, hat sie einfach aufgelegt,
immer war sie am Telefon und immer hat sie gleich aufgelegt, und dann habe ich eben geschrieben, aber du hast
nie geantwortet, keinen einzigen Brief von mir hast du
beantwortet, nicht einen einzigen, da ist doch klar, dass
man dann irgendwann aufhört zu schreiben, oder? Wer
macht das schon, ständig weiterschreiben, wer? Ich habe
es wirklich lange probiert, auch nach dem Umzug, wirklich lange, ich habe sie nicht gezählt, meine Briefe, aber
es waren viele, sehr viele, alle ohne Antwort, da habe ich
dann natürlich irgendwann aufgehört zu schreiben, das
ist doch klar, das würde doch jeder so machen, oder etwa
nicht? Jeder, auch wenn ich es nie verstanden habe, auch
wenn mir das wehgetan hat, aber was sollte ich machen,
ich musste das akzeptieren, es war ja schließlich deine Entscheidung, was hätte ich machen sollen, deine Mutter hat
es so gewollt, deine Mutter hat mich weggeschickt, erst aus
der Wohnung, dann aus der Stadt und aus deinem Leben,
und mehr konnte ich nun mal nicht tun, ich musste das
so akzeptieren, ich hatte keine andere Wahl, verstehst
du, keine andere Wahl, manchmal ist das eben so, da hat

man keine andere Wahl, auch wenn man es gern anders hätte, auch wenn man es anders machen würde, manchmal interessiert das niemanden, verstehst du, niemanden, niemand will wissen, wie etwas war, warum etwas so war, wie es war, warum es so gekommen ist, es interessiert einfach niemanden, was soll man da machen, sag es mir, was?

Kennst du das, dieses Gefühl der Hilflosigkeit, wenn du alles versucht hast, alles, und irgendwann kapierst, dass es nichts mehr zu tun gibt, dass man nichts mehr machen kann, weil es gar keinen Sinn hat, dass es nichts mehr bringt, ganz egal, was du auch machst, es bringt einfach nichts, egal wann und wo und wofür, es bringt einfach nichts, da kann man doch nicht einfach weitermachen, als wäre nichts gewesen, das kann man doch nicht, einfach so weitermachen, sich vielleicht eine blutige Nase holen, man muss das doch irgendwann einmal kapieren, dass es genug ist, wann es genug ist, Schluss, bevor es zu spät ist, meine ich, alles andere wäre doch lächerlich, wie sieht das denn aus, wie lächerlich, man hat ja schließlich auch noch seinen Stolz, das hat ja auch was mit Stolz zu tun und mit Würde, und wenn man sich nicht lächerlich machen will und wenn alles, was man macht, nichts bringt, ja dann hört man doch irgendwann auf damit, oder etwa nicht, dann lässt man es eben, das ist doch völlig normal, das hätte doch jeder so gemacht, jeder, auch du, oder, hättest du das etwa anders gemacht, du?

Du hättest ja einfach nur einmal reagieren müssen, was glaubst du, was dann gewesen wäre, was denkst du, hätte ich dann gemacht, was, ich habe ja nur darauf gewartet, lange, so lange, aber es passierte ja nichts, nichts kam, kein Brief, kein Anruf, kein Wort, nichts, nur Schweigen, immer nur Schweigen, da wird man doch auch

irgendwann still, oder, bei so viel Schweigen, da schweigt
man doch auch irgendwann, was auch soll man da noch
sagen, oder, was sonst soll man da machen, außer viel-
leicht zu verzeihen, den Kindern verzeiht man ja alles,
oder, Verzeihen geht immer, notfalls im Stillen, aber mehr
kann man dann doch wirklich nicht machen, oder, mehr
geht doch wirklich nicht, was sonst kann man nach dem
Verzeihen noch machen, als ebenfalls zu schweigen, sich
fügen, dem Schicksal, sich dem Schicksal fügen, das ist das
Einzige, was man da noch machen kann, wenn man alles
versucht hat, wirklich alles, dann muss man eben irgend-
wann einsehen, dass es nicht weitergeht, oder etwa nicht,
dann ist das Einzige, was man noch machen kann, eben
nichts zu machen.
Nichts.
Oder?

»Da war mal einer«, erzählte sie, fast beiläufig, so, als wäre es etwas Alltägliches und schon deshalb nicht von Bedeutung.

Der Bus bog um die Ecke und würde bald bei ihnen sein, als Anne sagte: »Da war mal einer, und mit dem hätte es was werden können.« Mehr sagte sie nicht, und als Carina begriffen hatte, was sie damit meinte, und nachfragen wollte, öffneten sich bereits zischend die Bustüren. Eine Frau mit Kinderwagen stieg aus, Carina sah die Frau und wie sie sich mühte, und stieg ein, grußlos, und der Bus fuhr an, während Anne, die Hände in den Manteltaschen, zum Abschied leicht den Kopf hob, fast unmerklich und abwesend lächelnd, und dem Bus noch einen Augenblick hinterher sah.

Carina drückte sich tief in einen noch warmen Sitzplatz am Fenster, die Arme verschränkt, als würde sie frieren. Vielleicht würden sie später am Abend noch einmal telefonieren. Vielleicht würde Anne anrufen und diesen Satz noch einmal sagen. Dann, und nur dann, das hatte sich Carina fest vorgenommen, würde sie nachfragen. Doch sie wusste, Anne würde diesen Satz nicht noch einmal wiederholen. Wenn überhaupt, würde sie anrufen und über anderes reden.

Wenn überhaupt.

Seit fast zwei Jahren kannten sich die beiden jungen Frauen, und diese Art von Anne sich mitzuteilen, war vielleicht ein Grund dafür, dass sie nur so etwas *wie*

Freundinnen waren. Eine Zeit lang hatte sich Carina gewünscht, mehr als nur das, als *so etwas wie* zu sein, sie hatte sich sogar eine gemeinsame Wohnung vorgestellt. Doch Anne hielt Sicherheitsabstand. Auf ihre typische lautlose Art blieb sie auf Distanz.

So etwas wie Freundinnen.

Kommilitonin, sagte Anne, »wir studieren zusammen«. Manchmal auch sprach sie von Carina als ihrer Bekannten. Meistens aber sagte sie einfach nur ihren Namen. »Wie können wir Freundinnen sein nach so kurzer Zeit?«, fragte sie, als sie sich schon eine Weile kannten, und es klang fast ein bisschen beleidigt. Ein anderes Mal sagte sie, das Vorwurfsvolle in ihrer Stimme war nicht zu überhören: »Du weißt nichts von mir, wie soll das Freundschaft sein!«, und als Carina antwortete, dass sie ja auch nichts von sich erzähle und dass meistens sie es sei, die rede, wurde Anne wütend und behauptete, dass Carinas Interesse doch sowieso nur gespielt sei und ein Vorwand, um von sich selbst zu erzählen.

Anne war eine Andeuterin, und je bedeutungsvoller ihre Andeutungen waren, desto nebensächlicher kamen sie daher. Auch als sie sich schon länger kannten, als sie schon vertraut hätten sein können, war das so. Oft kam es Carina vor, als wartete Anne nach solchen Andeutungen auf etwas, als wäre ihr Schweigen eine Aufforderung, als wartete sie vielleicht auf eine Frage, eine Frage als Beweis, als Zeichen, für Interesse oder Anteilnahme, und Carina interessierte sich tatsächlich und fragte und allzu oft reagierte Anne gerade dann harsch und zurückweisend, und was blieb, waren wachsende Vorsicht und Fragen nur in Ausnahmen.

Sicherheitsabstand.

Von Annes wöchentlichen Terminen in der Praxis wusste Carina nichts. Nur einmal, als sie Anne fragte, ob sie nicht gemeinsam einen vegetarischen Kochkurs besuchen wollten, erwähnte sie diese Termine. »Da habe ich schon eine Verpflichtung«, sagte Anne, »das ist wichtig und nur an diesem Tag möglich.« Sie sagte Verpflichtung und nicht mehr, und Carina hatte bereits gelernt, dass Antworten am ehesten zu erwarten waren ohne Fragen.

Anne aber erzählte nichts von Dr. Ringsdorff, zu der sie einmal in der Woche ging, immer mittwochs von siebzehn Uhr bis halb sieben. Einen ganzen Nachmittag opferte sie für diese Besuche in der hellen Altbaupraxis und fuhr dafür fast einmal quer durch die ganze Stadt, eine knappe Stunde für den Hin- und noch einmal für den Rückweg. Seit Jahren schon, oft widerwillig und am Anfang auch nur, weil sie es dem Arzt in der Klinik versprochen hatte, um endlich wieder nach Hause zu dürfen, zu ihrem Klavier, zu ihrer Großmutter. Und weil ihre Mutter darauf bestand, nachdem sie die Arme entdeckt und Anne in die Klinik geschickt hatte.

Ein ganzer Nachmittag für neunzig Minuten Fragen, die Anne manchmal nur widerwillig, manchmal auch gar nicht beantwortete. Fragen auch, die Anne, selbst wenn sie es gewollt hätte, gar nicht beantworten konnte, beispielsweise über die Toten, mit denen sie immer wieder einmal sprach. Aber es ging um ihr Leben, das wusste Anne irgendwann, darum, dass sich dieses Leben immer wieder anfühlte wie geliehen und manchmal sogar auch wie nicht einmal das. Es ging um ihr Leben und den einen, mit dem sie sich dieses Leben teilen musste, obwohl er schon lange verschwunden war daraus.

Einmal in der Woche fuhr Anne in die Praxis von Dr. Ringsdorff und manchmal schaffte sie den Weg zurück in ihre Wohnung nur mit Mühe und die Rückfahrt kam ihr vor wie eine Ewigkeit.

Die beiden Frauen hatten sich in der Musikhochschule kennengelernt. Beide hatten sie darauf gewartet, dass ein Übungsraum frei würde, eine Übezelle, wie die kleinen Kammern mit Klavier und nichts an den grauen Betonwänden von den Studenten genannt wurden. Sie saßen ein paar Meter voneinander entfernt auf dem grellfarbenen Flur der Musikhochschule und warteten schweigend auf ein vertrautes Geräusch. Als ganz in ihrer Nähe eine Tür aufging, blieben sie aber sitzen und blickten auf den abgetretenen Teppichboden, bis Carina sich schließlich vom Fußboden hochdrückte, auf die offenstehende Tür zuging und sich noch einmal kurz zu Anne umblickte. »Kaffee oder Chatschaturian?«, fragte sie und Anne lächelte scheu und verzog ein wenig, fast unmerklich den Mund und sagte: »Erst Kaffee« und stand ebenfalls auf.

Sie tranken Kaffee aus dem Automaten und aßen später zusammen in der Mensa lauwarm zu Mittag. Anne redete wenig und aß langsam, bei Carina war es genau andersherum. Normalerweise wäre Anne nach kurzer Zeit aufgestanden und hätte sich unter irgendeinem Vorwand verabschiedet. »Üben« oder »Einkaufen« und beides konnte stimmen oder auch nicht. An diesem Tag aber blieb sie sitzen und hörte erst zu und begann später selbst zu erzählen. Anne erzählte von Frau Meierott und Carina von ihren ersten Stunden und beide von ihren Professoren. Anne erwähnte die hochgebundenen

Haare, die feinen roten Äderchen auf den Wangen, die stickige Luft zwischen den Türen und das rote Licht. Sie sprachen über Stücke, die sie schon gespielt hatten oder noch spielen wollten, ihre ersten Wettbewerbe und wie sie alles Mögliche ausprobiert hatten, um ihr Lampenfieber auszutricksen. Über das mäßige, nie richtig warme Essen in der Mensa und die viel zu wenigen Übezellen. Sie beschwerten sich über den peniblen Hausmeister, der bereits eine halbe Stunde, bevor die Hochschule schließen würde, mit Flackerlicht in den Übezellen auf diese Schließung hinwies und missmutig guckte, wenn mal jemand eine Minute zu spät am Ausgang war. Sie lachten über einen Studenten, der sich einmal in der Hochschule hatte einschließen lassen, um über Nacht eine Komposition fertigzubekommen. Die Frauen vergaßen, dass sie beide eigentlich noch hätten üben müssen, unbedingt, denn am nächsten Tag hatten sie Unterricht und schwierige Stücke in Arbeit.

An diesem Nachmittag ging Anne einen Umweg nach Hause. Erst da fiel ihr auf, wie viel sie geredet hatte. Etwas war anders mit Carina, mit ihr konnte sie sogar lachen, verging die Zeit fast von alleine. Bei Carina dachte sie nicht lange schon vor dem Abschied an die Verrenkungen, die ihn begleiten würden, und daran, wie sich ein nächstes Mal, wie sich eine Verbindlichkeit möglichst vermeiden ließe. Carina hatte sogar ihre Telefonnummer. Dass Anne an diesem Tag nicht weiter an den Klavierstücken geübt hatte, warf einen winzigen Schatten über ihre Freude, und sie fürchtete sich vor dem Unterricht am nächsten Tag. Eine leise, melodielose und gleichermaßen nachdrückliche Stimme erinnerte sie daran, dass schließlich alles seinen Platz haben und in Ordnung sein müsse und dass Unordnung einiges anrichten könne.

Reden war nicht Annes Stärke. Sie wusste oft nicht, was sie erzählen sollte. Daran hätte sich Carina gewöhnen können. Manchmal aber, immer ohne Vorankündigung und erkennbaren Grund, sprach Anne, auf ihre typische, beiläufige Weise von früher, sprach sie Dinge an, die lange schon vorüber waren und gleichzeitig seltsam gegenwärtig, auf eine unheimliche Art gegenwärtig. Carina mochte das nicht und ließ sich dennoch darauf ein und fragte nach, wenn ihr etwas unklar war. »Wenn du so redest«, sagte sie bei solch einem Gespräch einmal, »wenn du so redest, bist du mir unheimlich.«

»Wie rede ich denn?«, fragte Anne, ohne Carina anzuschauen, und als Carina ihr erklärte, dass ihre Stimme sehr scharf und die Antworten sehr kurz seien, sagte Anne: »Du hast mich gefragt. Wenn du die Antwort nicht hören willst, dann frag doch einfach nicht!« Sie drehte dabei die Augen nach oben, ihre Stimme wurde schneidend, ihr Körper spannte sich und blieb bewegungslos. Oft gab es dann nur diesen angespannten Körper und das gleichbleibende Echo einer darin umherirrenden Stimme. Sie beherrschten den Raum und Carina spürte das Bedürfnis, sich zu ducken, und machte sich klein auf ihrem Stuhl, immer kleiner, und suchte nach den richtigen Worten und fand sie nicht.

Daran konnte sich Carina nicht gewöhnen.

Und dann gab es diesen Spaziergang. Einen Spaziergang im Park, bei dem Carina nach Annes Zuhause fragte, und nach dem alles anders war. Sie fragte Anne nach ihrer Familie, nach Eltern und Geschwistern und sie bereute diese Frage sehr bald und fragte nie wieder danach.

»Mein Vater war ein Arsch, ein Vollidiot, ein Versager, was geht dich das überhaupt an, häh, warum willst du das wissen? Willst du mir jetzt wieder erzählen, wie toll das alles bei dir gewesen ist, ja, willst du mir wieder von deinen tollen Eltern erzählen und den Urlauben an der Nordsee, von deinem großen Bruder, der immer auf dich aufgepasst und dir gezeigt hat, wie man aus einem Stück Holz eine Flöte schnitzen kann, willst du mir diesen ganzen Scheiß wieder erzählen?« Und als Carina völlig verwundert fragte, was das denn jetzt solle, sagte Anne mit immer lauter werdender Stimme: »Das ist es doch, was dich überhaupt nur interessiert, deine beschissen tolle Familie, oder, du willst überhaupt nicht wissen, wie es bei mir war, stimmt's, du willst bloß wieder von dir erzählen, von deiner ach so tollen Kindheit, von deiner tollen Klavierlehrerin, von deinen stolzen Eltern nach dem ersten Vorspiel, davon, wie harmonisch und glücklich und überhaupt alles bei euch war, wie gut du es doch hast, aber soll ich dir mal was sagen, willst du mal wissen, wie sehr mich das interessiert, willst du das wirklich wissen? Ich sag es dir: Es interessiert mich einen Scheißdreck, null, verstehst du, es interessiert mich nicht so viel, nämlich gar nicht, das kannst du alles für dich behalten und von mir aus in dein Tagebuch oder sonstwohin schreiben, aber mir brauchst du damit nicht zu kommen, verstehst du, ich will das überhaupt nicht wissen, und weißt du auch, warum ich das nicht wissen will, willst du wissen, warum nicht? Ich sag es dir: Weil es sowieso nicht stimmt, weil es gelogen ist, weil du dir das alles ausgedacht hast, weil es so was gar nicht gibt, so was ach wie Tolles, weil du dir das alles nur ausgedacht hast, um dich aufzuspielen, weil es wahrscheinlich nämlich total beschissen war bei dir zu Hause, vollkommen für den Arsch, weil wahrscheinlich dein toller Vater sich kein bisschen für dich interessiert hat und für deine Mutter wahrscheinlich auch nicht, weil dein Bruder, weil er, weil dein Bruder, ach was rede ich denn hier noch rum, das ist doch lächerlich, lass mich doch einfach in Ruhe, verstehst du, lass mich in Ruhe!« Und noch während dieser letzten Worte drehte sich Anne um und ging in die entgegengesetzte Richtung und Carina blieb stehen, vollkommen perplex, vollkommen stumm, schweigend aus Unfähigkeit zu auch nur einem einzigen Wort, und blickte Anne hinterher, die mit harten kurzen Schritten dem Ausgang des Parks entgegeneilte und bald schon nicht mehr zu sehen war.

Erst wollte Carina ihr folgen, blieb aber schon nach wenigen Schritten wieder stehen, weil sie etwas am Gehen hinderte, etwas Wütendes, etwas, das sich schwor, dies sei die letzte Verabredung gewesen, etwas sehr Aufgebrachtes, ein Schmerz, der nicht wehtat, eine Warnung. Carina hörte noch einmal Annes letzte Sätze und hörte sie nicht, sie sah ein im Zorn entstelltes Gesicht, wie hässlich es doch war, dieses Gesicht, mehr Fratze als über Fleisch gespannte Haut, hässliche, heimatlose Fratze, die zu nichts gehörte, niemandem.

Carina vergrub ihr feuchtes Gesicht in den Händen und schüttelte immer wieder den Kopf, und es dauerte lange, bis ihr Weinen vorüber war, und Carina, noch immer benommen wie nach tiefem Schlaf und verstört, den Park in der einsetzenden Dämmerung verließ. Sie wusste nun, dass Anne niemals ihre Freundin werden, und auch, dass sie niemals erfahren würde, warum genau das so war. Sie wusste außerdem, dass sie Anne nicht danach fragen sollte. Sie wusste hingegen nicht, ob sie die junge Frau von der Musikhochschule noch einmal wiedersehen wollte, wie das gehen sollte, ob es überhaupt ging.

Es ging.

Und war doch anders. Kein Wort der Entschuldigung, kein Wort der Erklärung. Eine Postkarte stattdessen mit einem Motiv von Gustav Klimt und sonst nichts darauf. Sie hätte von irgendwem sein können, doch Carina wusste sofort, wer sie geschickt hatte. Das Motiv eine Frau, seltsam verrenkt, eine Frau jenseits von Schönheit und Hässlichkeit, eine Frau, die, das jedenfalls empfand Carina so, in Töne gesetzt, schreien würde, ein nicht enden wollender, abgrundtiefer, greller Schrei. Eine Frau, deren Lautlosigkeit Carina bekannt vorkam, eine Frau, von der Carina zu gern gewusst hätte, warum sie sich so verrenkte und ob sie das freiwillig tat.

Anne und Carina trafen sich seltener und so gut wie gar nicht mehr bei sich zu Hause oder in einem Café. Sie machten gelegentlich Spaziergänge, vor denen sich Carina noch eine Zeit lang fürchtete und die Anne gern ausdehnte, und sie telefonierten regelmäßig.

Kein Wort über das, was im Park geschehen war, als hätte es diesen Spaziergang und sein plötzliches Ende nie gegeben. Keine Erklärung, kein Versuch, etwas zu erklären, wenigstens zu erklären anstelle einer Entschuldigung, kein Zeichen, dass es nichts zu erklären gab, nicht einmal ein Zeichen der Hilflosigkeit, das mehr als eine Entschuldigung hätte sein können. Nichts, gar nichts. Stunden im Park, eine unerzählte Geschichte, einfach wegradiert, ein weißes Blatt Papier voller Worte, unsichtbar gemacht wie früher die Geheimschrift mit Zitronensaft.

Sie waren nur noch etwas weniger als so etwas wie Freundinnen.

Anne hatte Carina zwar erzählt, dass sie lange bei ihrer Mutter gelebt hatte, sogar noch, als sie zu studieren begann, aber nichts von ihrem Vater. Und also auch nichts von dem Orchestermusiker, der vielleicht ein besserer Pianist hätte werden können und in jedem Fall ein besserer Vater hätte sein müssen. Der eines Tages in eine andere Stadt gezogen war, ohne dass er seiner Tochter davon erzählt hatte, einfach verschwunden war, wie auf der Flucht.

»Was ist mit dir?«, fragte Annes Mutter sie einmal nach einem seiner Besuche sonntags bei der Großmutter und es klang nicht sorgenvoll, »habt ihr euch gestritten?«

»Nein«, antwortete Anne und mehr sagte sie nicht, und ihre Mutter ließ in der kleinen Wohnung die Rollläden herunter und das Schweigen war vollkommen. Beim nächsten Besuch ihres Vaters fragte Annes Großmutter, warum sie so wenig esse, und Anne sagte nur, dass sie Bauschmerzen habe, und die Großmutter schaute sie kurz mit leicht zur Seite geneigtem Kopf an und nickte einige Male langsam und schürzte die Lippen dabei. Bis dahin waren die Besuche ihres Vaters bei der Großmutter für Anne das Schönste überhaupt, und trotzdem schlich sich, als er am Sonntag darauf seinen Besuch absagte, ein anderes, ein unbekanntes Gefühl in ihre erste Traurigkeit. »Das war ja klar«, sagte ihre Mutter nur, »früher oder später musste es so kommen.« »Mal wieder ein Konzert nebenbei«, fügte sie noch an und dass sie den Vater schließlich kenne. Und als seine Absagen sich häuften und seine Entschuldigungen sich wiederholten, sagte Annes Mutter nur, dass ihr das bekannt vorkomme und es langsam genug sei. »Wahrscheinlich hat er sich eine Praktikantin angelacht«, sagte sie und ihre Stimme klang wütend und irgendwie auch triumphierend, und Anne spürte ein schmerzhaftes Ziehen im Bauch und Übelkeit zugleich. »Du musst nicht traurig sein, glaube mir, früher oder später wäre es sowieso so gekommen.« Und als sie noch sagte, die Besuche ihres Vaters bei der Großmutter seien doch ohnehin nur eine Zwischenlösung gewesen, wurde Anne erst ganz still und dann wütend, und während sie die Küche verließ, rief sie mit gepresster, fast hysterischer Stimme: »Du freust dich doch darüber, oder, das hast du dir doch immer gewünscht!«

Die Besuche ihres Vaters sonntags bei der Großmutter wurden erst unregelmäßiger und hörten schließlich ganz auf. Dann verließ er die Stadt, und wenn sie sich wiedersahen, meist in den Schulferien, fiel Anne das Reden oft schwer und war das Weinen so viel einfacher. Alles war so anders, ihr Vater ein anderer, und nach und nach, ohne dass sich Anne wirklich dagegen wehrte, verschwand er aus ihrem Leben und kehrte später, nur ganz langsam, einmal in der Woche für neunzig Minuten, und manchmal auch völlig unerwartet, ohne Voranmeldung dorthin zurück. Und auch in ihre Nächte.

Carina ahnte, dass Anne keinen Freund hatte, und dachte am Anfang, dass sie auf eine bestimmte Art religiös sei und daher ohne Freund, dass sie auf den Richtigen wartete. Als sie sich lange genug für auch solche

Fragen kannten, traute sich Carina schon nicht mehr zu fragen.

Anne wusste aus Andeutungen von Carinas gelegentlichen Liebhabern und äußerte sich, wenn überhaupt, abfällig darüber.

Carina wusste nichts. Bis zu der Bemerkung an der Bushaltestelle tauchten in ihren Gesprächen bei Anne keine Männer auf, und im Nachhinein kam es Carina so vor, als wollte sie mit dieser Bemerkung vor allem zeigen, dass sie durchaus Erfahrung, aber keinen aktuellen Bedarf habe. Dass sie eine Frau sei wie sie und kein Mauerblümchen.

Anne rief am Abend nicht mehr an, natürlich nicht, und da sie sich für Fragen schon zu lange kannten, blieb dieser Eine, den es angeblich gab und mit dem es etwas hätte werden können, Annes Geheimnis. Ein weiteres.

»Da war mal einer und mit dem hätte es was werden können«, hörte Carina während der Busfahrt quer durch die Stadt immer wieder in ihrem Kopf. Sie hörte den Klang dieser Worte, eine Melodie, eine beinahe gleichförmige Melodie, eine gesummte Melodie, die die Worte umwehte wie ein Trauerflor, fast windstill, eine Trauer zu groß für ein Seufzen und zu kostbar für weitere Worte.

Es gab gute Tage und es gab schlechte. Und es gab den Einen, mit dem es was hätte werden können.

An guten Tagen war Anne montagmorgens in der Musikhochschule immer eine der Ersten, wenn es darum ging, sich in die Wochenlisten einzutragen und so feste Übungszeiten zu sichern. Woche für Woche stand sie dafür extra früh auf, sprang, gleich nachdem der Wecker geklingelt hatte, aus dem Bett und war eine halbe Stunde später in der Hochschule. Manchmal aber schaffte sie es nicht rechtzeitig, und die Listen waren dann vollgeschrieben und Anne musste eine Woche lang jeden Tag auf gut Glück versuchen, eine Übezelle zu bekommen. Dafür wartete sie auf dem Flur oft eine Stunde oder länger zwischen seltsam entkörpertem Flüstern und Tuscheln. Klangfetzen, bis zum Geräuschhaften skelettiert.

Schon allein, um diesen unheimlichen Geräuschen zu entgehen, versuchte Anne, montagmorgens immer eine der Ersten zu sein. Geräusche wie in dem Altenheim, in das ihre Großmutter gebracht wurde, mit beinahe achtzig und kerngesund, nur etwas vergesslich, und in dem sie in wenigen Wochen um Jahre alterte und bald schon starb. Annes Mutter hatte den Umzug in das Altenheim lange zuvor beschlossen. »Wenn Oma vergesslich wird, kommt sie in ein Altenheim«, sagte sie bestimmt und ohne zu erklären, was genau sie mit Vergesslichkeit eigentlich meinte. Dabei hatte Anne alles versucht, damit die Großmutter in ihrer Wohnung bleiben konnte. Sie hatte sogar angeboten, sich um sie zu kümmern, sie regelmäßig zu besuchen, den Einkauf zu erledigen und in der Wohnung für Ordnung zu sorgen. Ihre Mutter aber hörte gar nicht zu. »Es wird Zeit, dass Oma aus dieser Wohnung herauskommt«, sagte sie, »in dieser Wohnung ist schon zu viel passiert.«

Es war die Wohnung, die Annes Großvater im Krieg an einem Morgen verlassen hatte, in die er Jahre nach diesem Krieg zurückkehrte und in der er nachts immer wieder kämpfen musste gegen unsichtbare Feinde und eines Tages schließlich starb ohne Kampf. Es war die

Wohnung mit dem Zimmer, in dem ihre Mutter als Kind lebte und das später, wenn Anne ihre Großmutter besuchte, Annes Zimmer wurde mit einem Bild an der Wand von Anne, ihrem Vater und dem Meer. Die Wohnung auch, in der ihr Vater sie besuchte immer sonntags und eines Tages nicht mehr, und Anne wusste lange Zeit nicht, warum, und begann, es zu ahnen lange Zeit später und nur nach unzähligen, aufdringlichen Fragen im Wochentakt und quälenden unerwünschten Antworten ohne Rhythmus und vor allem in der Nacht. Eine Wohnung, die für Anne, nachdem sie sie eine Zeit lang gar nicht und irgendwann nur widerwillig für neunzig Minuten in der Praxis von Dr. Ringsdorff oder ihren Träumen betrat, immer die Wohnung ihrer Großmutter bleiben sollte, ganz gleich, was ihre Mutter über sie erzählte. Über die Wohnung und über die Großmutter.

Es war die Wohnung ihrer Großmutter und würde das immer bleiben, und es fühlte sich nicht richtig an, die Oma woanders hinzubringen, ganz gleich, welche Geschichten sie vielleicht auch über diese Wohnung erzählen könnte.

An schlechten Tagen gab es keinen Morgen, an dem Anne hätte aufstehen können, um rechtzeitig in der Musikhochschule zu sein, an schlechten Tagen schaffte sie es nicht, den Gespenstern zu entkommen, die aus ihren Träumen hinüberkrochen in die andere, die leere Zeit und Anne nicht fortließen aus ihrem nächtlichen Nirgendwo. Anne lag in ihrem Bett, zusammengekauert, zitternd trotz unzähliger Decken, unfähig zu denken, unfähig zu fühlen, unfähig zu trauern und unfähig zu weinen. Unbeweglich wie eine Tote im offenen

Sarg, mit Blumen auf dem schneeweißen Leichenhemd. Ein Körper mumiengleich, bewegungslos, Geruch von früher, ein Geruch, Gerüche, Balsam vertrocknet, muffig, leise knisternd bei jeder Regung, feine Risse, große Risse, ein Aufplatzen, alles, was sich regt, jede Regung, wächst sich aus zum Schmerz. Keine Tränen. Anne existierte nicht mehr.

Schutz verjährt, Schuld nicht, niemals, die Großmutter lebendig begraben und dann tot, der eigene Körper versehrt, eine Wunde, aus der Früher fließt, eitrig, blutig.

Oft waren diese schlechten Tage Donnerstage und immer wieder auch Tag und Nacht eins. Die schlechten Tage waren ein Grund, warum Anne aus der kleinen, lichtlosen Wohnung ihrer Mutter auszog. Schlechte Tage wurden in dieser Wohnung nicht besser und manchmal sogar schlechter. Da Anne ihrer Mutter, bis auf ein einziges Mal, nichts von dem erzählte, was sie mit Dr. Ringsdorff in der Altbaupraxis besprach, konnte sie ihrer Mutter auch nicht erklären, dass schlechte Tage keinen Anfang hatten und kein Ende. Nachdem sie ihre Mutter einmal nach einem Besuch bei Dr. Ringsdorff gefragt hatte, warum denn ihr Vater eines Tages, ohne ihr davon zu erzählen, in eine andere Stadt gezogen sei, und ihre Mutter nur antwortete, dass sie das doch nun schon ausführlich erklärt hätte, beschloss Anne, fortan keine Fragen mehr zu stellen. »Darüber haben wir doch nun wirklich schon oft genug gesprochen«, sagte ihre Mutter mit leiser, körperloser Stimme, und Anne hatte das Gefühl, dass sich die kleine lichtlose Wohnung zusammenzog, als würde die Luft aus ihr herausgelassen, krümmte sich vornüber und floh in ihr Zimmer, wo sie ruckartig die Rollläden nach oben zog, das Fenster öffnete und sich dem Abendlicht entgegenstreckte, als wäre es ein Meer aus Atem.

Auch wenn ihre Mutter das nicht richtig fand, zog Anne bald schon in eine eigene Einzimmerwohnung mit Platz für ein paar Möbel und ihr Klavier. »Ich kann hier in Ruhe üben, ohne dich zu stören«, erklärte Anne ihrer Mutter, die das ebenso wenig verstehen wollte wie Annes immer seltener werdende Besuche und Telefonanrufe. »Du hast doch alles hier, was du brauchst«, sagte ihre Mutter und dass doch genug Platz sei in ihrer Wohnung für sie beide.

Den Einen, der da mal war und mit dem es was hätte werden können, traf Anne im Fitnessstudio. Zweimal in der Woche ging sie dorthin, ihr Klavierprofessor hatte ihr dringend dazu geraten.

»Ihre Haltung ist eine Katastrophe«, sagte er, »ein Wunder, dass Sie bei diesem schwachen Rücken keine ernsthaften Beschwerden haben!«

Dass ihr Rücken oft schmerzte und manchmal wehtat bei jedem Schritt, hatte Anne ihrem Klavierprofessor nicht anvertraut aus Furcht, er würde sie mit diesem Makel nicht mehr unterrichten wollen oder zumindest von ihr verlangen, erst die Ursache der Schmerzen zu beseitigen. Sie kamen ohne erkennbaren Grund, aus dem Nichts, ohne Vorankündigung, waren plötzlich da. Dann hatte Anne das Gefühl, als würde jede Muskelfaser ihres Rückens gleichzeitig in eine andere Richtung gezogen und als wäre dieses Ziehen ein gnadenloser Kampf. Fast immer wachte Anne morgens mit diesem Gefühl auf, das sie den ganzen Tag begleitete und in einen Schmerz überging, der ihre Wirbelsäule entlang nach oben stieg und meist gegen Abend erst den Nacken und dann den Kopf erreichte. Manchmal konnte sie kaum gehen, so stark und allgegenwärtig waren diese Schmerzen, und Anne beugte ihren Oberkörper leicht vornüber wie eine alte Frau, weil sie glaubte, sie so besser verteilen und somit lindern zu können.

Wenigstens war sie, kurz nachdem ihr Klavierprofessor ihr geraten hatte, ihren Rücken in einem Fitnessstudio zu trainieren, zu einem Arzt gegangen, der ihr ebenfalls riet, etwas für die Rückenmuskulatur zu tun, und ein Fitnessstudio ganz in der Nähe empfahl. »Ich kann Ihnen dafür auch ein Rezept aufschreiben, dann übernimmt das wahrscheinlich die Kasse«, sagte der Arzt, ohne Annes Rücken richtig zu untersuchen oder sie nach möglichen Ursachen zu fragen. »Ich glaube nicht, dass es etwas Ernsthaftes ist«, sagte er auch noch, während er erst seinen Rezeptblock und dann eine Karteikarte beschrieb. »Zwölf Mal, ich glaube, das Studio akzeptiert das Rezept, ansonsten müssen Sie zur Physiotherapie.«

Anne telefonierte mit dem Fitnessstudio und trainierte bald darauf stets im langärmeligen Sweatshirt zweimal in der Woche auf Rezept ihren degenerierten Muskelapparat an Geräten, die ihr immer ein wenig unheimlich blieben. Immerhin, es half. Als das Rezept aufgebraucht war, wurde sie Mitglied zum Studententarif und belegte zusätzlich einen Kurs. Und immerhin auch lernte sie dort den Einen kennen, mit dem es etwas hätte werden können.

»Neu hier?«, fragte er, als Anne gerade mit ihrer Runde fertig war. Sie hatte erst zum dritten Mal selbstständig trainiert und ihn nach dem letzten Gerät auf dem Weg zum Ausgang beinahe umgerannt.

»Nein«, log sie und drehte sich um und wollte weitergehen, »warum?«

»Du siehst auch nicht so aus«, sagte er und grinste, und Annes fand ihn und sein Grinsen unsympathisch.

»Wie sieht man denn aus, wenn man neu ist?«, fragte sie trotzdem.

»Man merkt einfach, dass du schon Routine hast«, sagte er.

»Aha«, antwortete Anne und war fest entschlossen, die Trainingsfläche und gleich darauf das Studio zu verlassen.

»Ich bin Jann«, sagte er und reichte ihr die Hand.

Bei ihrem nächsten Training sah sie ihn sofort und tat so, als würde sie ihn nicht sehen, und überrascht, als er sie begrüßte.

»Na, wieder fleißig?«, sagte Jann und grinste. Er war mehr als einen Kopf größer als Anne und hatte ziemlich breite Schultern. Anne hat sich bereits beim letzten Mal gefragt, ob diese Schultern wohl immer schon so kräftig gewesen oder das Ergebnis konsequenten Trainings seien.

»Ohne Disziplin geht es nicht«, antwortete Anne auf Janns Frage, warum sie so ernst aussehe beim Training.

»Es muss Spaß machen«, sagte er, »das ist das Wichtigste.«

»Ich bin aber nicht zum Spaß hier.«

»Sondern?«

Anne erzählte ihm von ihren Rückenschmerzen und nichts vom Klavierspielen.

»Trotzdem: Ohne Spaß bringt es nur halb so viel.«

Jann lud sie zu einem Getränk ein und Anne sagte nicht Nein und sie kamen ins Gespräch, bei dem Anne nicht viel und meistens nur auf Nachfragen redete. Jann erzählte viel von Sport und warum er ins Fitnessstudio gehe und wie er versuche, das Training spielerisch anzugehen, wenn ihm Lust oder Motivation fehlten.

Die erste Einladung zum Essen schlug Anne aus mit einer fadenscheinigen Begründung, und beim zweiten Mal sagte sie zu und war fest entschlossen, nach spätestens eineinhalb Stunden wieder zu gehen. Jann war überrascht, als Anne ihm erklärte, dass sie Vegetarierin sei und Fleisch auf gar keinen Fall und Fisch nur in Ausnahmen esse.

Weil es kein vegetarisches Gericht gab, bestellte Jann für Anne eine Gemüseplatte und ärgerte sich über den lieblos zusammengestellten Teller mit Kartoffeln, ein paar Möhren, Bohnen, Broccoli und Blumenkohl. Er wurde sauer, als Anne ihm erzählte, dass das Gemüse zerkocht und zum Teil aus der Dose sei, und beschwerte sich bei der Bedienung. Anne war sich sicher, dass Janns breite, kräftige Schultern Eindruck machten, doch die Bedienung war ganz und gar nicht beeindruckt, sondern professionell höflich. Sie sagte, dass sie bei Nachfrage selbstverständlich auf das Dosengemüse hingewiesen hätte und dass es ihr leidtue. Als Anne von der Toilette zurückkam und nach frisch geputzten Zähnen roch, sagte Jann: »Komm, lass uns gehen!«

Auf dem Weg zum Auto hatte er sich noch immer nicht beruhigt, und als Anne sagte, dass es doch nicht so schlimm sei, und fragte, warum er so schnell aufgegeben habe, wo es ihn doch offensichtlich so sehr geärgert hätte, antwortete Jann: »Hast du nicht gemerkt, wie egal es der Bedienung war, da hätte ich doch noch so viel reden können!«

»Ich mache mir gar nicht so viel aus Essen«, sagte Anne und »vielleicht ein anderes Mal« auf Janns Frage, ob sie noch mit zu ihm kommen wolle. Sie reichte ihm zum Abschied die Hand und sagte »Vielen Dank, das war ein schöner Abend!« und stieg aus und drehte sich noch einmal kurz um, bevor sie die Haustür aufschloss und im Treppenhaus verschwand. Irgendjemand im Haus kochte das Sonntagsessen vor und es roch nach Braten und Anne spürte Brechreiz und nahm zwei Treppenstufen auf einmal. Sie schlief unruhig in dieser Nacht nach ihrem ersten Essen mit dem Einen, mit dem es etwas hätte werden können. Obwohl es andere Träume waren als sonst, folgte den wild durcheinander-gewirbelten Bildern ein schlechter Tag.

Die Vorstellung, seine Wohnung zu betreten, be-unruhigte Anne, und als sie dann tatsächlich in dem langen Flur stand, von dem zu jeder Seite jeweils zwei Türen abgingen, klopfte ihr Herz auf eine Weise, wie es noch nie geklopft hatte. Anne war auf eine seltsame Art erregt, und diese Erregung hatte nichts zu tun mit dem, was normalerweise kommen würde. An das, was normalerweise kommen würde, dachte Anne in keinem Augenblick. Dieser erste kurze Moment in Janns Woh-nung war angefüllt mit dem Gefühl, etwas Verbotenes zu tun, vom Knarzen der Holzdielen und dem Geruch nach frisch geöltem Holz.

Bei ihrem dritten Besuch blieb Anne bis zum nächs-ten Morgen. Etwas sagte ihr, dass es an der Zeit war.

»Stört dich irgendetwas?«, fragte Jann, als Anne ihn bat, das Licht auszumachen.

»Nein«, antwortete sie, »es ist nur viel gemütlicher so«, und sie zog die Bettdecke bis über ihre Köpfe und versuchte ein Kichern. Als Jann sich zu ihr drehte, spürte Anne etwas Hartes an ihrer Seite, und ihr Körper begann, sich anzuspannen wie bei einem Raubtier kurz vor dem Sprung, und erstarrte.

»Was ist mit dir?«, wollte Jann wissen, »habe ich etwas falsch gemacht?«

»Nein«, flüsterte Anne, »ich habe es mir doch gewünscht«, und ihre Hand suchte das Harte und umschloss es und ihre Worte waren ehrlich in diesem Augenblick und das Umschließen war es auch. Eine Bewegung unbeholfen und wie auswendig gelernt. Erinnerung anstelle von Verlangen.

Nur ganz langsam kehrte so etwas wie Weichheit in Annes Körper zurück, nur ganz langsam und nur so etwas wie.

»Ist es das erste Mal für dich?«

»Nein«, antwortete Anne und ihre Hand schloss sich fester um das Harte und Jann sagte »Vorsichtig!«, und als Anne ihren Griff lockerte und die Hand vorsichtig bewegte, begann er leise zu stöhnen und sie zu küssen, und sein Körper bewegte sich dabei und das Harte in Annes Hand bewegte sich auch.

Nur Anne, Anne bewegte sich nicht. Ihr Körper drückte sich tief in die Matratze, weg von ihm, hin zu ihm. Ein Vor und Zurück wie im Kampf, ein ungleicher Kampf, dominiert von der Unterlegenen. Jann wollte fragen, ob alles in Ordnung sei, aber er war bereits ein Anderer, ein Kämpfender. Einer, der keine Fragen stellte. Einer, der etwas tat, das er nicht wollte und das er noch nie getan hatte. Der das nur tat, weil es so sein musste. Janns Griff um Annes Körper wurde fester, je mehr sie sich wand, und seine Hände gruben sich immer tiefer in ihr Fleisch und er merkte nicht, wie er es verletzte und Spuren hinterließ. Es passierte ohne Absicht, wie von alleine, und fühlte sich für Anne in diesem Augenblick genau richtig an. Es gab nur diesen Augenblick, dieses Jetzt. Nur dieses eine. Und nur diese Körper. Ihre Körper. Es war genau das, was Anne wollte, was sie sich wünschte, ohne zu wissen, dass dieser Wunsch zu ihr gehörte. Ohne dass sie ihn jemals würde aussprechen können.

Jetztkörper.

Fremdkörper.

Anne setzte alles außer Kraft und es schien richtig so. So und nicht anders. So sollte es sein.

Ihre Körper rieben sich aneinander, suchten und befreiten sich, umklammerten und stießen sich voneinander ab, umgeben von nichts als Früher und seltsam verrenkten, erstickten Worten. Jann spürte die Gewalt seiner Hände schon lange nicht mehr, wie sie Annes Körper verletzten, den versehrten, immer weiter verletzten, diesen sich ekstatisch biegenden, sich krümmenden und wieder aufrichtenden Körper, übersät mit roten Striemen und weit entfernt von einem Ende. Ein blutloser Kampf.

Es war aber kein Blut, das Anne spürte, als Janns Bewegungen langsamer wurden und schließlich aufhörten. Anne wollte das nicht, doch sie wusste, dass es so sein musste.

Sie lagen schweigend nebeneinander, und als das Schweigen vorüber war, blieben sie sprachlos.

Etwas Feuchtes in ihrem Schritt erinnerte Anne daran, dass es Zeit wäre für eine Dusche. Alles musste schließlich seine Ordnung haben. Aber Anne blieb liegen und lauschte dem regelmäßigen Atem von dem Einen, mit dem es etwas hätte werden können.

»Schläfst du?«, fragte sie später leise und streifte sich rasch ihr langärmeliges Shirt über.

»Nein«, antwortete er und lachte ebenso leise und verschränkte die Arme unter seinem Kopf. Obwohl Janns Blick sich irgendwo über ihnen in der Ferne verlor, fühlte sich Anne ihm nahe.

»Lass uns ans Meer fahren«, schlug er am nächsten Morgen vor, »ich kenne ein Hotel, gar nicht teuer und sehr gemütlich. In etwas mehr als zwei Stunden sind wir da!«

»Ich muss üben«, sagte Anne und wusste, dass es eine Lüge war. Sie wusste aber auch, dass sie, wenn überhaupt, nur alleine und niemals mit ihm ans Meer fahren konnte. Nicht an das Meer, an dieses nicht, an gar keines wahrscheinlich.

»Vielleicht ein anderes Mal, ja?«, sagte sie. »Oder noch viel lieber ins Gebirge. Ich liebe das Gebirge!«

Es störte sie nicht, dass Jann einige Jahre älter war. Im Gegenteil. Mit Männern in ihrem Alter konnte sie meistens nichts anfangen. Männer in ihrem Alter waren Jungs und Jungs waren zum Spielen und Anne spielte nicht.

Was sie aber störte, wirklich störte, war, dass er bestimmte Dinge nicht verstehen konnte. Wie beispielsweise das mit dem langärmeligen Shirt beim Training. »Bei kurzen Ärmeln werden meine Hände kalt«, versuchte Anne eine Erklärung, »und das ist nicht gut fürs Klavierspielen.« Jann aber konnte das nicht verstehen. »Wenn du trainierst, werden deine Hände doch warm, spätestens dann.« Anne glaubte, dass er das gar nicht verstehen wollte. Genauso wie das mit dem Fleisch.

Zuerst war ihr das nicht aufgefallen. Obwohl Jann schon beim ersten Essengehen komisch reagierte, als

Anne erzählte, dass sie kein Fleisch aß. »Es schmeckt mir einfach nicht«, sagte sie, »mir wird schlecht davon, manchmal sogar, wenn ich es nur rieche.« Jann konnte das nicht nachvollziehen. »Aber es ist gesund«, sagte er, »der Körper braucht Fleisch.«

»Mein Körper braucht es nicht«, erwiderte Anne und zählte ihr Lieblingsgemüse auf.

Für manche Dinge, fand Anne, gab es Erklärungen, für manche nicht. Manchmal auch hatte sie einfach keine Lust, irgendetwas zu erklären. Und manche Dinge waren einfach so, wie sie waren, egal, ob mit oder ohne Erklärung.

Jann machte am Wochenende gerne einen Mittagsschlaf. Selbst wenn er morgens lange geschlafen hatte. »Dann kann ich ja auch gehen«, sagte Anne und Jann sah sie irritiert an und fragte: »Warum bleibst du nicht einfach oder legst dich dazu?«

Anne wollte nicht erklären müssen, warum sie nicht einfach bleiben würde, und sie konnte nicht erklären, warum sie nun einmal nicht müde war. »Keine Ahnung!«, sagte sie. »Ich habe noch nie Mittagsschlaf gemacht, ich bin einfach nicht müde!«, und als sie einen Spaziergang machte, während Jann schlief, führte sie Selbstgespräche und bemerkte die verwunderten Blicke der anderen nicht.

Eines Tages, es war ein schlechter Tag, wusste Anne, dass es mit dem Einen nichts werden würde. Nichts werden konnte.

Eigentlich wusste sie es schon länger. Seit dieser Sache im Fitnessstudio. Im Nachhinein wusste Anne, dass sie damals schon einen Schlussstrich hätte ziehen müssen.

Wie er sich da benommen hatte, sagte eigentlich schon alles über ihn. Wie er da stand, an der Theke im Eingangsbereich, den Ellbogen lässig aufgestützt und einen Eiweißshake in der Hand. Wie er sich mit der dunkelhaarigen Trainerin unterhielt und offenbar großartig amüsierte. Wie oft hatte Anne zu ihm geschaut und er, er hatte nicht einmal zurückgeschaut. Auch nicht gegrüßt, von einem Lächeln ganz zu schweigen. Dabei wusste er genau, dass Anne am Spätnachmittag kommen würde. Sie hatten noch kurz davor darüber gesprochen. Aber er war offenbar viel zu beschäftigt. Erst als sie sich beinahe die Hand gequetscht, als sich die Sitzfläche einfach so aus ihrer Halterung gelöst hatte und mit einem Riesenscheppern ganz knapp neben ihrer Hand auf das Metall schlug, da erst schaute er herüber. Ein blödsinniges Grinsen im Gesicht und den Eiweißshake in der Hand. Was hätte ihr nicht alles passieren können? Es interessierte ihn offenbar gar nicht, dass Annes Hand gerade nur knapp einer Katastrophe entgangen war, dass Annes Laufbahn als Pianistin hätte zu Ende sein können. Er kam ihr auch nicht zu Hilfe, machte nicht einmal Andeutungen. Wie, bitte schön, hätte es mit so einem etwas werden können?

Und Anne hätte es sogar noch viel früher wissen können. Schon als er sie zum zweiten Mal hatte warten lassen, hätte ihr klar sein müssen, dass es mit so einem nichts werden konnte. Beim ersten Mal waren es nur zehn Minuten gewesen, zehn lange Minuten. Beim nächsten Mal kam er gar nicht. »Ein wichtiger Termin«, entschuldigte er sich hinterher, »und ich konnte nicht raus. Es tut mir leid!«

»Vergessen«, wusste hingegen Anne, »einfach vergessen!«

So wie sie es bald schon wissen würde, dass es mit dem Einen nichts werden würde.

Sie suchte sich ein neues Fitnessstudio am anderen Ende der Stadt. Dort, wo sie ihm niemals wiederbegegnen müsste. Dem Einen, mit dem es etwas hätte werden können.

»Ich schulde dir eine Erklärung!«, sagte Anne.

Sie hatte ihn oft geübt, diesen einen Satz, den ersten. Hatte versucht, sich vorzustellen, wie das sein würde, ein Wiedersehen nach so langer Zeit. Anne hatte lange nach einem ersten Satz gesucht, dem wichtigsten, einem, der nichts zerstören, der sich stattdessen wie ein Netz unter all die Jahre spannen würde und sämtliche Möglichkeiten ließe. Sie hatte Sätze ausprobiert und wieder verworfen. Viele sofort, manche nach kurzer Zeit. Nur ganz wenige überlebten. Bei einem war sie sich sicher, dass er der richtige sei. Und bei dem blieb es dann: »Ich schulde dir eine Erklärung!«

Anne hatte erst viele und dann immer wieder diesen einen Satz ausprobiert und sich zugeschaut dabei. Sie band die Haare zu einem Zopf, mit einer Spange oder nur einem Gummi, oder ließ sie offen und lässig über ihre Schultern fallen und versuchte ein sorgloses Gesicht dazu, ein unbeschwertes. Sie hatte sich Antworten vorgestellt und Gesten und ihre eigenen Reaktionen darauf. Wie oft hatte sie sich vor den Spiegel im schmalen Flur ihrer kleinen Wohnung gestellt und alles schon einmal durchgespielt. In immer wieder neuen Verkleidungen. Thema mit Variationen. Ein Musikstück.

Auch vor dem Haus hatte sie schon einige Male gestanden, hatte Namensschilder studiert und den Namen gefunden, unverändert, hinaufgeschaut in den zweiten Stock und sich vorgestellt, wie es hinter den beiden dunklen Fenstern aussehen, ob es so wie früher sein würde. Sie hatte den Klingelknopf neben dem Namensschild berührt und sich gefürchtet, ihn zu drücken, als wäre so ein Drücken Ende und Anfang zugleich und als gäbe es kein Zurück mehr. Anne kannte das von ihren wöchentlichen Besuchen bei Dr. Ringsdorff, gerade bei den ersten Malen. Das Gefühl, mit dem Drücken des Klingelknopfs einen Mechanismus in Gang zu setzen, der nicht mehr aufzuhalten war. Nicht wie früher bei Frau Meierott, als durch das Drücken eine rote Lampe neben dem Stuhl ihrer Klavierlehrerin aufleuchtete. Oder bei ihrer Großmutter, wo unten an der Haustür immer Freude den verwitterten, wackeligen Klingelknopf gegen eine unsichtbare Feder drückte, oft auch mehrmals kurz hintereinander, die Freude auf den weichen Bauch ihrer Großmutter und das Lachen ihres Vaters. Nicht so ein lautloser, unsichtbarer Mechanismus und auch kein vorhersehbarer, die beide immer auch ein Umkehren gestatteten. Ein Mechanismus vielmehr wie beim Öffnen einer Falltür, genau da, wo man stand oder nach nur wenigen Schritten sein würde, könnte. Ein langes, unaufhaltsames Fallen ohne Ende, zufällig und ohne Wenn und Aber.

Es blieb zunächst bei diesen Berührungen. Immer wieder hielt irgendetwas Anne zurück, fehlte eine Winzigkeit und manchmal auch nur so etwas wie Kraft. Anne wollte ganz sicher sein, auf alles vorbereitet. Und dann, als sie so weit war, passierte nichts. Als sie nach etlichen vergeblichen Versuchen tatsächlich geklingelt hatte, tat sich nichts, war kein Summen zu hören, öffnete sich keine Tür und auch kein Fenster. Nichts tat sich im zweiten Stock.

Darauf war Anne nicht vorbereitet, für ein Nichts hatte sie keinen Plan und auch keine Erklärung außer die, dass sie unerwünscht sei. Noch einmal vergingen Wochen, mit neuen ausprobierten ersten Sätzen und Frisuren und Körperhaltungen und Hosen und Kleidern, noch einmal gab es Vor und Zurück, vielleicht und besser nicht. Schließlich aber hörte Anne das Summen an der der Haustür und drückte sie mit einem leisen Klicken auf und ging langsam, Stufe für Stufe und die Hand am glattgeriebenen, glänzenden Holzgeländer hinauf bis in den zweiten Stock. Dort klingelte sie noch einmal und wartete und spürte, wie ihr Herz klopfte, wie der Atem immer flacher und ihr Mund trocken wurde.

Anne hatte das Sprechen nicht gelernt. Dieses Sprechen. Anne hatte es immer wieder einmal probiert, als Kind, als Mädchen, als junge Frau. Aber ihr Sprechenwollen hatte immer nur alles durcheinandergebracht, in Unordnung. Ganz gleich, was am Anfang stand von so einem Sprechen, ob es eine Frage war oder eine Feststellung, ein Erzählen auch nur. Fast immer fühlten sich ihre Versuche falsch an. Einmal, als Anne noch in der Wohnung mit den großen Fenstern und dem knarrigen Holzfußboden lebte, hörte sie ihre Eltern sprechen. Anne war aufgewacht an einem Abend und hörte aus dem Wohnzimmer die Stimmen ihrer Eltern. Wie sie über sie sprachen, »das Kind«. Anne hörte die Stimme ihrer Mutter, wie sie sie noch nie gehört hatte und als würde sie zu einem Fremden sprechen. Und ihren Vater hörte Anne irgendwann gar nicht mehr. Worte. Schweigen. Stille. Lange konnte Anne an diesem Abend nicht einschlafen und immer wieder wurde sie wach in der Nacht. Am nächsten Morgen dann war nichts mehr so, wie sie es kannte, war nichts mehr an seinem Platz.

In der kleinen, lichtlosen Wohnung hatte das Sprechen gar keinen Platz. In der kleinen, lichtlosen Wohnung war fast immer Schweigen. Je dringender Anne eine Antwort oder auch nur ein Sprechen gebraucht hätte, desto undurchdringlicher war dieses Schweigen.

Sie hatte mit vielem gerechnet, als sie im zweiten Stock auf das Öffnen der Wohnungstür wartete, nicht aber damit. Obwohl so vertraut, war Anne das am nächsten Liegende nicht in den Sinn gekommen.

Stille.

»Ich schulde dir eine Erklärung.«

Das Schweigen von gegenüber wie ein Überfall.

Ein knappes »Ja!« oder »Wofür?« hätte es leichter gemacht, wäre eine Einladung gewesen, zumindest eine Aufforderung, selbst ein Räuspern oder leichtes Husten hätte ein Anfang sein können. Doch zwischen ihnen war nur Stille. Kilometerlange Stille. Und ein Gesicht aus Porzellan.

Perfektes Schweigen.

»Kann ich reinkommen?«, fragte Anne gerade noch rechtzeitig vor dem Ende einer Ewigkeit und war erleichtert über diese Frage und als sie hörte: »Wenn du willst.«

»Es ist nur so«, sagte Anne etwas später und spielte mit dem Glas in ihren Händen und verschüttete beinahe das Wasser. »Es ist«, sagte sie und stockte, »es ist nur so, dass ich wahrscheinlich nicht mehr lange leben werde.« Es klang fast beiläufig, aber ganz und gar nicht so, als wäre es etwas Alltägliches und nicht von

Bedeutung. Es klang nach jemandem, der angefangen hatte, das Sprechen zu lernen.

»Du schuldest mir nichts«, hörte Anne von gegenüber. Von der anderen Seite des Tisches. Keine Fragen. »Nicht mehr.«

»Es ist sehr kompliziert.«

»Ich weiß. Es ist lange her. Damals dachte ich, du schuldest mir eine Erklärung, und habe darauf gewartet. Aber das ist lange her. Du schuldest mir nichts.«

»Ich würde dir gern die Geschichte erzählen.«

»Warum kommst du, nach so langer Zeit? Was willst du?«

»Dir sagen, dass es mir leidtut.«

»Das alles ist so lange her!«

»Für mich nicht!«

»Es ist nicht mehr wichtig, verstehst du!«

»Für mich schon!«

»Damals war es wichtig für mich. Damals hat es mir wehgetan, dein Verhalten. Ich habe das nie verstanden. Aber das ist Vergangenheit. Es ist nicht mehr wichtig.«

»Wir waren befreundet.«

»Ich wäre gern deine Freundin gewesen. Aber du hast es nicht zugelassen.«

»Wir waren auf dem Weg dorthin.«

»Auf dem Weg? Nicht einen Schritt hatten wir gemacht. Du wolltest meine Freundschaft nicht.«

»Willst du sie hören?«

»Was hören?«

»Die Geschichte.«

»Welche Geschichte?«

»Von ihm. Ich würde sie dir gern erzählen.«

»Von wem?«

»Von dem Einen, mit dem es etwas hätte werden können.«

Es war wie damals. Anne konnte reden. Mit ihr konnte sie es, und Anne fragte sich, warum es aufgehört und warum sie Carina diese Geschichte nicht schon damals erzählt hatte. Diese Geschichte, andere Geschichten. Warum eigentlich?

Es war schon dunkel, als Anne die Treppenstufen hinunterstieg, eine Hand am glattgeriebenen, glänzenden Holzgeländer und in Gedanken in dieser Wohnung im zweiten Stock, in der Carina an ihrem Küchentisch saß, aufgelöst und den Tränen nahe, und sich erinnerte und Bildern hinterherschaute, heimatlosen. Gespenstisch nah rückten sie an sie heran und mit ihnen so etwas wie Schweigen.

Es war gut, dachte Anne und entschloss sich, eine, wenn nicht sogar zwei Stationen durch die spätsommerliche Nacht zu laufen und erst dann in den Bus zu steigen. Jetzt weiß ich, dass es richtig war, dachte sie, als sie nach fast zwei Stunden zu Fuß von der Oststadt bis zu ihrer kleinen Wohnung im Südwesten die Haustür aufschloss. Anne wusste auch, dass ihre Geschichte nun so gut wie zu Ende erzählt war.

»Es ist kurz vor Mitternacht«, flüsterte sie und öffnete die Wohnungstür.

Hilfe, Beratung und Informationen im Zusammenhang mit Missbrauch und Gewalt gibt es bei folgenden Stellen:

- *Unabhängige Kommission zur Aufarbeitung sexuellen Kindesmissbrauch* mit dem anonymen und kostenfreien Infotelefon 0800 40 300 40 (www.aufarbeitungskommission.de)
- *Hilfeportal sexueller Missbrauch* mit dem anonymen und kostenfreien Infotelefon 0800 22 55 530 (www.hilfe-portal-missbrauch.de)
- *Unabhängige Beauftragte für Fragen des sexuellen Missbrauchs (UBSKM)* vom Bund (www.beauftragte-missbrauch.de)
- *Deutsche Gesellschaft für Prävention und Intervention bei Kindesmisshandlung, -vernachlässigung und sexualisierter Gewalt e. V. (DGfPI)* (www.dgfpi.de)

Zitatnachweis S. 7: Édouard Louis, *Das Ende von Eddy*, in der Übersetzung von Hinrich Schmidt-Henkel, © 2015, S. Fischer Verlag GmbH, Frankfurt am Main

Vita

Gert Deppe, geboren 1964, studierte zunächst Musik in Hannover. Nach einem guten Jahrzehnt reger Konzerttätigkeit mit unterschiedlichen Vokalensembles widmete er sich seiner zweiten Leidenschaft, dem Schreiben. Seit Beendigung eines Volontariats 2001 bei der *Hannoverschen Allgemeinen Zeitung* arbeitet er als freier Journalist und Autor. *Kein Ankommen, nirgendwo* ist seine erste literarische Publikation. Gert Deppe lebt nahe Hannover auf dem Land.

Dietrich zur Nedden

Diesseits

Ein Hirnroman

Paperback, 248 Seiten, ISBN 978-3-86674-614-5
Gestaltet von Friedrich Forssman

Hannes Weckerling ist wohl das, was man unter einem ›liebenswerten Unruhestifter‹ versteht: Vater zweier Kinder und mit seiner Lebensgefährtin an seiner Seite tritt er als gewitzter Autor auf und hält Distanz zu den allgegenwärtigen technischen Errungenschaften. Er nimmt sich selbst und das Leben zwar wichtig, aber nicht so ernst, als plötzlich ihm die Ärzte nach einem epileptischen Anfall eine folgenschwere Diagnose stellen: Hirntumor.

Nicht länger die Mitmenschen durch sein oft bizarres Verhalten irritierend, will sich Weckerling für den fundamentalen Riss in seinem Dasein wappnen. Dabei übernimmt er von Ratschlägen nur das, was in ihm nachhallt. Als eigensinniger Zeitgenosse meint er, eine intuitive Strategie des Widerstands und der Überwindung zu finden. In seinen Kladden schreibt er assoziativ viele Gedanken nieder. Immer stärker saugt er damit den Leser in den Strudel dessen hinein, was sich im Verlauf dieser Krise in seiner Seele entwickelt. Aus dem Wechselspiel der verschiedenen erzählerischen Bestandteile, verwoben mit Zitaten, Songtexten, Radioansagen und Haikus, erwächst die eindringliche und sprachlich virtuose Schilderung einer existentiellen Geschichte mit autobiografischen Zügen.

»Geniale Schnittmenge zwischen Diesseits und Jenseits: lakonisch, poetisch und tief berührend bis zum letzten Atemzug – und vor allem beim ersten danach!«   *Felicitas Hoppe*

zu Klampen Verlag GbR
Röse 21
31832 Springe

Bei Fragen zur EU-Sicherheitsverordnung GPSR wenden
Sie sich bitte an info@zuklampen.de.